NOA XIREAU

OCHO VIDAS, EL KARMA Y TU PERDÓN

BOOKISS

BOOKISS, 2024
Publicado por Ediciones Kiwi S.L.

BO🙵KISS

Primera edición, marzo 2024
IMPRESO EN LA UE

ISBN: 978-84-19147-47-0
Depósito Legal: CS 129-2024
© del texto, Noa Xireau
© de la cubierta, Borja Puig
Corrección, Carol RZ

Copyright © 2024 Ediciones Kiwi S.L.
www.grupoedicioneskiwi.com

Nota del Editor
Tienes en tus manos una obra de ficción. Los nombres, personajes, lugares y acontecimientos recogidos son producto de la imaginación del autor y ficticios. Cualquier parecido con personas reales, vivas o muertas, negocios, eventos o locales es mera coincidencia.

Este libro va dedicado a Henry «El vagabundo», quien un día se presentó sin invitación dispuesto a luchar por algo de comida, protección y cariño. Se convirtió en el rey de la casa, junto a Onix. Fue mi compañero durante los largos ratos de escritura y aprendió a disfrutar de los abrazos y las caricias que tanto temía al principio. Un día no regresó de sus escapadas y quiero pensar que es porque alguien lo necesitaba más que yo.

El mundo está lleno de pequeños vagabundos que están dispuestos a ofrecernos compañía, sonrisas y cariño a cambio de un rinconcito para dormir y algo de pienso. Si podéis, no lo dudéis ni un momento y dejadlos pasar a vuestro hogar. Os ofrecerán mucho más de lo que podréis devolverles.

A mi vagabundo Henry. Te echo de menos.

Noa

PRÓLOGO

Creo que uno de los mayores errores que cometí en mi vida fue pedirle a Dios con toda la fuerza e intensidad de mi angustiosa soledad que me diera a alguien para el que yo fuera el centro de su universo.

¿Cómo iba a imaginarme yo que Dios iba a oírme de verdad y que iba a concederme mi deseo retorciéndolo a su manera? Pues sí, lo que acabo de decir. Dios me oyó, pero como cualquier hombre lo interpretó a su puta bola. Cada vez que lo pienso, comprendo mejor eso de «los hizo a su imagen y semejanza». Y no, no estoy hablando de milagros. Si digo que fue más bien una maldición, probablemente iba a despertar las susceptibilidades de alguien, de modo que vamos a dejarlo en que:

1. Sí, a estas alturas sé que existe Dios y que a veces nos escucha.

2. ¡Piénsatelo dos veces antes de rezar embriagada!

3. Repito, por si aún no lo he dejado lo bastante claro: ¡ten cuidado con lo que pides!

4. No, no trajo a mi vida a ningún hombre, y mira que, con mi nuevo vecino, que está para chuparse los dedos, me habría conformado.

5. Cuando os cuente lo que me dio, vais a pensar que estoy como una puta cabra (y quizás sea cierto).

¿Preparadas?

Lo dudo mucho, pero allá vamos: ¡un gato! Exacto: ¡Dios me envió un puto gato!

¿Aún no estáis alucinando? Esperad, que no he acabado y aún falta lo mejor:

¡el gato habla!

No. Tachad eso. No es ni mucho menos lo ~~mejor~~ peor. No, señor. No solo se atreve a meterse en mi mente a hablarme, sino que encima afirma que es la reencarnación de un personaje histórico con el que (ojo al ~~gato~~ dato) estuve casada.

Y, por supuesto, mi exmarido transformado en gato tuvo que aparecer en mi vida justo cuando el hombre de mis sueños más prohibidos y secretos se mudó a vivir al apartamento de al lado.

¿Es o no es para volverse loca?

CAPÍTULO I

Cinco, cuatro, tres, dos, uno...

Inspirar... esperar... espirar...

—Tita, o nos vamos ya, o mi coche se convierte en calabaza antes de que lleguemos a Sevilla. —Intenté sonreír a través del espejo retrovisor para compensar la brusquedad en mi tono. Tres días con mis tías y su nuevo club de jubiladas viajeras, y ya estaba de viejas locas hasta el moño.

Un fin de semana zen con spa y relajación habían dicho... ¡Ja!

—Sí, sí, hija, un momentito —repitió mi tía Lola por enésima vez, mientras se sacaba otro selfi con aquellas hermanas de aventuras postmenopáusicas a las que no volvería a ver en su vida, o al menos no hasta que se reencontraran en el más allá (donde fuera que estuviera eso).

Un vistazo al móvil me señaló que eran casi las siete de la tarde. Me quedaban exactamente doce minutos para salir de aquel aparcamiento y evitar encontrarme con el camarero con el que mis tías y compañía habían tratado de liarme anoche. Solo de recordar aquel espeso bigote estilo Freddie Mercury, que parecía tener vida propia, ya me estremecí. ¿Y qué decir de aquel intenso hedor a colonia barata más cargada de especias que el estante de la cocina de mi abuela? Solo de recordarlo volvió a picarme la nariz y mis papilas gustativas se empaparon con aquel imaginario sabor a pimienta y orégano. ¡Puaj!

No sé qué fue peor, si el tipo creyendo que de verdad me gustaba y que iba a lanzarme sobre él como la protagonista de una telenovela, o las insinuaciones a todo volumen de las dichosas viejas para animarnos a refugiarnos juntos en la oscura despensa del bar para... ¡Dios! Solo de pensarlo...

Sacudí la cabeza para espantar la memoria.

Cinco, cuatro, tres, dos, uno...

Inspirar... esperar... espirar... ¡Maldición!

—Tita...

—Un segundito, cariño. —Mi tía Inés me despachó con un gesto de la mano, con el que bien que podría haber espantado una mosca, mientras ella y sus nuevas amigas mantenían las cabezas pegadas sobre un móvil—. Que le estoy grabando a Paca mi contacto para que podamos crear el grupo de WhatsApp. Así, además de compartirnos las fotos, podemos organizar nuestra próxima revolución, digo reunión.

Gemí. Genial, ya estaba otra vez con una de sus conspiraciones y misiones de la tercera edad.

Cinco, cuatro, tres, dos, uno...

Inspirar... esperar... espirar...

Revisando mi propio móvil, abrí el mensaje de Nai.

> **Mi cómplice de travesuras:**
> Que conste que solo he hecho lo que me dijiste que hiciera: ir a tu casa a regar las plantas.

Toqué la imagen adjunta para que se abriera y casi se me cae la mandíbula al suelo. ¡Hija de su puñeterísima madre! O mejor dicho, hijo, porque Nai pasó a un segundo plano y lo único que pude ver fue a mi vecino. Ahí estaba, ocupando mi pantalla con los cabellos húmedos revueltos, tableta de chocolate a la vista y una escueta toalla azul alrededor de sus caderas. ¡Madre del amor hermoso! Parecía el anuncio publicitario de una nueva maquinilla de afeitar.

¡Lo que me había perdido por venir a Portugal con mis tías! Si hubiera podido, me habría teletransportado de inmediato a mi apartamento a comprobar si hoy era uno de esos días en que salía a la terraza a leer. ¿Por qué no me habría quedado en casa aprovechando el tiempo en tratar de tropezarme con él y presentarme? Quizás una caída «accidental» en su regazo... ¡Ufff! No era momento de soñar despierta, pero, ainsss, lo que daría por acabar encaramada sobre él.

Parpadeé cuando mis tías se montaron en mi pequeño Seat Ibiza, y un vistazo a la hora me reveló que eran las siete y seis. ¿A dónde había ido a parar el último cuarto de hora? Tampoco había aparecido aún el camarero del bigote, o si había pasado, no lo había visto (gracias a Dios por los pequeños favores).

Tecleé rápidamente una respuesta para Nai:

> Recuerda que tú ya estás casada.

> Mi cómplice de travesuras:
> A nadie le amarga un dulce y menos, un moka de caramelo con doble de nata y rociado de chocolate.

11

No sé muy bien de dónde sacó esa descripción, a menos que estuviera viendo de nuevo la primera temporada de *Los Bridgerton*, porque mi vecino era de piel clara, ojos verdes y profundos y... vale, el pelo sí que podía tener un color caramelo tirando a dorado.

De todos modos, se me hizo la boca agua con la fantasía de mi vecino bañándose en una enorme taza de moka, esperándome con una sonrisa incitadora entre nubes de nata con chocolate espolvoreado. ¡Yum! Solo de pensar en el sabor de ese cuerpazo cubierto de nata...

—Caty, ¿te encuentras bien? —Mi tía Lola me puso una mano en el hombro y me estudió preocupada—. Tienes cara de haberte dado un golpe en la cabeza con una de esas novelas eróticas que tanto te gusta leer.

Encogí la nariz en una mueca y fingí una sonrisa. ¡Si ella supiera!

—No, no, todo bien, solo estaba respondiéndole a Nai. —Le mostré el móvil antes de recordar que tenía a mi vecino medio en pelotas en la pantalla.

Los ojos de mi tía se abrieron antes de que rompiera a reír por lo bajo.

—Vale, ahora lo entiendo todo.

—Sí, eh... —Mis mejillas se llenaron de un calor de esos que te entran cuando te tragas sin darte cuenta la guindilla camuflada entre las gambas al ajillo—. Es mi nuevo vecino.

—Mmm... —Mi tía le echó una nueva ojeada—. Lo que daría por volver a tener tu edad.

¡Y yo, por largarme de una vez! Prefiriendo olvidarme de mi bochorno, recuperé mi móvil.

> Mi casa, mis vistas, mi vecino, ¡mííííooo!

Mi cómplice de travesuras:
Lo que tú digas, pero a partir de ahora desayuno en tu casa. ¡Que empiece la guerra por las vistas!

Nai podía ser mi amiga del alma, pero en las dos semanas que Hugo se había mudado al apartamento contiguo, mis cafés matutinos y mis cenas se habían convertido en un ritual sagrado que no estaba dispuesta a compartir con nadie, ni siquiera con ella.

—¡Vosotras seguidnos! Mi Caty os va a guiar hasta la autovía —gritó mi tía Inés con medio cuerpo sacado por la ventanilla, como si fuera un enorme *golden retriever* entusiasmado por salir de paseo. Lo único que le faltaba era mover la cola, sacar la lengua y babear. Me estremecí. Crucé los dedos por no tener que presenciarlo si llegaba a suceder. De seguro que era al menos tan memorable como cuando, la tarde de nuestra llegada al hotel, trató de llamarle la atención al socorrista de la piscina mientras relamía un cono de helado como si su lengua fuera una batidora estropeada. ¡Uffff! Solo de recordarlo ya me entraban ganas de taparme la cara, esconderme debajo del asiento y, quizás, enviarle una carta anónima de disculpa al pobre chaval gay al que había acosado.

—¿A qué estás esperando? —Mi tía Lola me miró a través del espejo retrovisor con el ceño fruncido.

¡¿Yo?! Resoplé alucinada. Con una ristra de tacos formando cola por escapar por mi garganta, me mordí la lengua, encendí el navegador y arranqué. Dicen que a caballo regalado no hay que mirarle el diente, y si lo dicen, por algo será.

Y así fue como salí del aparcamiento del hotel con una cola de tres coches tras de mí. Bien que podríamos haber sido un trenecito turístico, por la forma en la que la docena de jubiladas saludaban con efusividad a cualquiera que pasara por los alrededores, gritando barbaridades que la mayoría de los transeúntes hubiese preferido no escuchar (en especial sus destinatarios, que, básicamente, consistía en cualquier individuo masculino entre los dieciséis y los noventa y cinco años).

—*En la rotonda, coja la tercera salida.*

¿Por qué cuando la voz amable y robótica del navegador suelta esas instrucciones, lo que a primera vista parece sencillo acaba convirtiéndose en un rompecabezas? Quiero pensar que no soy la única que se pone a contar y mirar frenética a su alrededor cuando el TomTom le indica que coja una salida.

Quien fuera que diseñara los programas de aquellos trastos está claro que nunca tuvo que conducir con las voces chillonas de sus tías desde el asiento trasero, con una caravana de coches cargados de ancianas jugando a «corre, corre que te pillo», ni con los bocinazos de los vehículos que quieren que te espabiles mientras vas desentrañando cuáles son las salidas y cuáles las entradas y cuáles ambas. A todo esto… ¿El giro a la gasolinera también contaba?

¡Mierda! Me lo he saltado. Toca dar otra vuelta.

—*En la rotonda, coja la cuarta salida* —anunció el TomTom, con su voz robótica sonándome inusualmente crítica.

—Joder —masvullé, ansiosa—. ¿Es la tercera o la cuarta?

—Niña, no hace falta que sueltes palabrotas. —Mi tía Inés dio unos golpecitos en el respaldo de mi asiento.

—Lo siento, tita, pero es que no hay manera de entender a este TomTom.

—El *tonton* ha dicho que cojas esa de ahí —me indicó mi tía Inés, muy convencida, señalando una calle que parecía llevar a una urbanización.

—Mira, es la rotonda del borriquillo con las uvas —intervino también mi tía Lola—. ¿Te acuerdas de que vinimos por aquí?

—Sí, pero no recuerdo por dónde entramos —admití mientras iba camino de dar la segunda vuelta.

—Eso da igual. Lo importante es la señal. Tienes que tomar la salida después de esa.

—Tita, el TomTom dice que es la cuarta salida, no esa calle de allá —me lamenté, apretando el volante con fuerza.

Sentía el roce de mi ropa pegándose a mi piel húmeda y mi boca estaba reseca. Por el espejo retrovisor vi la fila de coches que me seguían en lo que parecía una versión mala de una conga callejera. No me pasó desapercibido que las señoras en los coches se habían callado y que ahora se conformaban con mirarme raro, en tanto que los turistas y locales apostados por los alrededores se paraban a presenciar el espectáculo. A ese paso, iba a acabar apareciendo en las noticias locales.

Cinco, cuatro, tres, dos, uno...

Inspirar... esperar... espirar...

—Es por ahí. —Mi tía Lola señaló el centro veterinario ubicado en una esquina, como si pudiera ver el camino a través de las paredes.

—Tita, por ahí es por donde acabamos de entr...

—No, no, me acuerdo de que pasamos por ese paso de peatones —insistió mi tía Inés, ajustándose las gafas con un dedo.

—No digas pamplinas, hermana, te digo que vinimos por esa calle que tiene esa tienda de dónuts en forma de ovnis —replicó mi tía Lola, apuntando hacia un cartel que mostraba un dónut con glaseado verde y ojos saltones.

¡Ufff! Ya comenzaba otra de sus eternas trifulcas. Debería haberme tomado un paracetamol antes empezar el viaje de regreso.

—*En la rotonda, coja la tercera salida.*

¡Ay, madre! ¿Qué hice para merecerme esto?

El remate se produjo cuando mi tía Inés asomó la cabeza por la ventanilla y le gritó un largo «¡Nooooo!» a los tres vehículos de viejas que parecían haberse hartado de dar vueltas en círculos y habían probado suerte por su propia cuenta. No era el grito de guerra que esperaba, pero, a deducir por las risas del exterior, ciertamente dejó una impresión.

—¡Que por ahí no es! —les gritó mi tía Lola desde la otra ventanilla, llamando la atención de los pocos viandantes que no se habían detenido aún a observarnos.

—Quizás sepan lo que se hacen —se me ocurrió murmurar, tentada a seguir a las viejas en vez de al ridículo «tonton» como lo llamaba mi tía. El nombre, desde luego, le iba al dedillo. Apostaba a que incluso estaba tan perdido como yo.

—No te preocupes, cariño. Tú sigue por esta, que verás como tengo razón. —Mi tía Inés señaló una calle que yo estaba convencida de no haber tomado jamás, pero por la que me metí con tal de no tener que seguir dándole vueltas a la rotonda u oír los insultos de los otros conductores mientras los viandantes no paraban de burlarse de nosotras.

Respiré aliviada cuando por fin nos alejamos de allí y en la pantalla del navegador apareció un círculo que indicaba que estaba recalculando la ruta. ¡Ups! ¿Eso significaba que no habíamos acertado cuál era la tercera salida? La verdad es que no tenía ni idea de a dónde nos dirigíamos, pero me daba igual. Cualquier cosa era mejor que seguir dando vueltas en círculos como un perro persiguiendo su cola. Además, acababa de deshacerme del noventa por ciento de las viejas. Si dejaba a las dos que me quedaban por la acera, ¿alguien se daría cuenta?

Por desgracia, conocía a mis tías lo bastante como para prever que me convenía más aguantarlas hasta llegar a casa que deshacerme de ellas y tener que escucharlas hasta el día de mi jubilación. Resignada, continué adelante, confiando en que el TomTom o la providencia o tal vez un milagro nos guiaran a nuestro destino.

Imagino que debería haber previsto que el alivio iba a durarme poco. El sol comenzaba a esconderse, arrojando sombras alargadas que se retorcían a través de los árboles. El entorno se sentía cada vez más como una escena sacada de una película de terror de bajo presupuesto. Y, como si eso no fuera suficiente, tenía la discusión de mis tías en el asiento trasero como banda sonora.

Cuando, además, la carretera se fue estrechando, ya ni me hizo falta echarle un vistazo al navegador para comprobar que había perdido la señal. ¡Genial!

—¡Cuidado con esa curva! —chilló mi tía Lola tan alterada que casi me da un infarto.

—¡Por Dios, tita, cálmate un poco!

—¿Cómo quieres que me calme si conduces como una loca?

Tras una ojeada al velocímetro y comprobar que seguía conduciendo a cincuenta, solté un profundo suspiro. Podría haber contado de nuevo hacia atrás y haberme concentrado en mi respiración, pero el único efecto que conseguía a aquellas alturas era marearme.

Fruncí el ceño al fijarme en las casas que nos rodeaban. ¿Eran imaginaciones mías o estaban cada vez más alejadas las unas de las otras? ¡Mierda! Encima, su pinta empeoraba por momentos, con las paredes desteñidas y desconchadas, las verjas rotas y los jardines convertidos en vertederos de chatarra oxidada como si formasen parte de una película de apocalipsis zombi.

—Niña, ¿puedes ir más despacio? —preguntó mi tía Lola con una voz carente de su usual vigor y alegría.

—¿Qué te ocurre? —A través del espejo retrovisor reparé en su repentina palidez y las diminutas gotas de sudor sobre su frente.

—Creo que se está mareando —anunció su hermana, estudiándola preocupada mientras le daba palmaditas en la espalda.

—¿Puedes aguantar? —Hice un esfuerzo por controlar mi tono, aunque por dentro estuviera gimiendo. ¿Quién quería pasarse las próximas dos horas viajando en un coche que oliera como el interior de un táper olvidado? Solo de pensarlo ya se me encogía el estómago.

—Si me bajas la ventanilla y dejas de tomar las curvas jugando a ser James Bond, puede —musitó mi tía Lola.

—No estoy pasando de cuarenta —me defendí, aunque no fuese del todo cierto. Pero, vamos, no es que estuviera participando tampoco en la carrera de Le Mans ni nada por el estilo.

—¿Y cómo se te ocurre ir tan rápido con lo cerradas que son estas curvas? —me acusó mi tía Inés.

—Las señales marcan un límite de sesenta —protesté, aunque un pinchazo de culpabilidad me llevó a alzar el pie del acelerador y a abrir la ventanilla, permitiendo que el aire fresco invadiera el coche—. Además, tenemos que dar la vuelta. Este no es el camino.

Las curvas parecían prolongarse hasta el infinito y, para hacerlo todo más pintoresco, las destartaladas edificaciones seguían haciendo su triste pasarela a ambos lados de la carretera. En cuanto al GPS, lo único que le faltaba era ponerse a roncar.

—Ya decía yo que no recordaba tantas curvas —masculló mi tía Inés.

¿En serio?

—Fuiste tú quien insistió en que tomáramos esta salida. —Le dirigí una mirada acusadora a través del espejo retrovisor. Un día de estos la iba a estrangular.

—No, hija, no, yo te dije la que venía justo a continuación.

Mis dedos se apretaron alrededor del volante.

Cinco, cuatro, tres, dos, uno...

Inspirar... esperar... espirar...

—¿Y por qué no me avisaste de que me había equivocado? —pregunté entre dientes. Estaba segura de que había elegido justo la salida que ella me indicó.

—¿Con lo irritada que estabas? —resopló mi tía Inés como si estuviera tratando de razonar con un simio—. Ah, no, hija, no. Yo no iba a ser la que le añadiera más leña al fuego. Además, un poco de aventura nunca viene mal.

¿Irritada? Eso era poco para las ganas que tenía de chillar y retorcerle el cuello a alguien.

—En cuanto haya un sitio, giro y regresamos —masculté con la vista al frente.

—Si pasas por una salida o un arcén más ancho, aparca —susurró mi tía Lola.

Me bastó comprobar su tez amarillenta a través del espejo para que se me pasara el enfado.

—Está bien, ahora paro —traté de tranquilizarla.

El primer camino no estuvo lejos, solo dos curvas más allá, pero un único vistazo a la destartalada y tenebrosa casa a la que llevaba ya fue suficiente para pasar de largo y probar con el siguiente.

Tan impactada me había quedado con el aspecto terrorífico del edificio que casi atropellé a la anciana vestida de negro que me hacía extrañas señales desde el arcén. Lo mismo podía estar tratando de invocar una maldición que invitándome a tomar el té, pero, solo por si acaso, pisé el acelerador para perderla de vista cuanto antes.

¡La madre que me parió! ¿De verdad existían personajes como esos fuera de las películas de miedo? Prefería enfrentarme a la bruja que salía con la escoba a dar sustos en la casa del terror a tener que encontrarme de nuevo con esa mujer.

CAPÍTULO 2

—¡Caty, para!

—Tita, no puedo detenerme aquí, estamos en medio de la nada.

—¡Frena!

—Tita, es que no has visto a esa vieja de ahí atrás. Daba yuyu.

—¡*Kemephabes!*

—Yo que tú pararía en el arcén, está a punto de echar el bacalao del almuerzo —avisó mi tía Inés con urgencia.

—¡¿Qué?!

¡Mierda! Mis ojos se cruzaron con los de mi tía Lola en el preciso instante en que dio una arcada. No hicieron falta más palabras; si tenía que elegir entre un viaje de dos horas y media con la cabina oliendo a vómito y mi estómago levantándose cada cinco minutos o toparme con una vieja bruja que les hacía señales a los vehículos que pasaban por la solitaria carretera, para mí la cosa estaba clara.

En cero coma dos, el Ibiza estaba aparcado a un lado de la carretera, con el morro metido en un hueco entre dos árboles y yo abriéndole la puerta a mi tía para arrastrarla fuera del coche antes de que pudiera siquiera parpadear.

Los remordimientos de conciencia de haber sido demasiado brusca con ella me duraron exactamente tres segundos, que fue el tiempo que ella tardó en sujetarse al tronco del roble y echar el *bacalhau com natas*, las *alheiras*, las dos copas de oporto y los tres dulcecitos de Belém con los que remató su almuerzo y que ya no sé ni cómo le cupieron.

Me alejé unos pasos de ella, con el viento en contra, para que no me recordara que yo también había devorado un par de esos dulces, e intenté respirar lenta y pausadamente, concentrándome en no oír los desgarradores ruidos que hacía el estómago de la pobre mientras trataba de retener parte de su botín.

—Niña.

—Un segundo, tía Inés. —Si ella también iba a vaciarse, necesitaba reforzar mis defensas.

—Preferiría que fuera ahora.

—Tita…

—Me da miedo cómo me mira la vieja.

Sobresaltada, me giré para toparme de frente con la anciana loca de la carretera. ¿Cómo había llegado tan rápido hasta allí? Con sus pies algo torcidos y las desgastadas alpargatas negras no tenía pinta de que correr formara parte de sus aficiones diarias y, aun así, no parecía ni siquiera encontrarse sin aliento.

Lo cierto era que no me extrañaba que mi tía estuviera aterrada. ¿Quién no iba a estarlo teniendo a una anciana desconocida, con la cara de una pasa sultana, vestida de los pies a la cabeza de negro, contemplándola sin pestañear y sin soltar ni una sola palabra? Hasta yo me estaba asustando, aunque claro, yo era una cagueta por naturaleza. Me daba miedo hasta pasar por delante de un espejo o de una tele apagada de noche, no fuera a salirme un fantasma o un *poltergeist* para comunicarse conmigo. Eran las consecuencias de haber visto demasiados programas de *Cuarto Milenio* y alguna que otra mala peli de terror.

Tomando una profunda inspiración, me armé del valor que no tenía y me arrimé a mi tía Inés.

—¿Puedo ayudarla en algo, señora? —pregunté con voz inestable.

La mujer miró de mi tía a mí y, tras lo que debieron de ser unos cinco segundos que se sintieron como cinco minutos, señaló con su huesuda mano al suelo.

—*Isso é seu.*

—¿Perdón? —Estudié la algo maltrecha caja de cartón que tenía a sus pies y que me llegaba casi a las rodillas.

—*É seu.*

—Eh...

—*Seu* —insistió la mujer que, a pesar de su edad, cogió la enorme caja sin demasiados problemas y trató de endosármela.

—No, muchas gracias —me disculpé precipitada, alzando las manos para que no me la pudiera entregar sin más—. Le agradezco mucho que pensara en mí, pero no estoy interesada en comprar nada.

—*Seu passado e seu futuro estão ligados nessa caixa.*

—No, lo siento. No me queda dinero, y... —Cuando me di cuenta de que hablar era inútil y que la vieja no se estaba enterando de nada, hice lo que cualquier gallina como yo habría hecho—: Tita, ¿acabaste?

Exhausta y con cara pálida, mi tía Lola se tambaleó hasta el Ibiza y se dejó caer en el asiento trasero.

—Creo que ya estamos todos —musitó mi tía Inés, montándose apresurada por el otro lado.

Con la vieja insistiendo en darme la caja con más ahínco que el Coyote de los dibujos animados en matar al Correcaminos, le lancé un corto: «Lo siento, señora. Tenemos que irnos», antes de salir pitando hasta la puerta del piloto. Por encima del techo le eché un último vistazo y me estremecí ante la determinación que llevaba escrita en aquellos ancianos ojos grises. Tenía una mirada que te hacía querer salir corriendo, que era justo lo que yo estaba haciendo.

—Niña, ábreme la ventana —pidió mi tía Lola con un hilillo de voz, como si aún le quedara algo en el estómago por echar.

—Ahora, tita, espera que arranque.

Giré la llave y metí la marcha atrás. Supongo que al ver el brillo en los ojos de la vieja bruja debería haberme imaginado lo que iba a hacer, o puede que no. ¿Quién se espera que una anciana te abra la puerta del copiloto en plena marcha y te lance un paquete sobre el asiento?

El coche se llenó de terroríficos gritos que me pusieron la piel de gallina. Mi chillido y los de mis tías podrían haber tenido un pase, aunque eran dignos de una película de Hitchcock, pero no así el alarido agudo y los siseos salvajes que provinieron de la caja.

De entre todas las desventuras de aquel día, fue una suerte que no apareciera ningún vehículo de la nada por aquella carretera desierta cuando di un volantazo. Con el corazón latiéndome a mil por hora, frené en seco, antes de reaccionar y regresar al sitio en el que la vieja nos acababa de asaltar.

No me atreví ni a comprobar lo que contenía la caja. En su interior parecía estar encerrada una cuadrilla de demonios enanos que soltaban agudos quejidos entremezclados con amenazantes gruñidos y venenosos siseos.

—Esa mujer es una bruja —chilló mi tía Inés, histérica, aunque no podía culparla.

Si hubiese sido un hombre y hubiese tenido pelotas, en ese momento las habría tenido colgando del cuello como una pajarita. Cinco segundos después de frenar en seco, todas estábamos fuera intercambiando miradas desquiciadas por encima del capó.

—¿Habéis cerrado la puerta? —Mi voz salió sin aliento.

Mis tías asintieron pálidas y retrocedieron varios metros cuando a través de la ventanilla abierta se siguieron escuchando los estremecedores chillidos. Revisando con rapidez mi alrededor, busqué a la anciana que se estaba alejando con agilidad campo a través.

—¡Señora! ¡Señora! —le grité todo lo fuerte que pude, aunque no sé si fue por vieja o por bruja, no me oyó o no me quiso escuchar.

—¡La muy puta se ha ido! —se quejó mi tía Lola.

—¡Shhhh! No quieres que una bruja te oiga llamarla puta —la amonestó mi tía Inés.

Su hermana abrió la boca para protestar, pero acabó por cerrarla mirando incómoda en dirección de la enjuta silueta a medida que se perdía entre la arboleda.

—¿Y ahora qué hacemos? —Fue mi tía Lola la que habló, aunque las dos se quedaron mirándome.

—¿Me lo estáis preguntando a mí? —Las miré alucinada.

—Pues claro, ¿a quién se lo iba a preguntar sino? —Mi tía Lola me echó una de esas miradas que me hacían parecer corta de entendederas.

Abrí la boca para contestarle que su hermana se encontraba justo a su lado, pero la susodicha se adelantó a mí.

—El Ibiza es tuyo.

Las miré boquiabierta. Había una caja endemoniada, ¿y me echaban el muerto a mí solo porque estaba en mi coche?

—¿Qué tiene eso que ver? Las tres vinimos juntas de viaje.

—Pero la bruja dijo que la caja era tuya —insistió mi tía Inés con toda la lógica del mundo, tanta que mi tía Lola asintió. ¡Traidoras!

Imagino que podría haber discutido con ellas, pero ¿de qué hubiera servido? Ellas lo tenían claro y eran dos contra una, y, como habían dicho muy clarito, el Ibiza era mío y no iba a dejarlo en el camino para marcharme andando. ¡Dios! ¿Por qué no habría podido quedarme en casa a disfrutar de las vistas que había en la terraza de mi vecino?

—Podríamos llamar a la policía si te da miedo echarle un vistazo a esa cosa —propuso mi tía Inés.

Si hubiera sabido el número de teléfono de la policía portuguesa, probablemente hubiera tratado de llamar, aunque lo cierto era que ni siquiera sabía explicarles dónde nos encontrábamos. ¿Serviría de algo mencionarles que el último edificio por el que pasamos tenía pinta de casa de los horrores, que tenía un ramo de lavanda seca en la puerta y cristales colgando del roble que tenía al lado? Igual no era la primera vez que la vieja acosaba a turistas y ya la tenían fichada.

—Eso es ridículo, hermana. La policía iba a reírse de nosotras. ¿Qué agente iba a venir porque le digamos que tenemos una caja que se mueve y grita? —se mofó mi tía Lola con voz temblorosa, deshaciendo cualquier esperanza de que pudiese librarme de la peligrosa tarea de enfrentarme a los demonios chilladores.

—Se ha quedado en silencio —dijo de repente mi tía Inés.

Las tres nos acercamos un paso al vehículo y estiramos los cuellos para echar un cauteloso vistazo por la ventanilla.

—También ha dejado de moverse —confirmó mi tía Lola.

—¿Crees que los demonios ya se habrán escapado? —murmuró su hermana.

Aun sabiendo que era una solemne tontería, desee que fuera verdad.

—¿Qué? —pregunté cuando mis tías volvieron a mirarme.

—Que deberías aprovechar esta oportunidad para comprobar qué hay dentro.

No me habría importado enviar a mi tía Inés a freír espárragos, pero, conociéndola, lo interpretaría al pie de la letra y aprovecharía la excusa para largarse por la arboleda al igual que la anciana.

—Ni te lo pienses siquiera. Cuanto antes lo hagas, más fácil será —me aconsejó mi tía Lola.

Claro, como ella no pensaba ni en acercarse a esa caja endemoniada…

Le hice caso y, para que no me diera tiempo de replantearme la locura suicida que estaba a punto de cometer, me lancé al coche, abrí la puerta del copiloto de golpe y… respiré hondo, muy hondo, antes de levantar con cuidado las solapas de cartón.

No sé qué resonó más fuerte, si mi grito o el largo y amenazante siseo que provino del interior de la caja. Lo que sí sé es que me quedé congelada mirando a los ojos amarillos del demonio peludo que acababa de liberar.

—¡Ahí va! ¡Pero si es un gatito! —chilló mi tía Lola con una mezcla de sorpresa y maravilla.

—Bueno… gatito, gatito… no sé yo… —murmuró mi tía Inés con sequedad—. Es casi casi un tigre de Bengala por el tamaño que tiene.

Fui incapaz de intervenir. No es que con aquellas orejas de lince pudiera confundirse con un tigre, aunque el color y las rayas las tenía, pero desde luego era enorme y me miraba como si estuviera dispuesto a lanzarse sobre mí si me atrevía siquiera a pestañear.

—Pero míralo, pobrecito, está todo sucio y desaliñado. —Mi tía Inés me empujó para un lado para verlo mejor.

—Y esquelético —opinó mi tía Lola—. Inés, ¿no nos quedará algo del chóped con el que hicimos los bocadillos para el camino?

—Pues claro que queda, ¿pensabas que iba a tirarlo?

Mientras ellas buscaron las viandas y le dieron de comer al demonio gatuno, yo miré a mi alrededor con la esperanza de que la vieja bruja volviera a aparecer para llevárselo. Pero no, no quedaba ni rastro de ella.

—¿Y ahora qué hacemos? —pregunté al fin, observándolas tirarle pequeños trozos de chóped desde la distancia.

Mis tías me ignoraron mientras parecían encantadas de alimentar al bicho que, efectivamente, debía de tener hambre por la manera en la que devoraba todo lo que le echaban. Eso sí, en ningún momento dejó de observarnos receloso.

—Pero mira qué lindo es. —Mi tía Lola no parecía hartarse de admirarlo.

—Deberíais alejaros un poco con la comida, o tirársela al suelo para ver si sale del coche.

Las dos me miraron horrorizadas.

—¿Para qué quieres sacarlo del coche? —indagó una de ellas con un tono cargado de sospecha.

—Pues para dejarlo aquí. No pretenderás que me lo lleve, ¿no?

—¿Piensas abandonarlo a su suerte? ¿Aquí? —Mi tía Lola alzó una mano y se giró, señalando la nada que nos rodeaba.

—¿Y qué quieres que haga, tita? ¿Crees que a mí me gusta esta situación?

—Pero no puedes abandonarlo al lado de una carretera sin más. —Mi tía Inés se puso de parte de su hermana—. ¿Tienes idea de cuántos animales se abandonan en las carreteras al cabo del año solo en España? ¿Y a cuántos los atropellan?

Me mordí la lengua para no recordarle que seguíamos en Portugal, pero aquello era demasiado ruin incluso para mí.

—¡El año pasado hubo más de cien mil animales abandonados! —constató mi tía Lola, que para variar estaba tan escandalizada como su alter ego.

—Pero míralo, pobrecito. No puedes hablar en serio de abandonarlo aquí sin más. —El tono de mi tía Inés dejó testimonio de que ardería en el infierno si osaba cometer semejante delito.

—Creo que deberíamos llevárnoslo —afirmó decidida mi tía Lola.

—¿Llevárnoslo? —Solo de ver cómo aquel bicho entrecerraba los ojos amarillos con aquellas pupilas estiradas de demonio, ya me hizo querer protestar, pero la inspiración me llegó en el último segundo—. ¿Y si volvemos y buscamos a la vieja? Estaba cerca de esa casa que tenía tan mala pinta, igual es allí donde vive.

Mis tías apretaron los labios, dejando constancia de que no les parecía buena idea, pero, por una vez, no protestaron y se limitaron a seguir dándole al minino diabólico las viandas de lo que se suponían eran los bocadillos de nuestro trayecto de regreso.

La cuestión que me quedaba por aclarar era si me daba más miedo viajar con el minino gigante o regresar en busca de una anciana desconocida vestida de negro y pinta de bruja de película de terror. Tal vez fuera hora de darles la razón a mis tías, total, teniendo en cuenta que hacía como mínimo tres años desde que no se la daba (al menos, no con sinceridad), tampoco era como si se les pudiera subir a la cabeza.

CAPÍTULO 3

Las farolas ya estaban iluminando las calles cuando aparqué frente a la casa de mis tías en la tranquila zona residencial. Un solo minuto más con ellas y probablemente hubiese solicitado el ingreso voluntario en un manicomio. ¿Cuándo y cómo se me pasó por la cabeza que estaría bien pasar un fin de semana de relax con un par de viejas trastornadas?

Podía dar gracias a que aún me quedaba la última quincena de vacaciones para recuperarme y borrar cualquier recuerdo de aquel desastroso viaje de mi mente. Como si aquel pensamiento fuera algún tipo de señal, mis neuronas se confabularon para ofrecerme de nuevo la imagen de Hugo esperándome en una taza de moka caliente, con sus musculosos hombros sobresaliendo entre la nata. ¡Necesitaba llegar a mi casa y un café y, a ser posible, a mi vecino esperándome en la cama! ¿No decían que, si visualizabas cualquier sueño, incluso el más imposible, podía convertirse en realidad? Pues yo estaba visualizando. ¡Y vaya si estaba visualizando! Tanto que hasta podía saborear los granitos de chocolate esparcidos sobre la nata con la que se encontraba cubierta la piel dorada de Hugo. ¡Joder! Si hasta era capaz de imaginarme el olor a moka y sexo desenfrenado sobre mis sábanas al despertar por la mañana.

—¡Caty! —me llamó mi tía desde el umbral—. ¿Piensas quedarte toda la noche ahí de pie contemplando el maletero?

Cerré los ojos y suspiré para mis adentros. ¿Es que no podían darme ni unos segundos para disfrutar de mi ensoñación?

—¿Dónde os dejo al gato? —pregunté sin aliento, después de soltar la última de sus tropecientas bolsas y maletas en el vestíbulo.

—¿El gato? —A mi tía Inés casi se le cayó la caja con los dulces que había comprado en una de las pastelerías de Praia da Galé aquella mañana.

Por si el hecho de que ambas se girasen de sopetón hacia mí portando ojos como platos no me hubiese resultado ya lo suficientemente sospechoso, mi tía Lola movió la cabeza de derecha a izquierda como si estuviese haciendo el calentamiento de su clase de pilates.

—Ahhh, noooo, cielo. El gato es tu problema.

—¡Pero si fue idea vuestra que nos lo trajéramos! —grité todo lo bajo que me permitió mi repentino sofoco.

—¿De verdad pensabas abandonar al pobre en la carretera? —me planteó mi tía Inés de tal forma que no había manera de contestar que sí sin sentirme como una asesina en serie de mininos vagabundos.

—No es mi gato, por lo que no podía abandonarlo en ningún sitio —aclaré con los restos de mi agotado raciocinio.

—La bruja dejó muy clarito que era tuyo —insistió mi tía Inés—. Por algo sería.

Si me hubieran servido de algo la veintena de veces que había contado de cinco a uno durante aquella tarde, habría probado a repetirlo una vez más, pero no habían sido más que intentos inútiles, del mismo modo que lo sería el esperar que aquellas viejas chochas entrasen en razón y que admitiesen que fueron ellas las que querían traerse al bicho con cara de mercenario.

Ni siquiera me tomé la molestia de practicar varias inspiraciones profundas. Las conocía. Cuando se ponían así, era imposible que dijeran algo con sentido común y solo me quedaba pelearme con ellas o irme con el rabo entre las patas. Dado que mis últimas fuerzas para un enfrentamiento se agotaron en la frontera entre Portugal y España, usé mi comodín de sobrina favorita para dar la última pataleta.

—Está bien, me lo llevaré y mañana lo acercaré a un centro de acogida —murmuré con un mohín lastimero.

En vez de las protestas que esperaba, se limitaron a intercambiar una mirada entre ellas.

—Las cosas ocurren como tienen que ocurrir. Si ese es el motivo por el que teníamos que traérnoslo, que así sea —afirmó mi tía Inés convencida.

Abrí la boca para protestar. ¿Me habían hecho traer a ese bicho diabólico desde el país vecino solo para llevarlo a un centro de acogida en España? Acabé por apretar los labios. No me convenía decir nada más a menos que quisiera quedarme con el animal, y esa, desde luego, no era una opción.

—Está bien —mascullé por lo bajo—. Os llamaré mañana.

—¡Espera! —La llamada apresurada de mi tía Inés me hizo querer dar un salto de victoria. ¡Había caído! Pero la euforia me duró lo que ella tardó en regresar de la cocina con un sobre de jamón cocido—. Llévate esto. Tendrás que darle algo de cenar hasta que puedas acercarte mañana a una tienda de animales. Bien sabe Dios que la criaturita lo necesita. Está en los huesos.

Regresé al coche maldiciendo para mis adentros. Cuando me monté, mi corazón de repente se paró a mitad de latido y un escalofrío me recorrió como un tren a alta velocidad. Parpadeé una, dos y tres veces mientras la «criaturita» me estudiaba con ojos de asesino diabólico desde el asiento del copiloto.

¿Cómo cojones había salido de la caja? Tragué saliva. ¿Me daría tiempo de abrir la puerta, salir y cerrar de nuevo antes de que me devorara viva? Imágenes de películas de terror llenaron mi mente: *Chucky: el muñeco diabólico*, *La novia de Chucky*, *Cementerio de animales*, *Annabelle*, *Los pájaros* de Alfred Hitchcock… ¿Por qué había tantas películas de miedo que comenzaban con el o la protagonista encontrándose a un muñeco o a un bicho, que luego los atacaba o provocaba hechos sobrenaturales que le hacían a una vaciar los intestinos en menos de lo que canta un gallo?

Vale, sé que tal vez fuera exagerada, pero encontrarme a solas con aquella bestia medio gato, medio tigre con orejas de lince, de noche, mirándome con cara de mala leche, era escalofriante. Me ojeaba como si quisiera convertirme en carne para hamburguesas, lo que, obviamente, no me animaba a pensamientos mucho más positivos. ¿Y si me ocurría alguna historia de esas aterradoras que terminaban echando en un programa sobre temas paranormales? ¿Iba a volverme famosa después de muerta?

—Si piensas atacarme y matarme, hazlo de una vez. No estoy para sustos. He sido una cagueta mi vida entera y no voy a dejar de serlo ahora. Ah, y trata de hacerlo rápido, no me gusta el dolor, y es lo menos que puedes hacer por mí después de no haberte dejado tirado en medio del campo —espeté, sintiéndome tan ridícula como aliviada de haber actuado como una adulta lógica y normal que suelta lo que piensa antes de que sea demasiado tarde.

El animal ladeó la enorme cabeza como si estuviera valorando si estaba chiflada o no y acabó por estirar el cuello para olisquear el sobre de vianda que me temblaba en la mano. Conseguí volver a respirar, aunque solo fuera a base de pequeñas inhalaciones. Estiré la mano acercándole el sobre, a lo que él aproximó la nariz hasta tocarlo. ¿Y si después de todo el animalito no era más que un vagabundo con más hambre que suerte?

—De acuerdo, vamos a hacer una cosa. —Con cautela, me pasé el antebrazo por la frente para secarme el sudor—. Si te bajas al suelo para que no te vea la policía y me prometes que no vas a atacarme mientras conduzco… —¿Por qué diantres estaba dándole tantas explicaciones a un gato?—. Si te bajas, te abro el sobre de vianda para que puedas comer y, cuando lleguemos a casa, te busco alguna otra cosa para llenar ese pozo sin fondo que tienes de estómago.

El gato me estudió sin parpadear, pero, ¡oh, sorpresa!, saltó al suelo, apretándose como pudo debajo del salpicadero.

—Vaya, pues va a ser que eres más listo de lo que pensaba —murmuré para mí misma mientras cumplía mi parte del trato abriéndole el sobre para dejárselo sobre la alfombrilla—. ¿Necesitas que te lo desmenuce?

No es que esperase que el bicho me respondiese, pero, por cómo se abalanzó como una piraña en un festín de Navidad sobre las lonchas, tampoco hizo falta. Arranqué el motor, aunque no sin santiguarme primero y dedicarle una corta oración a mi ángel de la guarda para que me protegiera de brujas, demonios y, sobre todo, de gatos endemoniados que pudieran despedazarme antes de llegar a casa.

CAPÍTULO 4

Debería existir una ley universal que prohibiera que una se despertase temprano durante las vacaciones y alguien debería comunicárselo a mi cuerpo. ¿Cómo era posible que para un lunes en el que podía darme el capricho de hacerme la remolona en la cama, acabase siendo incapaz de seguir durmiendo? ¡Con la de veces en las últimas semanas en que tuve que salir de la cama a rastras! Es como una maldición. Siempre me ocurría lo mismo. Si podía quedarme a dormir un poco más, no había manera de llevarlo a la práctica.

Un vistazo casual a mis pies después de deslizarlos en las pantuflas fue la gota que colmó el vaso. ¡Llevaba calcetines de diferentes colores y estampados!

Supongo que cada cual tiene sus propias manías y aquella era una de las tres reglas de Caty:

1. Los calcetines siempre deben ir coordinados y por parejas, al igual que mis pijamas y mi ropa de cama.

2. Mi ratito de soledad por las mañanas antes de tomar café es sagrado.

3. Si empiezo un libro, tengo que terminarlo antes de acostarme, da igual si es saltándome escenas y páginas hasta el final.

Sí, lo sé, soy algo neurótica y obsesiva compulsiva, pero ¿qué le vamos a hacer? Nunca nací para ser perfecta. También admito que no es la manera ideal de leer, pero... En serio, ¡soy adicta! No puedo soltar un libro porque sí y hay un límite de veces semanales que puedo llegar al trabajo hecha un piojo por pasarme las noches leyendo.

Volviendo a la realidad y a las maravillas que me esperaban aquel día: ¡podía permitirme el lujo de estirarme en el sofá para leer una novela! Puede que hasta me dieran las horas para dos si pasaba de cocinar, de hacer la cama y me inventaba una excusa para no tener que asistir a la reunión de vecinos cuya convocatoria me había encontrado anoche en el buzón.

Habría sido mi plan perfecto si no fuese porque los ojos amarillos que me vigilaban desde el alféizar de la ventana con una estremecedora fijeza me recordaban que no me encontraba sola y que mi estado de paz y armonía solo iba a ser relativo hasta que hubiese conseguido contactar a la protectora de animales para deshacerme del dueño de aquellos ojos maléficos.

Los remordimientos de conciencia por pensar con semejante insensibilidad en lo que al minino gigante le concernía hicieron acto de presencia. Tomé una profunda inspiración y relajé los hombros. No era culpa mía que el día solo tuviera veinticuatro horas, que no me gustase recoger cacas apestosas o que Nai y las chicas solieran robarme las pocas horas libres que me quedaban al día, obligándome a ser responsable y sociable en contra de mis ganas y mi buen juicio.

De modo que no, no podía quedarme con el minino primo de Chucky. No tenía tiempo para él, detestaba los pelos que lo inundaban todo, el tener que lavarme las manos cada vez que lo acariciase, el estar obligada a educarlo, las facturas del veterinario y... y... Bueno, lo que fuese. ¡No podía quedármelo!

Si la bestia peluda no me hubiese estado inspeccionando con desdén, probablemente hubiese tratado de entablar una conversación con él y le habría explicado que la culpa no era suya.

Seamos honestas, lo de parecer una majara que habla con bichos es lo de menos, pero no hace falta ser vidente para alcanzar la conclusión que nuestra simpatía mutua estaba congelada a diez metros bajo el suelo en algún punto del Polo Norte. Patético, pero cierto, y supongo que era lo mejor teniendo en consideración que iba a llevarlo a una protectora de animales después del desayuno.

Por el bien de mi salud mental, me convenía evitar cualquier apego sentimental por él. De hecho, ni siquiera debería permitirme el lujo de dejarme llevar por la lástima que me provocaba que su abundante pelaje anaranjado estuviera deslustrado y enredado en enormes nudos que debían de causarle agonía al más mínimo roce o movimiento.

Me escapé al baño. ¡Nada de pena por el bichillo vagabundo! ¡Ni de casualidad! No sé muy bien por qué respiré aliviada al cerrar la puerta tras de mí. Puede que fuese por escapar de aquella mirada cargada de crítica, de la desazón que me causaba su estado o quizás fuera simplemente por la privacidad del espacio. No tenía ni idea. El baño era el sitio en el que siempre me refugiaba después de las noches desastrosas con mis ex; tal vez eso me haya condicionado a sentir sosiego al entrar en el baño, como esas pastillas con efecto placebo que por el simple hecho de tomarlas te hacen calmarte, aunque en el fondo no sean más que sacarina.

Tal y como salí, la calma desapareció. El bicho seguía esperándome y, no conforme con eso, acabó por seguirme hasta la cocina. Empecé a comprender cómo se sentían las protagonistas de las películas de terror en las que alguien las espiaba sin tregua. A plena luz del día ya no me sentía en peligro, pero era incómodo, muy incómodo, demasiado para afrontarlo tan temprano y antes del café. O al menos lo fue hasta que eché un vistazo por la ventana y se me cortó la respiración.

A veces, demasiado pocas, la vida te regala una visión perfecta, y aquella, sin duda alguna, era una de ellas. Ocho onzas de deliciosa tableta de chocolate asomándose bajo un albornoz azul marino, haciéndome la boca agua; un cabello revuelto por la almohada que hacía que los dedos me cosquillearan con el ansia de pasarlos por sus mechones del color del oro viejo y centímetros y centímetros de bronceada piel que se asomaban y desaparecían juguetones con cada movimiento de su dueño al regar las plantas de la terraza vecina. Suspiré cuando el generoso atisbo a los definidos pectorales desapareció con la misma rapidez en que había aparecido, aunque la visión de aquella V que desaparecía bajo el bóxer blanco me hizo olvidarme de todo lo demás.

¿Cómo era posible que alguien estuviera tan sexi sin siquiera pretenderlo o ser consciente de ello? Cogí mi móvil y, escondida tras el visillo, tomé varias fotos para mi colección, con el consuelo de que no era la única que babeaba sobre ellas, sino que Nai y el resto de nuestra pandilla de obsesas salidas compartían mi secreto delito.

Tres semanas, tres agónicas semanas desde que el vecino nuevo se había mudado al piso de al lado, en las que me pasaba horas mirando a su terraza por si se asomaba o salía a leer con esas gafas que le hacían parecer un intelectual digno de aparecer en algún calendario benéfico para solteronas necesitadas como yo. Bueno, lo de solterona sonaba un poco exagerado y deprimente, pero la parte de «necesitada» comenzaba a sentirse como un cartel de neón que se encendía en rosa fluorescente sobre mi... eh... cabeza.

Como si hubiera presentido mi presencia o mis ganas de relamerlo desde el dedo gordo del pie hasta esos arrebatadores hoyuelos que se formaban cuando sonreía, Hugo alzó la cabeza y me dedicó una sonrisa ladeada que me hubiera derretido las bragas de haberlas llevado puestas.

Mis labios se curvaron en respuesta y... ahí acabó la magia. El protagonista de mis fantasías más perversas desapareció de mi campo de visión, y lo que quedó fue mi reflejo en el cristal de la ventana que me reveló que no era buena idea saludar a hombres guapos cuando una estaba recién levantada, con los ojos como dos chícharos gigantes y los pelos de lo que debía de ser un experimento genético entre Einstein y una cacatúa.

—¡Genial! Para una vez que me mira y parezco la niña del exorcista. ¡Dios! Y eso es... —Me miré más de cerca en el cristal y froté frenética el hilito de baba que se me había quedado cristalizado sobre la barbilla—. ¡La madre que me parió!

¿Por qué esas cosas siempre me tenían que pasar a mí? Malhumorada, encendí la cafetera y saqué la tostadora. Fueron aquellos odiosos ojos amarillos los que me recordaron que no estaba sola. Traté de ignorarlo, pero ¿quién es capaz de sentirse bien desayunando mientras un pobre vagabundo maltrecho te ve comiendo? Casi podía sentir cómo su mirada hambrienta seguía mis dedos al llevarme la tostada a los labios.

Terminando de masticar el bocado que acababa de dar, le eché otra ojeada al gato. Lo de «animalito» a todas luces era una exageración, su cabeza podía ser casi igual de grande que la mía y, puesto de pie, probablemente le faltase poco por llegarme al pecho. Lo que me hacía plantearme si con las viandas que me quedaban en el frigorífico tendría suficiente para saciarlo.

Con un suspiro de rendición, me levanté para darle las dos lonchas y los restos de una barra de pavo cocido que encontré al fondo del cajón y que me recordaban que la prioridad del día era pasarme por el supermercado.

No tuve tiempo de volver a sentarme y tomar un trago de mi taza de café, que ya el plato del minino estaba vacío y aquellos ojos amarillos habían vuelto a posarse sobre mí. Habría dado el sueldo de un mes por saber qué pensaba cuando me observaba así.

—¿Tú masticas o te lo tragas entero? —gruñí más que hablé, pero aun así le tiré la loncha que cubría mi tostada—. ¿Sabes algo? En realidad, no me gustan los gatos. Nunca me han gustado. Me da yuyu vuestra cara seria y vuestros ojos malignos y amenazantes. Es imposible adivinar lo que os está pasando por la cabeza. Nunca se sabe si estáis tramando algún tipo de conjuro maléfico o si queréis estirar la pata con las garras extendidas para dejar marca sobre el rostro del desgraciado de turno, cuyo único delito fue tratar de jugar con vosotros en el momento menos oportuno. Con los perros, todo es mucho más fácil. Es evidente cuándo están contentos o enfadados, cuándo quieren jugar y cuándo buscan carantoñas. Tampoco es como si quisiera un perro ahora mismo. Eso de tener que recogerle la caca calentita y blandita con una bolsa de plástico… ¡Puaj!… Solo de pensarlo el

42

estómago me empieza a bailar el hula-hula. —Me sacudí con dramatismo para que no cupiesen dudas de a qué me refería.

Le di un sorbo al café mientras el felino permanecía quieto observándome con la cara de mala leche que acababa de describir.

—¿Ves?, a eso me refería. Me miras como si me entendieras y tuvieras ganas de echarme el café encima.

El gato entrecerró por unas milésimas de segundos los ojos, pero nada más.

—¿Sabes? Puede que, si estuvieras limpio y tuvieras algunos kilos más, hasta fueras bonito. Esa vieja no parece haberte cuidado demasiado bien, nunca he visto un gato callejero en peor estado que tú. ¿No será que siempre la mirabas así y por eso no se atrevía a dejarte entrar en su casa? —Con un último bocado a mi tostada, solté un largo suspiro—. En fin. Voy a darme una ducha y luego nos ponemos a buscarte un centro de acogida. Con un poco de suerte, encontrarás a una familia que cuide de ti. A lo mejor hasta consiguen cambiarte esas pintas y ese careto de mafioso malhumorado que tienes.

CAPÍTULO 5

Con las primeras gotas calientes que cayeron de la ducha, cerré los ojos y apoyé la frente contra los azulejos. Me habría gustado que el agua hubiera arrastrado una parte de mis pensamientos negativos al desagüe, que me limpiase tanto por dentro como por fuera, pero aún más me habría gustado que con su calor se hubiesen evaporado mis problemas.

Había acompañado a mis tías a su fin de semana de vacaciones con la intención de dejar atrás el lastre que llevaba atenazándome el pecho desde que rompí con Javi, pero, aunque era imposible no distraerme cuando estaba con esas dos adorables e irritantes chifladas, el peso seguía ahí.

Tal vez me convenía empezar a dejarme llevar, como esas veces en que me quedaba contemplando a escondidas a mi vecino cuando salía a la terraza a practicar taichí con el torso descubierto y esas abdominales de rechupete moviéndose con una sincronización casi perfecta. Sin ser consciente siquiera de mi presencia, ese hombre me hacía pensar en noches de sexo desenfrenadas que te dejan mirando el techo espatarrada y con los ojos desencajados. A esas alturas ansiaba un «*zacapúm, pum pum*» lleno de fuegos artificiales, «ahhhhhs» y «ohhhhhhs», y «dame más», y «asííí», y... ¿Y para qué me planteaba siquiera esas pamplinas? Ningún

45

hombre había conseguido nunca darme algo así, o al menos no hasta la traca final. Para más inri, mi adorado vecino ni siquiera se había molestado en ofrecerme algo más que un cordial saludo y alguna sonrisa esporádica. No me habría extrañado que, para él, yo formase parte del edificio al igual que lo hacían las macetas del descansillo o la placa con el nombre en la entrada.

Javi había estado cerca, o al menos bastante, de ayudarme a superar mi «problema», pero incluso él llegó a hartarse de intentar lo imposible. Aunque afirmaba que no pasaba nada, de alguna manera aún tenía la impresión de que aquello fue el motivo de que acabara centrando su atención en otras mujeres y que terminara en la cama de una de ellas.

¿Quién quería hacer el amor con una mujer que convertía cada sesión en una tortuosa maratón porque necesitaba una eternidad en alcanzar el éxtasis? Si yo fuera un hombre, puede que ni yo misma quisiera hacer el amor conmigo. Resoplé. Mirándolo bien, lo mío daba para un chiste. El asunto no era simplemente que me costase trabajo alcanzar un orgasmo con ellos, sino que encima en el trayecto me excitaba tanto que gritaba, y chillaba, y jadeaba, y arañaba, y alzaba las caderas, y… Al parecer, no había un hombre sobre la faz de la tierra capaz de verme con tal desenfreno sin soltar de sopetón su metralla.

Esteban ni lo intentaba; en cuanto yo jadeaba, él gruñía y cinco segundos más tarde roncaba a mi lado como un jabalí satisfecho. Pepe aguantaba hasta que mi vagina comenzaba a contraerse. Aquella era su perdición, aunque al menos no gruñía como un cerdo a punto de morir, ¡no, señor! Su *modus operandi* solía ser más… silencioso. Aun así, era fácil adivinar los metros que le faltaban para llegar a la meta.

En cuanto comenzaba a mover las caderas al ritmo en que lo suelen hacer los perros callejeros cuando se enganchan, bastaba contar de uno a diez. Ahí, con el diez, todo acababa y Pepe se desplomaba sobre ti como un saco de patatas (y pesaba como uno enorme). Otros diez segundos después y estaba poniéndose su pantalón de chándal para correr al gimnasio.

Javi sí, Javi era capaz de aguantar, y con cada uno de mis jadeos me daba más fuerte y más rápido mientras los goterones de sudor le caían por la frente y a mí se me encogían los dedos de los pies, pero entonces, justo cuando estaba a punto de gritar mi gran «ah, ah, ahhhhhhh», a él parecía sonarle el temporizador del horno para avisarle que su cruasán estaba listo para sacar. Lo más que me daba entonces era tiempo de abrir la boca, pero me perdía la traca final.

Cada vez que Javi me dejaba así, me hacía recordar aquella vez que me llevé horas haciendo cola para sacarme las entradas para el concierto de Madonna y, justo cuando estaba frente a la ventanilla de ventas, pusieron el cartel de «Entradas agotadas». Cualquiera diría que después de casi un año juntos podía haber mejorado la cosa, pero no: ni yo dejé de jadear del todo, ni el temporizador de Javi dejó de sonar. ¿Y aún me extrañaba que él acabara buscando a otra cuyos jadeos se sincronizaran con su reloj? A aquellas alturas, seguía sin saber si aquello era para echarme a llorar o para sacarle los ojos de sus órbitas con una cucharilla de helado.

Imagino que el que, después de quince minutos de ronroneos masculinos y alabanzas de lo fiera que era en la cama, se bajara unos minutos al pilón para cumplir debería haber conseguido que le estuviera agradecida, pero lo cierto es que no hacía más que eso, cumplir. Por estupendos que fueran aquellos orgasmos, no eran los fuegos artificiales que yo añoraba sentir, ni muchísimo menos me acercaba a las estrellas con las que me quería fundir.

Frustrada con mis recuerdos, estuve por quitarle la alcachofa a la ducha, para reivindicar mi capacidad de darme placer yo misma, sin ayuda masculina, pero recordé que tenía un minino hambriento al que buscarle un hogar. Además, había días que ni el chorro de agua ni las pilas alcalinas eran capaces de sustituir el contacto humano, y hoy, definitivamente, era uno de esos días.

Frotarme la piel de forma enérgica con la manopla o bajar la temperatura del agua para enjuagarme tampoco sirvió de mucho, más que para jadear de frío y que la piel enrojecida se me pusiera de gallina.

Al abrir la mampara de la ducha, casi chillo al encontrarme al dichoso gato mirándome con aquella cara de gruñón malhumorado desde el lavabo.

—¡La gata que te parió! ¡Vaya susto que me has dado! —Me tomó varios segundos recuperarme antes de alargar el brazo a por la toalla para secarme.

—*No me parió una gata, sino una reina. ¿Y sabes? Si metieras un par de kilillos más en los sitios apropiados podrías ser una mujer atractiva y si, en vez de lamentarte por los eyaculadores precoces que tuviste de novios, te buscaras a un amante experimentado capaz de satisfacerte, de seguro que incluso tu talante desagradable y chillón resultaría más llevadero.*

La piel de gallina que me había provocado el agua fría se volvió piel de avestruz del escalofrío que me recorrió ante la voz masculina que resonó alta y clara en mi cabeza. Con un grito, me tapé con la cortina de la ducha y miré sobresaltada alrededor del baño para encontrar al intruso que me había hablado, pero allí solo se encontraba el gato, o al menos lo estaba hasta que se largó con la cola bien alta al salón.

Tardé varios minutos en poder reaccionar, pero, en cuanto lo hice, me enrollé con manos temblorosas en una toalla y corrí tras el bicho, sin importarme el rastro mojado que fui dejando tras de mí.

—¿Eres tú quien acaba de hablarme? —Mi intención fue la de chillar, pero apenas logré soltar un susurro tembloroso. El dichoso minino dio un salto por encima del respaldo y se escondió detrás del sofá. Corrí tras él—. Vuelve a hablarme. —El gato se mantuvo escondido, huyendo a medida que iba persiguiéndolo hasta quedarme sin aliento—. ¡Repite lo que acabas de decir! Venga. Tienes que hablar, has tenido que ser tú, eres el único que estaba en el baño conmigo.

Cuando no hubo manera, y el gato no paró de huir asustado de mí, acabé por dejarme caer sobre el asiento. ¿Qué me pasaba? ¿Estaba volviéndome loca? Habría jurado que había oído aquella voz, pero no podía ser cierto y lo sabía. Me tapé la cara y reí. ¿Cuándo se había visto que un gato pudiese hablar en la vida real? ¡Dios! ¿Era así como comenzaba la historia de *Alicia en el País de las Maravillas*? No, creo que lo de ella era un conejo.

CAPÍTULO 6

—De acuerdo, vamos a ver si encontramos un refugio de animales cerca de aquí. —Me senté en la mesa de la cocina y abrí el portátil. Mis rizos aún mojados se enroscaban sobre mis hombros y unas gotas revoltosas goteaban ocasionalmente sobre la holgada camiseta que me había puesto para andar por casa—. Nunca me han gustado esos sitios, pero con lo grande que eres seguro que llamas la atención y no tienes problemas para que te adopten enseguida —seguí hablando, más para olvidarme del susto de antes y acallar mi conciencia que por consolarlo a él—. Aunque, cuando estés en el refugio, te aconsejaría que probaras a quitar esa mirada de asesino del sofá que tienes. Tú allá si no lo haces, pero luego no te quejes si acabas con un dueño tan psicópata como tú.

Me tomó un rato encontrar la web de una asociación protectora de animales y comprobarla a través de Facebook e Instagram para asegurarme de que era de confianza, a pesar de su patética elección de nombre. Podía no sentir demasiado aprecio por mi huésped vagabundo, pero lo mínimo que quería era que estuviera bien cuidado. En cuanto marqué el número de contacto, tamborileé con mis uñas sobre la mesa a la espera de que me cogieran la llamada. ¡Dios! ¿Por qué estaba tan ansiosa?

—A. P. A. Corazones entregados y protegidos. ¿Dígame?

Respiré aliviada al oír la agradable voz femenina recitando con profesionalidad el empalagoso nombre de la organización.

—¡Hola! Buenos días. Quería informarme de su horario de atención al público para dejarles a un gato vagabundo que he encontrado.

En la línea se hizo un largo silencio.

—Siento informarle que, por el momento, no podemos acoger a más animales.

Mis cejas se fruncieron y pude sentir el calor subiéndome por el cuello.

—¿Cómo? ¿Por qué no? —Demasiado tarde, me di cuenta de que mi tono chillón no había sido el más apropiado.

—Porque no tenemos espacio para más.

—Bueno, pero seguro que pueden meter a uno más en sus jaulas, ¿verdad? —pregunté, desesperada. ¿Tal vez debería haber intentado un enfoque más meloso?

—No mantenemos a nuestros animales encerrados en jaulas —replicó la chica al otro lado con indicios obvios de que estaba perdiendo su ya de por sí escasa paciencia.

—Pues mejor, ¿no? —insistí con esperanza—. Un gato más o menos no se va a notar.

—Señora —la voz firme y la dramática pausa al final de la palabra dejaron claro que la chica definitivamente había perdido la paciencia—, trabajamos sobre todo con familias de acogida y las que tenemos se encuentran sobresaturadas. Estamos en plena época de camadas y la gente las abandona sin más.

El corazón se me cayó a los pies. Mis ojos se fueron hacia el felino que había dejado de observarme y ahora se encontraba tendido en un rincón de la cocina con la cabeza agachada y la mirada perdida.

—Pero... ¿qué hago entonces con este animal?

—Puede dejarlo en su casa y enviarnos unas imágenes. Las publicaremos en nuestras redes sociales y en cuanto alguien se interese por él se lo comunicamos y le ayudamos con la adopción.

—¡No puedo quedarme con él! Es un mamut y yo vivo en un piso de cincuenta metros cuadrados —siseé por lo bajo, como si el que el gato no se enterara de nuestra conversación sirviera de algo.

—En ese caso devuélvalo al sitio de donde lo recogió, la mayoría de esos gatos viven en colonias.

—¡Lo recogí en Portugal!

—¿Ha recogido un gato de la calle en Portugal para traérselo a España? —preguntó, llena de incredulidad—. ¿Sabe que incluso la podrían multar por eso? Acaba de pasar un animal en dudosas condiciones de salud de un país a otro.

—¡No lo he recogido! Me lo metió una vieja trastornada en el coche sin más diciendo que era mío.

—¿Se llevó al gato a Portugal y trató de abandonarlo allí? ¡Dios! ¿Es que era tonta?

—¡No, claro que no! No había visto a ese bicho en mi vida, ni a la vieja tampoco.

—¿Por qué iba esa anciana a hacer algo así? —preguntó la chica con suspicacia y poniendo un especial énfasis en «anciana», como si quisiera recordarme que era una falta de respeto llamar vieja a una persona mayor. Apostaba que si hubiera sido ella la que se hubiera topado con la bruja seguro que otro gallo cantaría.

—¿A mí me lo pregunta? ¡No me gustan los gatos!

—Mire, no puedo ayudarla —soltó la chica después de un profundo suspiro—. Si quiere enviarme las fotos, hágalo a través de la web.

—Pero… —Me quedé mirando el móvil. ¿Me había colgado, así, sin más? ¡Cabrona! ¿Qué se suponía que debía hacer ahora?

Cinco llamadas a otras asociaciones protectoras y tres peleas después, estaba contemplando con los hombros caídos a mi huésped indeseado. Mis esperanzas se encontraban en el cubo de la basura y sentía una urgente necesidad por devorarme una tableta de chocolate que no tenía. Intercambié una larga mirada con aquellos ojos amarillos que se habían posado acusadores sobre mí.

—No sé cuál de los dos tiene peor suerte, pero está visto que estamos jodidos. —Sacudí la cabeza y me froté la sien—. Está bien, voy a quedarme contigo por unos días, hasta que podamos encontrarte a una familia cariñosa que te dé el amor que te mereces, o al menos a una a la que no le entren ganas de esconderse cuando la miras así —murmuré, llena de dudas—. Y eso significa que necesitamos pienso, arenero y, desde luego, champú y un cepillo para quitarte esos nudos. Vamos a tener que ponerte guapo para esas fotos si queremos lograrlo.

La simple idea del pastón que me iba a costar aquello era casi tan deprimente como el hecho de que iba a tener que hacerme cargo de un bicho que ni siquiera me caía bien.

—¿Necesitas ayuda?

Cargada hasta las orejas, casi dejé caer las bolsas de la compra ante la voz masculina profunda y sexi a mi espalda.

Cualquier neurona que tuviera encendida en aquel momento dejó de funcionar durante los treinta segundos en que me giré y miré de cerca los ojos de un azul verdoso de Hugo, mi famoso vecino, ídolo de mis sueños más húmedos y la alegría de mis mañanas y atardeceres en casa.

—Yo… eh… sí, la verdad es que te agradecería que pudieras echarme una mano. —Le sonreí en cuanto los circuitos neuronales de mi cerebro volvieron a reiniciarse a un nivel básico.

¿Una mano? Por mí podía echarme las dos y cualquier otra extremidad y apéndice con el que quisiera rozarme. ¡Ufff! Eso sonaba raro hasta en pensamientos.

—¿Tienes un gato? —Hugo me quitó el saco de pienso, el de arena y las bolsas del supermercado de las manos, dejándome a cargo del arenero que había estado empujando con el pie por el suelo del vestíbulo.

—No sabría qué decirte —admití con una mueca—. En realidad, no es mío. Es un gato vagabundo que me han encasquetado y solo me lo voy a quedar hasta que le encuentre una nueva familia.

En cuanto llegamos al ascensor, apreté el botón y lo dejé pasar.

—Vaya, es todo un detalle por tu parte. —Aunque sus ojos bajaron por unos segundos a mi escote, su vista regresó de inmediato a mi cara.

En cuanto me quedé encerrada en el pequeño espacio con él, me costó trabajo recordar de qué estábamos hablando, en especial cuando me envolvió un suave aroma a vainilla y ámbar, entremezclado con notas frescas y leñosas que me recordaban a la tranquilidad de un bosque tropical tras una noche lluviosa.

—Gracias por ayudarme. —Señalé las bolsas que me estaba llevando.

¡Dios! Si de lejos los hoyuelos de sus mejillas me habían derretido las bragas, ahora, de cerca, estaba a punto de morir por combustión espontánea. Reajustando el arenero frente a mí, lo usé como recordatorio de que no debía ni podía lanzarme sobre aquel hombre sin más.

—¿No habría sido más fácil que hubieras subido las cosas del coche en dos tandas?

—Eh... Supongo que sí —admití—. Para ser honesta, lo he llevado en dos veces hasta la entrada, pero pensé que me ahorraría tiempo subirlo todo en el ascensor de un solo viaje. Como el bich... ah... el gato es nuevo, no quería dejarlo demasiado tiempo a solas.

—Tiene su lógica —murmuró Hugo, estudiándome como si estuviera encandilado por mis ojos.

Me costaba trabajo hasta parpadear bajo aquella intensa mirada. Como si me leyera los pensamientos, la comisura izquierda de sus labios se curvó. Sabía lo que me estaba haciendo, estaba segura de ello. Aquella certeza y el bochorno consiguieron que, tal y como se abrieron las puertas del ascensor, saliera escopetada para dirigirme a la puerta de mi apartamento y soltar el arenero en el suelo. No fue hasta que abrí y lo sentí a mi espalda que me atreví a mirarle de nuevo.

—Gracias —dije, extendiendo las manos para recuperar las bolsas.

Hugo vaciló.

—¿No prefieres que te las deje dentro? Pesan bastante.

¿Quería entrar en mi casa? ¡Yay! ¿Debería enseñarle el apartamento y, de paso, mi dormitorio? ¡Ufff! Estaba empezando a parecerme a mi tía Inés cuando se tomaba unas copas de más. Con disimulo, me pasé los dedos por los labios para constatar que esta vez no estaba babeando.

—Eh… Sí, sí, claro. —Me aparté para que pudiera pasar y respiré aliviada cuando comprobé que mi piso seguía intacto y que no apestaba a excrementos felinos—. Gracias de nuevo.

Siguiéndome hasta la cocina, Hugo depositó las bolsas sobre la encimera, dejándome apreciar de cerca su definida espalda, la estrecha cintura y uno de esos traseros pequeños y algo respingones que invitaban a mordisquearlos con solo verlos. Como si tuviese vida propia, mi mano se estiró para tocarlo. Era como si estuviera poseída y tuviese la firme intención de comprobar por sí misma que el glorioso dios griego que tenía frente a mí era real. Justo a tiempo, conseguí cambiar la trayectoria de mi mano y llevarla hasta mi cuello.

—Por cierto —Hugo se giró hacia mí—, te he visto antes en la terraza, pero nunca hemos llegado a presentarnos. Me llamo Hugo.

Con una sonrisa embarazada, me escondí ambos brazos a mi espalda.

—Encantada, Hugo. —Seguí sonriendo como una tonta, pero al menos conseguí callarme que hacía ya tiempo que había bicheado el nombre que ponía en su buzón—. Todo el mundo me llama Caty.

Mi adonis se inclinó y sus labios apenas me rozaron la mejilla, pero el cosquilleo que dejó tras de sí me recorrió hasta el dedo gordo del pie.

—Encantado, Catalina —murmuró al lado de mi oído. Aun odiando aquel nombre, se me erizó el vello—. Es un nombre precioso y repleto de referencias a mujeres poderosas a lo largo de la historia.

—¿De la historia? —musité sin apenas aliento.

Hugo se incorporó, pero no rompió la cercanía entre nuestros cuerpos.

—Catalina la Grande, Catalina de Medici, Catalina de Aragón... Todas ellas mujeres fuertes e inteligentes que marcaron la época en la que vivieron.

Mi corazón parecía querer salirse del pecho. No solo era guapo, sino también tenía cultura y parecía inteligente, justo lo contrario de la impresión que yo estaba transmitiendo en ese momento.

—Ah... vaya, parece que sabes mucho sobre las mujeres del pasado.

—Es mi trabajo. —Su guiño consiguió que mis rodillas amenazaran con convertirse en gelatina—. Soy catedrático de Historia Medieval en la Universidad de Sevilla, es pura cuestión de lógica que sienta debilidad por mujeres que se llamen como mis heroínas.

¡Espera! ¿Estaba insinuando que yo le gustaba? ¡Madre del amor hermoso!

—Ah, vaya. —¡Mierda! Eso ya lo había dicho. ¿Podía sonar más patética?

Me mordí los labios y mi corazón se aceleró cuando los ojos azules cayeron sobre ellos. Por un momento pensé que su cabeza estaba inclinándose, pero entonces retrocedió un paso.

—Hasta mañana por la mañana en la terraza, preciosa Catalina —se despidió con una sonrisa que me robó el poco aire que me quedaba.

¡Maldita sea! De cerca sus dientes eran perfectos y de un blanco perlado tan brillante que me entraron ganas de pedirle el teléfono de su dentista.

—Tal vez debería invitarte a tomar un café, te debo uno por tu ayuda —farfullé, yendo apresurada tras él.

Hugo se detuvo en el umbral de mi apartamento.

—Tal vez. Creo que disfrutaría de un desayuno contigo. —Hugo me dirigió una última mirada significativa y salió.

Me mordí el interior de la mejilla para ocultar mi enorme sonrisa.

—¿El domingo te vendría bien? —grité tras él.

Sus ojos bajaron por mi cuerpo antes de regresar a mis ojos con las pupilas dilatadas y una leve sonrisa ladeada. ¡Ay, Dios! El pasillo iba a inundarse con el humo de mis bragas chamuscadas si seguía mirándome así.

—¿Qué tal mañana por la tarde?

¡Mañana! Mi corazón se aceleró.

—¿A las seis? —propuse antes de que pudiera cambiar de opinión.

—Perfecto, me viene genial.

—Adiós, entonces —me despedí. Cerré la puerta tras él y me apoyé en ella cuando mis piernas cedieron y acabé resbalándome hasta el suelo—. ¡Ufff! ¿Han sido imaginaciones mías o eso del desayuno ha sonado ambiguo? ¡Mierda! Debería haber quedado con él para desayunar, no para merendar. ¿O su intención era prolongar nuestra cita hasta la mañana siguiente? —Mi corazón palpitó con renovado vigor ante la idea.

Los ojos amarillos de mi nuevo inquilino me estudiaron con aquella expresión de asesino en serie a la que comenzaba a acostumbrarme. Por supuesto que él no iba a contestarme, pero daba igual, me sentía como si flotara entre las nubes. ¡Tenía planes para mañana por la tarde!

CAPÍTULO 7

Con una sonrisa de oreja a oreja y flotando como una semilla de diente de león con la brisa, abrí el pienso y eché algo en un cuenco para dejarlo en el suelo junto al agua, luego salí a la terraza y preparé el arenero, sin tener muy claro cómo iba a conseguir que mi nuevo huésped gatuno lo usara. Acababa de gastarme setenta pavos en un felino gigante que me causaba alucinaciones y al que ni siquiera conocía hasta ayer y, sin embargo, estaba más feliz que una perdiz.

¡Hugo por fin se había fijado en mí! Y todo gracias a aquel gato. ¡Tenía que ser el destino!

El minino dormilón se desperezó, fue hacia los cuencos, los investigó, olisqueó el pienso y acabó por beber agua sin probarlo.

—Dime que es simplemente porque no tienes hambre —murmuré con los brazos en jarras.

Él me miró como si fuese un insecto molesto y regresó a su esquina en la cocina para enroscarse sobre sí mismo. Lo hizo con tanta tristeza y decaimiento que no pude evitar sentirme mal por él.

—¿Qué ocurre? ¿Te duele la barriga? ¿No te gusta la comida?

El minino alzó la cabeza apenas unos instantes y la volvió a apoyar sobre sus patas, contemplando un punto indefinido delante de él.

Con un suspiro impotente, me dirigí al dormitorio para cambiarme y ponerme cómoda. No sé muy bien por qué lo hice, pero acabé por regresar al frigorífico y saqué el sobre de pavo en lonchas que acababa de comprar. Tras ponerlo en un plato, se lo puse por delante. El señorito lo miró, pero no se movió del sitio.

—Pensé que estabas canijo porque no te habían dado bien de comer, pero parece que es más bien porque eres un poco caprichoso con la comida, ¿no?

Me lavé las manos en el fregadero y, al secármelas, me quedé paralizada. El gato se encontraba en el mismo sitio en el que había estado antes, pero el plato estaba vacío y la loncha de pavo había desaparecido como si nunca hubiera existido. Alcé ambas cejas. ¿Los gatos podían ser orgullosos? Sin comentar nada, regresé a por otra loncha, aunque esta vez dejé el sobre en la encimera. Al igual que la vez anterior, el gato no se inmutó, pero me bastó darle la espalda unos segundos antes de que la loncha hubiera vuelto a desaparecer.

No sabía si reír o tenerle lástima al estúpido bicho. ¿Por qué le resultaba tan difícil comer si tenía hambre? Y debía de tenerlo, porque nadie se tragaba dos lonchas tan rápido, sin apenas disfrutarlo, a menos que estuviera famélico. Lo que no terminaba de entender era por qué anoche había comido sin problemas y ahora de repente se había puesto tan tiquismiquis.

Dejándole el resto de las lonchas que quedaban, me dirigí al baño a refrescarme la cara. No iba a quedarme más remedio que regresar a la tienda para ir a por más viandas y más valía que fuera una barra si era lo único que iba a comer el minino caprichoso.

—¿Sabes? —le dije con la puerta abierta—. Podrías haberme avisado de que no te gusta el pienso antes de que me gastara un pastón en ese paquete de cinco kilos.

—*No me lo has preguntado.*

Se me cayó el cepillo al lavabo y mis rodillas por poco se doblaron como un acordeón. Me giré y ahí estaba, sentado sobre el brazo del sofá mirándome desde el salón.

—¡Hablas!

—*No me digas.*

Como si me persiguieran mil demonios, o más bien un gato endemoniado, corrí a la cocina a por el móvil y marqué el contacto con dedos sudorosos.

—¡Nai! ¡Nai, tienes que venir! —balbuceé nerviosa, sin perder de vista al felino gigante, que, por su parte, tampoco apartaba los ojos de mí.

—¡Ufff, Caty! ¿Qué quieres tan temprano? —La voz soñolienta de Nai dejó claro que seguía en la cama y que acababa de despertarla con la llamada. Ya era demasiado tarde. Tenía que compartir con alguien lo que me había pasado, asegurarme de que no estaba delirando y que los demás también podían oír al dichoso bicho que me habían endosado ayer.

—Nai, son las once y media y necesito que vengas a la de ya.

—Son mis vacaciones y me he pasado la noche leyendo, necesito dormir.

—Eres mi amiga y soy más importante que tu descanso. Te voy haciendo el café —avisé antes de cortar. Por un par de minutos la habitación permaneció en silencio, hasta que tomé una profunda inspiración y me obligué a superar mi miedo y a enderezar los hombros—. Y ahora explícame cómo y por qué puedes hablar —le exigí al minino gigante.

—*No lo sé. ¿Magia?* —preguntó el gato sin inmutarse, como si fuera lo más normal del mundo.

—¿Magia negra? —Me vinieron a la mente la película de *Poltergeist* o la del muñeco diabólico.

—*¿Crees que, si entendiera algo de magia, me encontraría en esta situación?* —resopló, indignado.

Por algún motivo desconocido, aquella respuesta me relajó más que cualquier otra explicación que pudiera haberme soltado.

—¿Naciste así o te hicieron algo para que hablaras? —Se me ocurrían mil preguntas para hacerle, pero aquella era tan buena como cualquier otra.

El gato se miró las patas.

—*Me castigaron atrapándome en el cuerpo de una bestia inmunda.*

—¿Te…? ¿Te castigaron? ¿No eras un gato antes? —Mi voz se volvió aguda. Aquello no sonaba a nada bueno.

—*Era humano, al igual que tú.*

Creo que en ese instante se me debió de desencajar la mandíbula porque, aun a sabiendas de que tenía la boca abierta, no podía cerrarla.

—Estoy alucinando, ¿verdad? Esto no puede ser verdad.

—*Lo primero depende de la definición de alucinación a la que quieras atenerte. Y lo segundo, créeme, yo soy el primero que preferiría que no fuera cierto.*

—Vale… —Con piernas inestables, me acerqué a una silla y me desplomé sobre ella.

No tenía ni idea de qué era lo que pasaba, pero lo que estaba claro era que, para descubrirlo, primero necesitaba entenderlo.

—¿Y se puede saber por qué te castigaron?

—*Supongo que, como suele ocurrir con los castigos, para darme una lección y hacerme pagar por mis pecados.*

—¿Y esos pecados fueron…?

El gato se quedó largo rato en silencio, como si tuviera que plantearse su respuesta.

—*Arruinarles la vida a todas las mujeres con las que compartí mi vida* —admitió al fin.

No me di cuenta de lo rígida que me había puesto hasta que se me relajaron los hombros. Solté un suspiro aliviado. Era uno de esos capullos con complejo de Peter Pan que terminaba poniéndole los cuernos a sus parejas. Al menos, no era un asesino en serie.

Con un gemido, dejé caer mi cabeza sobre mis manos. ¿Acababa de sentirme aliviada porque un gato me hubiera dicho que era una persona a la que habían convertido en animal por ser un mujeriego? Definitivamente, o estaba soñando, o me estaba volviendo loca, no quedaba ninguna otra explicación.

En cuanto sonó el timbre, me levanté de un salto y corrí a abrirle a Nai.

—¡Dios, Nai! ¡No te vas a creer lo que me ha pasado! —Me lancé a su cuello para aferrarme a ella.

Nai esperó con paciencia a que me desenganchara de ella.

—¿Y mi café?

—¿Tu café? —Parpadeé desorientada—. Cierto… Tu café. Vamos a la cocina y te lo hago.

—¿Me has hecho venir aquí con la promesa de un café y no me lo has hecho? —preguntó Nai irritada, aunque con su melodioso acento mexicano sonaba más indignada que verdaderamente enfadada.

—Espera que te cuente y verás...

—No quiero que me cuentes nada hasta que me hayas hecho mi ca... ¿Qué diantres es eso? —Nai se paró en medio de la cocina y miró boquiabierta al gato vagabundo.

—¡Eso es lo que trataba de contarte!

Nai frunció el ceño e hizo un aspaviento con la mano.

—Primero mi café, luego puedes contarme lo que sea.

—Nai, ¡ese gato habla! O habla, o me estoy volviendo loca. O lo mismo ya estaba loca, porque lo de aquella vieja tampoco era normal. Mi tía dice que era una bruja, pero las brujas no existen. Y los gatos que hablan tampoco existen, claro. Por eso creo que estoy delirando y necesito que tú también lo compruebes y...

—¡Alto ahí! —Nai me detuvo con una mano alzada—. Mi café primero y luego comienza desde el inicio.

Después de ponerle su café y contarle con pelos y señales todo lo que me había pasado desde que salí del hotel de Praia da Galé, incluido mi chispeante y maravilloso encuentro con Hugo en el vestíbulo y cómo me ayudó llevándome las bolsas de la compra al apartamento, ambas contemplamos al gato.

—¿Cómo te llamas? —le preguntó Nai, poco convencida, a mi huésped de cuatro patas.

Nada.

—Contéstale, es mi mejor amiga —le aseguré al bicho, que se limitaba a mirar a través de nosotras.

—Pues, si habla, no es muy parlanchín que digamos —murmuró Nai.

—Si le cuentas a Nai todo lo que me has contado a mí, te doy una ración extra de pavo cuando regresé de la tienda —le prometí al minino, ocultando mi desesperación con la versión más dulce de mí misma.

Nada. Nada de nada. Ni siquiera parpadeó el muy cabrón.

—A lo mejor está asustado —me consoló Nai.

—No sé por qué no quiere hablar ahora. Te juro que lo escuché y que estaba hablando conmigo cuando llamaste al timbre.

—Bueno, no pasa nada. —Ella me dio unos golpecitos en la rodilla.

—¡Claro que pasa! Necesito que me confirmes que sigo cuerda.

—Podría afirmar que estabas loca mucho antes de que te conociera, pero no creo que eso te consolara mucho —se burló la arpía a la que consideraba mi mejor amiga.

—¡Nai! No te rías de mí. Sé lo ridículo que suena lo que te he contado, pero cada palabra es cierta.

—De acuerdo, vamos a ver. ¿Has tomado alguna pastilla? ¿Para dormir, por ejemplo?

El corazón se me cayó a los pies. Nai no me había creído ni una sola palabra. No podía culparla, a mí me habría ocurrido lo mismo, pero, si ella no me creía, ¿quién iba a hacerlo?

—¿Crees que iba a tomarme una pastilla teniendo un bicho con cara de demonio en mi casa?

—No digas eso del pobre. No tiene cara de demonio, solo de gatito asustado.

Fue mi turno de soltar una risotada.

—¿Gatito asustado? Venga ya. ¿Tú lo has mirado bien?

—De acuerdo. —Nai me estudió con atención—. ¿Y el vecino buenorro? ¿Podría haberte dado algo para que tengas alucinaciones? Igual quería meterte en la cama y es de esos tipos pervertidos que en vez de ligar trata de someter a las mujeres a base de drogas.

—¡No! Claro que no. Él no es de esos. Además, la primera vez que escuché al gato fue esta mañana en la ducha. Ahí aún no me había cruzado con Hugo.

Ella se rascó la barbilla.

—Bien, pues supongamos que es verdad lo que dices y que el gato te ha hablado.

Aquello era lo que me gustaba de Nai. Podías contarle cualquier cosa sin que se alterara. Incluso cuando no me creía, trataba de apoyarme.

—*Síp*.

—¿Podríamos presuponer que está enfadado contigo y que por eso quiere que los demás te tomemos por loca?

—Imagino. —Me mordisqueé la uña—. Es una posibilidad. Nuestros inicios no han sido los mejores.

En la habitación resonó un resoplido que hizo que ambas nos giráramos precipitadas hacia el gato, quien no dio ni una sola señal de que hubiera sido el culpable de aquel sonido.

—En ese caso, tengo una solución. —Nai se acercó a mí para cuchichearme al oído mientras vigilaba a nuestro sospechoso de reojo—. Grábalo la próxima vez que te hable —me susurró.

—No creo que pueda hacerlo —confesé—. Es más bien como una conversación mental, como si me hablara únicamente en la cabeza. Ni siquiera le veo mover la boca cuando conversamos.

—Mmm… En ese caso, lo vas a tener difícil para demostrar que te dice cosas. ¿Estás segura de que es él el que te habla? ¿Igual podría ser algún tipo de espíritu?

—No, admitió que era él.

Nai me palmeó de nuevo la rodilla.

—No te preocupes, ya encontraremos una manera de conseguir que hable y de que tengamos pruebas de ello.

Lo dudaba, pero al menos me sentía mejor a como lo había hecho antes de la llegada de Nai.

—¿No es irónico? —mascullé, quitando algunos pelos pelirrojos de mi vaquero—. Hay gente a la que le toca la lotería, a otros un viaje al Caribe y ¿qué me toca a mí? Un puñetero gato al que se le cae el pelo.

Nai movió la cabeza con los ojos entornados.

—No te quejes. ¿Sabes a cuánta gente se le cruza un gato por el camino para hablarle?

—¿En serio esperas que lo sepa?

—Te lo voy a decir yo: ninguna. ¿Dónde has oído tú de gatos que hablan? Esas cosas solo pasan en las películas de fantasía.

En eso tenía razón. ¿Quién demonios se creía que un gato pudiera hablar? Ni yo misma me lo creía todavía, aunque la idea de que pudiera estar trastocada tampoco era demasiado agradable.

—¿Y de qué me sirve? Nadie se lo va a creer. Lo único que va a pasar es que me tomen por loca y lo malo es que, probablemente, sea justo eso.

—Por el momento no se lo digas a nadie y espera a ver qué pasa. Si dentro de unos días sigues igual, te acompaño al médico a que te haga una revisión.

Frotándome los ojos, asentí.

—De acuerdo. Creo que es lo mejor. Vamos a dejar pasar unos días. De todos modos, no me va a quedar más remedio. No voy a echarlo a la calle y no creo que vayan a adoptarlo de un día para otro.

—Bueno, ahora tengo que irme a sacar a mis bebés —dijo Nai refiriéndose a los cuatro perros con los que había formado su propia familia numerosa, contando a su marido

Borja, claro está, que no tenía nada de perro, pero sí que me recordaba a un *highlander* pelirrojo cada vez que me cruzaba con él.

¡Justo ahí era donde estaba el problema! ¿Por qué a ella le tocaba un *highlander* y a mí, un gato?

—Vale. ¿Volverás luego? —supliqué con mi mejor expresión de cachorrillo solitario.

—Claro, ¿en serio crees que iba a perderme los pastelitos de Belém que sé que has traído y que me cuentes cómo acabó lo de ese camarero con el que te querían liar tus tías?

—¡Chismosa!

—Ahhh, pero soy una chismosa a la que adoras.

—Eso me lo tendré que pensar —repliqué con sequedad mientras ella reía.

Intenté mantener una sonrisa sobre mis labios, hasta que la puerta se cerró detrás de ella y me giré hacia el gato traidor.

CAPÍTULO 8

—¿Me puedes explicar de qué va todo esto? Primero me hablas, y luego me dejas en ridículo delante de mi amiga —reprendí al gato sin cortarme ni un pelo. El muy cabrón se dirigió al salón con la cola en alto y se enroscó en el sofá como si no me hubiera escuchado. Lo seguí enfurecida y me planté ante él con los brazos en jarras—. ¡No trates de tomarme ahora por tonta! ¡Sé que te he oído hablar!

Los ojos amarillos se posaron sobre mí llenos de una sabiduría que no había distinguido antes en ellos.

—*No he sido yo quien te ha tomado por tonta.*

—Y entonces, ¿por qué no has dicho nada cuando te lo he pedido?

—*Porque no soy ninguna atracción de feria.*

—¿Y quién demonios te ha pedido que lo seas?

—*¿Y qué es exactamente un gato que habla para un humano?*

Abrí y cerré la boca gesticulando en el aire mientras buscaba una respuesta que me eludía.

—No lo sé. ¿Un gato con habilidades especiales?

—*O sea, un bicho de feria o uno que descuartizarían en uno de esos laboratorios modernos con tal de estudiarlo con la excusa de descubrir los secretos del universo, ¿no?*

—¡Venga ya! ¿Vas a decirme ahora que nunca has hablado con nadie más que conmigo?

—*No he dicho eso.*

—¡Ves! —Lo miré triunfal—. Y sigues aquí.

—*No todo el mundo me oye.*

Me senté a su lado.

—¿Quieres decir que, aunque le hubieras hablado a Nai, ella podría no haberte oído?

—*Exacto.*

—¿Y qué tipo de personas pueden oírte entonces?

—*Brujas.*

Eso me hizo detenerme.

—Yo no soy ninguna bruja. ¿O lo soy?

—*No, no lo eres.*

—¿Entonces?

—*Tu caso es especial.*

—¿Por qué? ¿Qué soy? —Aunque tenía que confesar que desde que era una niña había tenido la ilusión de tener poderes especiales ocultos o algún don secreto, ahora que me encontraba ante la posibilidad de que fuera real, me atemorizaba la idea.

—*No es por lo que eres, sino por* quién *eres o eras y por tu relación conmigo.*

—¿Perdón? —Lo miré con ojos como platos.

—*No tengo aún la certeza, pero sospecho que eres la reencarnación de alguien que formaba parte de mi vida cuando aún era humano.*

—Me estás vacilando, ¿no?

—*¿Le estás preguntando eso al gato con el que estás hablando?* —me retó el muy cabrón con ironía.

Bufé.

—¿Y qué te hace pensar que yo pudiera ser esa persona?

—*Tu nombre; tus ojos, que tienen ese tono miel con diminutas trazas doradas idéntico a los de ella; la forma en la que te frotas la muñeca derecha y te la presionas con el pulgar cuando estás en duda o alterada...* —ambos miramos mi muñeca derecha, en la que precisamente en ese momento mi pulgar estaba hundido de forma casi dolorosa—, *y el hecho de que puedas oírme.*

—¿Y cuándo crees haberme conocido?

—*En 1501, cuando te casaste con mi hermano Arturo.*

Mi mente se quedó en blanco.

—Estamos en el siglo veintiuno —dije después de que mis neuronas comenzaran a funcionar de nuevo.

—*Es bueno saberlo. Hace años que perdí la noción del tiempo.*

—¿En serio quieres hacerme creer que tienes más de quinientos años?

—*¿Eso es un piropo? Han pasado siglos desde que una mujer no me dice que no aparento la edad que tengo* —ronroneó medio seductor, medio divertido.

Parpadeé. ¿Estaba ligando conmigo? Nah, imposible. Solo era un gato.

—Bien, si no eres una alucinación, al menos sabemos que no has perdido tu sentido del humor —repliqué con sequedad—. ¿Cómo te llamas?

—*Henry Tudor.*

—¿Tudor? ¿Ese no es el nombre de la realeza británica? ¿Estabas emparentado con ella?

—*Enrique VIII, ¿te suena?*

—Sí. —Cuando él se quedó mirándome como si esperara a que yo reaccionara, poco a poco el significado fue aclarándose en mi mente—. ¿Tú eras *ese* Enrique? ¿El que mató a sus ocho esposas?

—*Fueron seis, solo dos de ellas fueron decapitadas y se lo buscaron por ellas mismas. Cometieron traición a la corona. No hubo nada que pudiera hacer por remediarlo.*

—¡Eran tus esposas! Y, si no recuerdo mal, no traicionaron a la corona. Fueron acusadas de ponerte los cuernos y no queda claro que no fueras tú quien las acusó en falso para quitártelas de en medio, lo vi en uno de esos vídeos de YouTube en los que hacen esas listas que empiezan con «Los diez...». No recuerdo cómo se llamaba el tuyo, pero de seguro que era algo como «Los diez reyes más macabros de la historia» o «Los diez mujeriegos más infames de la Edad Media».

—*Engañarme a mí era engañar a la corona* —siseó—. *Es lo que decía la ley. ¿Y para qué habría de montar aquel escándalo cuando podría haberme deshecho de ellas envenenándolas?*

—¡Y lo dices tan pancho!

—*No, no lo digo tan pancho. Es lo que pasó y, aun así, si pudiera volvería atrás para buscarle una solución a todo lo que hice, pero no puedo. Tengo que pagar por los pecados que cometí y lo acepto.*

—Espera un momento. Si tú eres Enrique VIII, ¿quién se supone que era yo?

—Catalina de Aragón, mi primera esposa.

—Pero ¿no acabas de decir que me conociste en la boda con tu hermano?

—*Mi hermano murió y yo te desposé ocho años más tarde, poco después de convertirme en rey de Inglaterra.*

—¿Yo fui una de las mujeres a las que mandaste cortarle la cabeza? —Ni siquiera sé por qué lo pregunté cuando la realidad era que no quería saber la respuesta.

Aunque parecía querer protestar, acabó por soltar un escueto:

—*No. Hice que anularan nuestro matrimonio.*

—Vaya, qué generoso —me burlé con la garganta reseca.

—*Escucha, sé que...*

—No, espera, no quiero oír nada más. —Me levanté con las manos en alto—. Yo... necesito asimilar todo esto primero. Esto no... no... Creo que voy a acostarme un rato. Quiero estar a solas —advertí por si aún no había quedado claro.

—*Aquí estaré si quieres hacerme alguna otra pregunta* —me dijo el gato, o Henry, o Enrique, o como se llamase.

Al llegar a la puerta de mi dormitorio me detuve y me giré hacia él.

—Espera, sí que hay algo más que quiero saber.

—*¿Sí?*

—¿Es casualidad que nos hayamos encontrado?

—*No fue cosa mía, pero no, dudo que fuera casualidad.*

—¿Y por qué crees que estás ahora aquí conmigo?

—*Porque creo que me están concediendo la oportunidad de redimirme por los pecados que he cometido, o al menos eso es lo que espero.*

Con un asentimiento entré en mi habitación y cerré la puerta. Puede que estuviera soñando, o que me hubieran encerrado en un manicomio y que estuviera perdiendo la pinza, pero algo muy dentro de mí me susurraba que lo que me había contado era cierto.

CAPÍTULO 9

Después de sacar la colada de la lavadora, miré de la cesta a mi nuevo huésped gatuno. ¿Qué probabilidades había de que provocara el apocalipsis si lo dejaba un rato a solas?

—Voy a colgar la ropa en la azotea, ¿quieres venir? —le ofrecí antes de pensar en lo que estaba haciendo.

Henry se bajó de un salto del sofá y se dirigió a la entrada. Con un suspiro, me apoyé la cesta en la cadera y abrí la puerta antes de cogerlo con el brazo que me quedaba libre.

—¡Madre mía, cómo pesas! ¿Estás seguro de que eres un gato y no un elefante enano?

Intenté reajustarlo lo mejor que pude tratando de equilibrar el peso de la carga que llevaba en ambos brazos.

—*Ahora mismo me definiría como una persona atrapada en el cuerpo de un felino con garras, que está a punto de despellejarte viva si no lo dejas en el suelo de inmediato.*

—¡¿Qué?! —Al tiempo que grazné abrí el brazo y lo solté de golpe.

Demasiado tarde caí en la cuenta de que podía haberse hecho daño al caer, pero, como buen gato mágico que era, cumplió con la leyenda y cayó de pie. Por unos segundos estuve tentada de razonar con él y argumentar que era más seguro si lo llevaba en brazos, pero ¿qué era lo peor que podía pasar? ¿Que saliera huyendo y me quitara de encima la responsabilidad de tener que cuidar de él hasta que alguien lo adoptase? Además, lo del elefante no era broma; bueno, sí, pero era verdad que pesaba como un mulo. No había forma de llevarlo a él y la cesta hasta la azotea sin acabar más encorvada que el jorobado de Notre Dame.

Podría haberme ahorrado la preocupación. El señorito se sentó ante el ascensor y, cuando se abrió, se me adelantó para entrar. Bufé al seguirlo. ¿En serio me había preocupado el que pudiera escaparse? Parecía que el bicho había tomado sus propias decisiones y que eso incluía el quedarse conmigo. Supongo que, si alguien me hubiese ofrecido un sitio donde pudiese pasarme el día tirada en el sofá, poniéndome tapitas de viandas sin moverme del sitio y dejándome dormir siempre que me apeteciera, yo también hubiese aceptado quedarme allí sin pensármelo mucho.

—¡Caty, espera! —gritó una voz familiar mientras sus tacones sonaban sobre los azulejos cerámicos del descansillo.

Metí la mano libre en la puerta del ascensor a la espera de que apareciese la cabeza llena de rizos castaños y los enormes ojos oscuros de la dueña de aquella voz.

—Hola, María Jesús —saludé a mi vecina del tercero A, que nada más entrar se apoyó en la pared mientras trataba de recuperar el aliento.

—Hola, gracias. Voy a perder el autobús y es una lata tener que esper... —Se detuvo en seco al descubrir al gato, y sus ojos se entrecerraron al estudiarlo con más atención—. ¿De dónde ha salido?

En vez de pulsar el botón de la azotea, le di al de la planta baja y solté una carcajada seca.

—Si te lo contara, no te lo ibas a creer.

—Ponme a prueba —murmuró ella sin perder de vista a Henry, que, por su parte, tenía el pelo de la espalda y la cola erizado.

—Una vieja me lo endiñó en Portugal diciendo que era mío. —Reí sacudiendo la cabeza—. No puedes ni imaginarte lo estrambótico de la situación, y mira, aquí estoy, con una mascota y sin saber qué hacer con él. Y, para rematar, a la protectora ya no le queda más sitio para acogerlo. Tú no querrás por casualidad un gato que le haga compañía a la tuya, ¿no? —La miré esperanzada.

María Jesús abrió horrorizada los ojos.

—Por nada del mundo querría a este, pero la anciana tenía razón. Es tuyo. No puedes dejarlo en una protectora, debes quedártelo tú.

El ascensor pitó y la puerta se abrió.

—¿De qué estás hablando? —pregunté, boquiabierta.

—Lo que te he dicho —insistió María Jesús con firmeza—. Tienes que quedarte con él. Confía en mí.

Antes de que pudiera preguntarle nada más, el ascensor se había cerrado y me había quedado de nuevo a solas con Henry. Con una sensación extraña, apreté el botón del último piso.

—¿Qué demonios le pasa a todo el mundo con eso de que eres mío? —le pregunté. Era un poco ridículo demandarle una respuesta cuando él ya me había contado su teoría, pero ¿con quién podía hablar si no? El dichoso bicho me ignoró y siguió con los ojos fijos en la puerta del ascensor y el vello erizado—. ¿Sabes que María Jesús tiene dones? —Cambié de tema—. Algunos del edificio rumorean que es una bruja. Igual podrías tratar de hablar con ella. Es buena gente y ella también tiene un gato. Uno negro, por cierto.

Henry bufó, pero no comentó nada al respecto.

El rato que estuvimos en la azotea fue tranquilo. Mientras colgaba la colada, él exploró sus alrededores saltando sobre uno de los muros y se dedicó a observar la ciudad mientras retozaba al sol. Yo era consciente de cómo me observaba, pero, por una vez, ninguno hicimos el intento de comunicarnos.

No fue hasta que el ascensor volvió a abrirse de nuevo en la tercera planta que nuestra débil tregua voló por los aires, y nunca mejor dicho, cuando nos recibió Layla, la enorme gata de Laura del primero. Tal y como vio a Henry, su inicial siseo se convirtió en un tímido maullido. Supongo que si me ponía en su pellejo podía entenderla; ver a otro *maine coon*, incluso más grande que ella, con aquel porte orgulloso y su hermoso color anaranjado, debía de ser el equivalente a cuando yo me tropezaba con mi vecino Hugo.

La gata entró en el ascensor. Henry retrocedió. Ella maulló. Él siseó. Ella lo ignoró y trató de restregarse contra él con la espalda encorvada, y él dio un salto, sobresaltado, y escapó del ascensor, dejándonos a mí y a su pretendiente tiesas.

—*¡Abre la puerta! ¡Abre la maldita puerta!* —me chilló Henry ansioso desde la puerta de mi apartamento.

Layla reaccionó antes que yo. Lo siguió y, por la forma en la que intentó olerle cierta parte de su anatomía y se restregaba contra él en plan Mata Hari, no parecía que le preocupara demasiado que Henry estuviese tratando de huir de ella o que le enseñase los dientes con un grito espantado.

—Parece que le gustas —me burlé con una risa ahogada ante el respingo que dio cubriéndose el trasero con la cola—. De hecho, parece que le gustas mucho. ¿Estás seguro de que ella no es otra de las mujeres de tu vida anterior?

Henry me fufó mostrándome sus afilados dientes.

—*¡Deja de reírte de mí y abre la dichosa puerta si no quieres que la eche abajo!*

—Si la echas abajo, ella te seguirá y, por lo que parece, está segura de que conseguirá de ti lo que quiere.

—*No pienso montar a una gata.*

Divertida, me saqué las llaves del bolsillo y me cambié la cesta vacía de cadera.

—Pero la pobre está en celo.

—*Celo te voy a dar yo a ti si no abres pronto la puerta.*

Reí. Era imposible no hacerlo viéndole con el trasero pegado a la pared y la expresión de absoluto horror grabada en su semblante gatuno. Con cautela de no pisar a ninguno de los dos mininos, metí la llave en la cerradura.

—Yo la distraigo un momento, pero tú tienes que darte prisa en entrar. Como Layla consiga seguirte, ya no habrá forma de echarla, y no pienso meterme entre una gata en celo y el objeto de su deseo —avisé—. A ver, ven aquí, bonita. Bonita, bonita, bonita… Ven aquí… ¡Hey! No me ataques, ¡es él el que no quiere nada contigo!

En cuanto Henry desapareció por la ranura entreabierta, le seguí apresurada y cerré la puerta de golpe. En cuanto pasé al salón, me encontré frente a frente con la cara resentida de mi nuevo compañero de piso, que me esperaba sentado sobre la encimera de la cocina.

Sin poder evitarlo, rompí a reír a carcajadas limpias.

—¡Dios, hasta de gato eres un seductor mujeriego!

—*Ja, ja, ja. Muy graciosa* —soltó él, irritado—. *El día en que un gato se restriegue contra ti tratando de echarte un polvo será mi turno de reírme de ti.*

Me aparté de la entrada e hice un gesto despectivo con la mano.

—Yo no soy una gata.

—*Yo tampoco* —replicó Henry dando un salto hasta el respaldo del sofá, donde se enroscó dándome la espalda.

Su respuesta me hizo detenerme. Si era cierto lo que decía, ¿era justo que lo tratase como un animal cuando en su cuerpo residía la mente de una persona?

CAPÍTULO 10

—De acuerdo, Henry, hora de darte un baño y ponerte guapo. —Encendí el agua de la bañera, saqué el bote de champú, el suavizante, el peine y el cepillo que había comprado en la tienda de mascotas y busqué una toalla vieja que me sirviera para secarlo—. Por cierto, estoy pensando... ¿No debería llamarte Harry? Es el equivalente a Henry si no me equivoco.

Cuando salí del baño, el dichoso minino no se encontraba por ningún sitio.

—¿Henry? ¿Dónde te has metido? —Recorrí el salón, la cocina y hasta miré debajo de mi cama.

Nada. No se encontraba por ninguna parte. Yendo al salón, me aposté en el centro con las manos en las caderas.

—Tenemos dos posibilidades, Enrique Tudor. Uno: me dejas que te quite los nudos yo despacio y con paciencia hasta que podamos peinarte, bañarte y echarte un producto para tus pulgas. O dos: te llevo al veterinario, te sedan si no colaboras, te rapan, te bañan, y te echan el producto para las pulgas. Luego te levantarás mareado y yo cabreada porque la historia me habrá costado al menos sesenta euros, y no es precisamente como si me sobraran.

—*Los gatos no necesitan lavarse, somos los animales más limpios que existen.*

¡Maldita sea! Miré a mi alrededor. Con la voz en mi mente, era imposible acertar de dónde provenía. Si al menos hiciese algún ruido…

—¿No crees que después de quinientos años podrías haberte ido adaptando un poco a los tiempos modernos?

—*¿De qué estás hablando?*

—De que ya no estamos en la Edad Media y que ya se te debería haber pasado tu miedo a bañarte.

—*Yo no tengo miedo a bañarme* —gruñó Henry.

Resoplé. ¿Por qué los hombres a veces se comportaban como niños pequeños?

—Ah, ¿no? Entonces, ¿por qué me insistes en que eres el espíritu de un humano atrapado en el cuerpo de un animal, pero luego alegas que eres un gato para todo aquello que te asusta?

—*Yo no he dicho que le tema a bañarme.*

—Entonces, ¿dónde está el problema?

Sonreí victoriosa cuando resonó un gruñido malhumorado desde el baño y lo encontré sentado con su habitual cara de mala baba sobre la alfombrilla. Acababa de ganarle la partida. ¡Jaque al rey!

—¿Puedes meterte tú solito en la bañera y, a ser posible, sin mojármelo todo? —Apagué el grifo y comprobé la temperatura.

Subiéndose al filo de la bañera con la gracia de un animal de solo un tercio de su cuerpo y peso, lo recorrió antes de meter una pata como si pretendiese comprobar que no era ácido. Me crucé de brazos y esperé con una ceja arqueada hasta que se dejó deslizar dentro. La mueca de pánico era para haberle echado una foto.

¡Mierda! Sabía que se me había olvidado algo. Debería haberle deshecho los nudos antes de que se mojara. Me mordí los labios. Ya no tenía solución y se lo había buscado él solito distrayéndome con su desaparición.

—Si te tiendes, tendrás la cabeza fuera del agua y estarás más calentito mientras te lavo.

Con reticencia, siguió mi consejo y dejó que le echara el champú sin quejarse.

—Cuéntame qué fue lo que pasó para que acabaras siendo un gato. Porque imagino que sabes lo que te pasó, ¿no? —le pregunté para distraerle mientras lo enjabonaba e inspeccionaba su pellejo. Tenía tantos nudos y tan enormes algunos que parecía estar convirtiéndose en un felpudo.

Dudaba mucho que el suavizante sirviera de mucho, lo que solo me dejaba la tijera. ¿Cuánto tardaría en darse cuenta de la montaña de pelo que iba a formarse en la papelera que me había colocado al lado?

—*En realidad, no estoy seguro de qué fue lo que lo desencadenó, solo puedo imaginarlo si tengo en cuenta los rumores que me llegaron y algunas cosas que descubrí luego por mi cuenta.*

—¿Y eso sería...?

La táctica de distracción pareció funcionar. No se dio ni cuenta de que comencé a tirar los primeros nudos de pelo a la basura.

—*Todo señala a que fue Ana.*

—¿Ana Bolena?

—*La misma.*

—¿De dónde sacaste esa teoría?

—*Ya antes de desposarme con ella recibí varios avisos de mi entorno de que era una bruja.*

No pude más que reírme.

—¡Venga ya! En tu época una era bruja hasta por lavarse más de la cuenta. Todavía no tengo del todo claro que las brujas de verdad existan.

—*¿Y los gatos que hablan sí?* —preguntó Henry con sequedad.

Cerré la boca de golpe.

—Vale, ahí me has cogido.

—*De todos modos, yo tampoco me lo creí en su momento, aunque tengo que admitir que luego, durante nuestra convivencia, hubo algunos detalles que me llamaron la atención.*

—¿Como cuáles?

—*Su conocimiento de las hierbas, sus visitas a mujeres que tenían fama de brujas y cosas por el estilo.*

—De acuerdo. Supongamos que era bruja, lo que no significa que tuviera que ser mala. ¿Existe algún otro motivo para creer que fue ella?

—*¿Te parece poco motivo que por mi culpa la acusaron de traición a la corona y que le cortaron el cuello?*

Vale, no me quedaba más remedio que admitirlo: las pruebas no la condenaban, pero era una sospechosa con S mayúscula.

Si había esperado que con lo gruñón que era ya de por sí Henry iba a darme problemas para bañarlo o que iba a tener que aguantar sus resoplidos, lloriqueos y quejas, me equivoqué en redondo. No solo no gruñía, sino que, mientras le masajeaba con el acondicionador, incluso se puso a ronronear con los ojos cerrados y la boca entreabierta.

Dos horas después, Su Majestad se encontraba tendido sobre el sofá con el pelo sedoso y brillante y roncando como un cerdo en época de celo. A pesar de que me tenía la espalda reventada y de que se me había ido casi todo el día atendiéndolo solo a él, no pude dejar de observarlo mientras me comí un sándwich de queso. Me daba lástima. Bastaba echarle una buena ojeada para que una pudiera percatarse de que no solo debía de haber pasado carencias, sino que también parecía exhausto.

Caí en la cuenta de que era la primera vez en todo el día que tenía tiempo de pensar y considerar el tema de que el gato hablara o que fuese uno de los personajes más famosos de la historia. Seguía costándome trabajo creerlo, pero, a menos que fuera una alucinación, no tenía ninguna otra explicación para ello. El gato por sí mismo era real, hasta ahí tenía las cosas claras. Nai lo había visto tan bien como yo. ¿Qué probabilidades existían de que cuando me levantara mañana seguiría oyéndolo?

CAPÍTULO II

Tras ducharme y ponerme cómoda, metí una lasaña precocinada en el horno, me eché una copa de Lambrusco, encendí una vela aromática, apagué la luz y empujé uno de los sillones hasta la ventana. Con un último vistazo al móvil, conté los últimos segundos que quedaban para que fueran las diez de la noche.

—Siete, seis, cinco, cuatro, tres, dos, uno…

Tan puntual como un reloj, Hugo salió a la terraza en pantalones de pijama, el cabello algo revuelto, un vaso con lo que parecía *whisky* en una mano y su iPad profesional en la otra y se tendió en su hamaca.

Era como si el hombre tuviese algún trastorno obsesivo-compulsivo que le obligara a seguir su rutina a rajatabla, pero, si lo era, no podía quejarme, no cuando le sacaba provecho noche tras noche y se había convertido en uno de mis mayores placeres al cabo del día. Aquella costumbre era una de las cosas que más había echado de menos en mi corto viaje a Portugal con mis tías. Me relajaba verlo así, sin que él sospechase siquiera que estaba compartiendo aquella intimidad conmigo. Era como si su serenidad fuese contagiosa. No quería ni pensar en el invierno y lo que supondría perderme aquellas citas clandestinas con él a causa del frío.

A veces, cuando me encontraba sentada allí en la oscuridad observándolo, me planteaba que debería estar prohibido que un hombre con un cuerpazo como ese se paseara medio desnudo e hiciera babear a las vecinas. Por fortuna, yo era la única con vistas directas a su terraza. Se me escapó un suspiro. ¿Quién sería la afortunada que, además de admirar esos músculos bien trabajados, podía hincarles los dientes? La simple idea de que existiese esa mujer me creó un resquemor en el estómago, sin embargo, no había nada que pudiese hacer al respecto.

Un tipo como Hugo, guapo, simpático, inteligente, con un buen trabajo y gusto por la ropa de calidad, quedaba fuera de mi alcance. Era algo con lo que era una estupidez engañarse, aunque no por ello iba a dejar de disfrutar de las magníficas vistas que me ofrecía y del efecto calmante que ejercía sobre mis nervios antes de acostarme. No había nada de malo en observar el paisaje, ¿verdad? Además, estaba convencida de que era más beneficioso para mi salud mental mirarlo a él que pasarme las últimas horas del día sentada delante del televisor cargándome programas basura.

—*¿Piensas pasarte toda la noche espiando a tu vecino como una mirona salida?*

Me encontré a mi compañero gatuno sentado en el pretil de la ventana con las orejas erguidas y sus ojos dorados puestos sobre mí.

—¿Qué tiene de malo? Lo disfruto, me relajo y, de paso, me distraigo. No le hago daño a nadie.

—*Es de pervertidos.*

—Mira quién habla, el que tuvo seis esposas y tropecientas amantes y acabó atrapado en el cuerpo de un felino.

—*No tiene gracia* —gruñó entrecerrando los ojos.

Me acerqué la copa de vino a los labios y lo estudié por encima del borde.

—No, no la tiene. No tiene ni puta gracia.

Con el encanto del momento roto, me levanté con un consternado suspiro y cerré las cortinas antes de encender la luz y echarle un vistazo a la lasaña.

—¿Te gusta la lasaña? —pregunté antes de darme cuenta de lo que estaba haciendo—. Perdona, se me olvidaba —me corregí de inmediato—, no creo que vaya a sentarte bien. El estómago de un gato no es igual que el de un humano. Tenemos que averiguar qué otros alimentos puedes comer aparte del chóped.

—*La lasaña está bien.*

—No creo que sea una buena idea.

—*He dicho que la lasaña está bien.*

Se me escapó un resoplido y me paré a mirarlo.

—Escucha, no trataba de burlarme de ti, solo que...

—*¡HE—DICHO—QUE—QUIERO—LASAÑA!*

El vello de mis brazos se erizó ante su tono. ¡Ah, no, eso sí que no! Despacio, puse los brazos en jarras y contemplé cómo se paseaba sobre la encimera de la cocina.

—Bien, pues parece que se te ha olvidado que ya no estás en tu corte y que el único lugar en el que sigues siendo el rey es en tu imaginación.

Henry entrecerró los ojos. Yo entrecerré los míos. Y ambos nos pusimos a mantenernos la mirada como si necesitáramos averiguar quién aguantaba más. De repente, su expresión cambió y mi vello se puso de punta. El muy cabrón estaba tramando algo, estaba segura de ello. En cuanto le echó un vistazo a la copa de Lambrusco medio llena que había dejado sobre la encimera, me subió un grito por la garganta.

—¡NO SE TE OCURRA!

El dichoso gato se mantuvo inerte con su mirada fija en mí. Ni siquiera pestañeé para dejarle claro que iba en serio y que pensaba matarlo si se atrevía a hacerle algo a mi copa. Tenía que haber previsto que iba a ser inútil. Si había sido capaz de permitir que a su esposa le cortaran el cuello, ¿qué no iba a hacer conmigo? Como si fuese a cámara lenta, el maldito bicho deslizó la pata sobre el granito y empujó la copa. El fino tintineo del cristal al romperse fue acompañado de una explosión rojiza que se expandió por el suelo y salpicó todo lo que había a metro y medio a la redonda.

—¡Serás cabrón! —Corrí a por un trapo y un plato para recoger los cristales y limpiar el vino derramado antes de que se expandiese y alcanzase la alfombra.

¿Cómo era posible que en un minuto pudiera estar relajada y soñando despierta y en el siguiente estuviese recitando más tacos que cuentas tenía un rosario? Para más inri, él ni se inmutó. Se limitó a tenderse sobre la encimera y a cruzar sus enormes patas en el frente como si acabara de completar su jornada laboral y hubiera cumplido con su misión.

—¿Ya estás satisfecho? —le exigí, exasperada, cuando acabé de tirar los últimos fragmentos de cristal y me inspeccioné las suelas de las pantuflas para comprobar que no tenía ninguno incrustado.

—*Lo estaré cuando coma mi lasaña* —replicó con una mirada de indiferencia, dando por supuesto que me había dado la lección que me merecía.

Le dediqué mi sonrisa más edulcorada.

—¿Te refieres a la lasaña que estás oliendo, con la que se te está haciendo la boca agua y que jamás probarás?

Antes de que pudiese reaccionar lo atrapé con ambas manos, lo llevé al lavadero ignorando sus alaridos asustados y lo encerré en el armario de la limpieza, colocándole una bombona por delante para que no pudiese escapar.

Por un momento, cuando comenzó a maullar y a tirarse contra la puerta formando un estruendo, dudé de mi decisión. No es que me preocupase que pudiese romper el bote de lejía o el del friegasuelos, pero sí que pudiese hacerse daño. Titubeé hasta que sonó la alarma del horno e, irguiendo los hombros, cerré la puerta del lavadero. No disfrutaba haciéndolo, pero, a menos que él aprendiera a comportarse, no iba a haber forma de que pudiésemos compartir una vida juntos.

Me detuve en seco. ¿Cuándo había aceptado que se quedase conmigo?

La lasaña me supo a cartón y, a pesar de mi intención de disfrutar de la cena, acabé por pasarme el tiempo controlando el reloj con una extraña presión en el pecho. Quince minutos después, Henry dejó de hacer ruido y aquello tuvo un efecto aún peor sobre mis nervios que cuando estaba tratando de destrozar el armario.

¿Era así como se sentía mi madre cuando, de pequeña, me encerraba en mi habitación para pensar? Cualquier tentación de procrear en el futuro se evaporó en aquel instante. Estaba claro que yo no estaba hecha para aguantar a mocosos, ni siquiera a esos críos adorables con mejillas regordetas y de enormes ojos azules que salían en los anuncios de la tele.

Después de cenar, le corté a Henry su chóped en daditos y, sin poder retenerme, acabé por servirle una diminuta porción de lasaña a un lado del plato. Se lo dejé sobre la encimera de la cocina, convencida de que obligarle a comer en el suelo solo iba a resultarle más humillante aún.

Preparándome para lo peor, inspiré tres veces antes de apartar la bombona y abrirle la puerta. Henry se limitó a salir del armario en silencio y se fue al rincón en el que había estado durmiendo aquella mañana, haciéndome sentir como si fuese un verdugo.

—Te he dejado tu cena sobre la encimera —le dije, dirigiéndome al dormitorio.

Me encogí por dentro cuando no hubo respuesta. No sé muy bien por qué dejé la puerta entreabierta, si era para poder controlarlo o para que no se sintiera más solo y excluido aún. Sabía que no debería sentirme culpable, que en el fondo él se lo había buscado, pero no conseguía dejar de darle vueltas a cómo debía de sentirse alguien atrapado en el cuerpo de un animal, de cómo me sentiría yo y de cuán peor debía de ser aquella sensación cuando, en el pasado, Henry había sido uno de los hombres más poderosos del planeta.

Con un suspiro, me acosté y me tapé hasta las orejas. Puede que mañana tuviese que hablar con él y llegar a algún tipo de acuerdo. Esa noche, lo único que quería hacer era dormir y olvidarme del caos en el que se había convertido mi vida en las últimas veinticuatro horas.

Cerré los párpados, decidida a soñar con un vecino rubio con cuerpo de infarto, pero, por más que lo intentaba, el azul de sus ojos no dejaba de convertirse en un cálido tono miel que dejaba entrever diminutas motas doradas bajo la luz del sol.

CAPÍTULO 12

En cuanto la estancia cayó en un repentino silencio y mis damas hicieron una apresurada reverencia hacia alguien situado a mi espalda, lanzándole disimuladas ojeadas mientras sus mejillas se teñían de rosa, supe quién acababa de entrar.

—¿Su alteza? —Mi estómago dio un brinco al encontrármelo en el umbral de la puerta, tan guapo como siempre, con aquellos ojos cargados de intensidad escudriñándome de arriba abajo.

Henry era guapo, pero eso no era lo que lo diferenciaba de los demás caballeros que había conocido en la corte inglesa, sino la determinación e inteligencia que se escondía tras la fachada jocosa que le mostraba al mundo. Poseía la fuerza, el empuje y el carisma del que su hermano había carecido y, aunque la muerte de Arturo había sido una desgracia, el destino le había hecho un favor a Inglaterra.

—Dejadme a solas con vuestra señora.

A pesar de que no aparté la mirada de él, sentí las ojeadas incómodas de mis damas. Su próximo rey acababa de darles una orden que se oponía a su función de proteger mi reputación. Sacándolas de su diatriba, asentí, dándoles el permiso para marcharse. Me irritó la desfachatez de alguna que otra risita baja mientras salían por la puerta y, aún más, que alguna se atreviera a lanzarle a mi futuro marido una mirada carga-da de tentadoras promesas. Erguido y seguro de sí mismo, Henry esperó a que se marcharan sin apartar su atención de mí. Un cosquilleo caluroso me subió por el cuello hasta el ros-tro y mis hombros se enderezaron con la secreta satisfacción de que mi futuro marido ignorase a mis descaradas damas.

—No debería estar aquí, su alteza —lo reñí con una suave sonrisa—. La ceremonia comenzará pronto.

Henry arqueó una ceja, echó el brazo atrás y empujó la puerta, indiferente al estruendo que armó al cerrarse y a la atención que debía de haber llamado entre aquellos que se encontraban en las cercanías.

—Estamos a solas. —Me estudió con ojos levemente en-trecerrados—. Antes me llamabas Harry, ¿por qué ahora te diriges a mí con *alteza*?

Tragué saliva ante la intensidad de su mirada.

—Porque antes érais el hermano pequeño del futuro rey, y ahora estáis a punto de ser coronado.

Amasé inquieta mis manos ante su indescifrable mirada. A pesar de que tenía cinco años más que él, poseía una fuer-za interior que seguía sobrecogiéndome cada vez que me cruzaba con él.

—¿Sigues pensando en mi hermano?

Su pregunta inundó la estancia de silencio. Aparté el ros-tro con una punzada de culpabilidad. Aunque apenas estu-viésemos casados veinte semanas, y que nunca llegáramos a consumar nuestro matrimonio, mi deber como viuda debe-ría haber sido tenerlo siempre presente, sin embargo, aquel no era el caso. Me resultaba imposible pensar en ningún otro hombre que no fuera Henry, que, con su fuerza y su presencia, lo ocupaba todo.

—Su hermano ha muerto, alteza.

—Eso no es lo que te he preguntado. —Se acercó a mí y me alzó la barbilla, obligándome a enfrentarme a su intenso escrutinio—. Contesta. —Incapaz de pronunciar palabra, me limité a negar, pero sus ojos se estrecharon de nuevo—. Cualquiera pensaría que, viniendo de la casa real de Castilla, sabrías que cuando un rey pide una respuesta es de obligado cumplimiento ofrecérsela.

Tragué saliva.

—No, alteza. No he vuelto a pensar en su hermano. No desde que me dieron la noticia de que me convertiría en su esposa.

En realidad, desde mucho antes, aunque aquello era algo que no me atrevía a confesarle ni a él ni a nadie.

—¿Ha existido algún otro hombre en tu vida, Catalina?

Me habría reído de haber podido. ¿Otro hombre? Por si su presencia no hubiera sido suficiente, llevaba encerrada con mi escueto séquito desde la muerte de Arturo. ¿Cuándo se suponía que debería haber conocido a otro hombre?

Muda, negué. Me estudió antes de asentir.

—En cuanto la ceremonia de nuestra boda se haya celebrado, todo el mundo esperará que te entregues en cuerpo y alma a su futuro rey y a su pueblo.

—Puede tener por seguro que lo haré, mi príncipe.

Alzó una ceja.

—¿Y si te contara que deseo mucho más que eso?

—¿Perdón?

—¿Qué opinarías si admitiera que he soñado con que este día llegase?

Tragué saliva.

—No sabría qué contestar, alteza.

—¿Y si te confesara que en esos sueños me hincaba de rodillas ante ti, prometiéndote ser tu siervo si estabas dispuesta a ser mi reina?

—Yo...

Mis manos comenzaron a sudar, un repentino calor ascendió por mi rostro y el aire de repente pareció haberse vuelto más espeso. Henry inclinó despacio la cabeza y acercó sus labios a mi oído, acariciándolo con su aliento.

—¿Y si te dijera que, cuando recorras el pasillo de la iglesia de Greenwich quiero tener la seguridad de que tu entrega hacia mí es total? —susurró con intención.

—Yo... —Tragué saliva, apretando mis palmas sudorosas contra mi estómago. Al contrario que su hermano, Henry siempre había sido lanzado y decidido—. ¿Qué quiere de mí, alteza?

Henry se irguió, me echó una mirada con la que parecía pretender leer mis pensamientos y acabó por coger la silla apostada ante la chimenea, luego la colocó con un gesto decidido ante mí. Fruncí el ceño, confundida. ¿Qué hacía? Cualquier posible respuesta escapó de mi mente cuando se acercó tanto que su pierna rozó la mía a través de las capas de tela que nos separaban. Atrapando un puñado de terciopelo bordado entre sus manos, fue alzándome con parsimonia la falda y las enaguas. Debería haberme apartado, haber protestado, huido en busca de mis damas o, al menos, haber reaccionado de alguna forma, por mínima que fuese. Me concedió el tiempo de hacerlo. No lo hice. Permanecí quieta, paralizada e incapaz de escapar de la oscura hambre reflejada en su mirada.

—Sujeta esto y coloca un pie en la silla. —Cuando no me moví, Henry atrapó con firmeza mis manos y las aseguró alrededor de la tela arremolinada en mi cintura antes de alzarme la pierna.

Aunque hubiera querido, no habría sido capaz de desobedecerle. En cuanto apoyé el pie sobre el asiento, me arrancó un jadeo al dejarse caer sobre sus rodillas frente a mí. Si aquel gesto me tomó por sorpresa, más aún lo fue el hecho de que acercase su rostro a mi entrepierna.

Estuve por bajar el pie al suelo y taparme avergonzada, escapando de tan pecaminosa inspección, no obstante, él se adelantó a mis intenciones. Sus firmes manos se posaron tras mis mulsos, manteniéndome quieta mientras sus palmas marcaban mi piel con un fuego que viajó a través de mí como un semental salvaje al galope, arrasando con cualquier resistencia u obstáculo que encontrase en su camino.

—Dime, Catalina, ¿cómo sabré que realmente estás dispuesta a entregarte en cuerpo y alma a mí una vez que nos casemos si ahora ni siquiera eres capaz de concederme este pequeño capricho?

Mi pecho se elevaba y bajaba con frenesí, me faltaba el aire y mis piernas parecían no querer mantenerme.

—No es propio que su alteza se arrodille ante mí, ni… ni… —Un bochornoso ardor cubrió mi semblante.

—¿Un príncipe no puede tener una muestra de amor ante la dama con la que va a casarse?

Abrí y cerré la boca como uno de los peces del estanque al que acudía cada mañana a echarles migajas de pan, y acabé por decir lo único que se me ocurrió en aquella circunstancia.

—¡La boda! Nos están esperando.

Él me regaló una sonrisa torcida.

—Dudo que empiecen sin nosotros, ¿no crees?

No sé si fue su sonrisa, o quizás el hecho de que tuviese razón. Estaba a punto de convertirme en su esposa, la futura reina consorte de Inglaterra, y el mundo entero nos esperaría si así lo decidíamos. Asentí.

—Tiene razón, alteza.

—Vuelve a llamarme alteza en privado y te haré pagar por ello.

—Sí, su… eh… ¿Henry?

Arqueó una ceja.

—¿Qué pasó con Harry?

Fue mi turno de mirarle a los ojos.

—Harry era un niño encantador del que siempre guardaré un buen recuerdo, pero forma parte del pasado, de una vida que quedó atrás con aquellos que se marcharon. Vos ahora sois un hombre, el hombre con el que me desposaré —corregí—. Y el futuro rey de Inglaterra.

Harry había sido el hermano pequeño de Arturo, un chico destinado a ocupar siempre un segundo lugar, alguien que habría tenido que arrodillarse ante mí y su rey, que me habría tentado con sus miradas y sus sonrisas a medida que creciera, pero del que siempre habría tenido que mantenerme alejada. Harry habría sido un sueño pecaminoso del que debería haberme avergonzado; Henry era real, pertenecía al presente, a mi presente, y pronto nuestras vidas quedarían entrelazadas para siempre.

—Mmm… —Pasó su pulgar, pensativo, por el interior de mi muslo, haciéndome temblar por dentro—. ¿Eso significa que debería ordenarles a todos mis amigos y familiares que a partir de ahora me llamen Henry?

Mi rodilla flaqueó cuando el pulgar se acercó peligrosamente a mi ingle y el brillo en sus pupilas me reveló que sabía lo que estaba haciéndome y cuál era el motivo de mi respiración cada vez más superficial y ajetreada.

—No... —Jadeé cuando su dedo alcanzó la humedad con la que mi cuerpo me traicionaba.

—¿Entonces? —Su dedo se deslizó entre mis pliegues, y sujetarme al respaldo de la silla fue lo único que evitó que me desplomase ante la avalancha de placer que me robó los restos de mi escasa cordura—. Mírame, mi reina, quiero que me mires.

—No importan los demás siempre que... nosotros... ¡Alteza! —Mi gemido ahogado resonó a través de la estancia.

—Termina lo que ibas a decir —me ordenó, separándome los pliegues con delicadeza.

La urgencia de apartarme de él y esconderme batalló con mi necesidad por descubrir si podía regalarme más de aquel extraordinario placer.

—No importan los demás. Ante Dios y ante el mundo seréis mi esposo y mi rey, y el único que puede ocupar esa posición es Henry.

Su cabeza desapareció bajo mi falda, pero no sin que antes pudiera ver el contento que atravesó su rostro. No tuve tiempo de recrearme en el hecho de que lo hubiese complacido con mi respuesta. Su aliento me acarició sin darme la oportunidad de anticiparme a la invasión de su húmeda lengua, y el dulce y delicioso placer que se irradió a través de mi vientre a su paso. A duras penas conseguí mantenerme en pie.

Mis jadeos se entremezclaron con mis gemidos cuando el toqueteo de su lengua se tornó rápido y posesivo, justo antes de succionarme al interior de su abrasadora boca. No sé cómo ocurrió, ni si aquello era normal, pero un calor espeso y líquido inundó mis entrañas y por mis venas se extendió el fuego como si mil dragones las recorrieran arrastrando las llamas tras de sí. Mis caderas se movieron por voluntad propia, estrujando mis partes más íntimas contra su boca; mis gemidos inundaron la estancia y mis piernas cedieron bajo mi peso. Si no hubiese sido porque Henry se levantó y me acogió entre sus fuertes brazos, rodeándome por la cintura, habría acabado en un hatillo tembloroso sobre el suelo.

—Gracias, mi señora, por tan dulce regalo. —Con una sonrisa torcida, se limpió la barbilla con el reverso de su mano—. Estoy deseando que acabe la ceremonia para terminar lo que hemos empezado.

—¿Su alteza? —Quise hundirme bajo la tierra ante mi debilitado graznido.

Henry me estudió con el ceño fruncido, aunque en sus ojos había un chisporroteo pícaro.

—Pensé que ya te había advertido de que llamarme así en privado tendría sus consecuencias.

—Yo... —Me humedecí los resecos labios—. Lo siento.

—En dos semanas seré rey. Tú mejor que nadie deberías conocer la importancia de que los monarcas cumplamos nuestras amenazas, ¿cierto?

—Sí, su... Henry —respondí, tragando saliva.

¿En serio pensaba castigarme? Aquella mezcla de seriedad y diversión me tenían mareada.

—Y ya sé qué castigo es el que recibirás —afirmó con una sonrisa que me hizo ponerme en alerta.

—¿Cuál? —Aunque me salió en apenas un murmullo, el temor en mi voz quedó patente.

Henry sonrió y recorrió la curvatura de mi cuello con la nariz, arrancándome un estremecimiento.

—El día de nuestra coronación me esperarás por la noche desnuda en la Cámara de los Lores, sentada en el trono, únicamente adornada con las joyas y la corona.

—Pero...

—Y, si vuelves a llamarme alteza o no cumples con lo que te he pedido, además, añadiré unos azotes.

—Su... Henry, ¿qué hay de mis damas?, ¿y los guardas? No puedo deshacerme de ellos y hay demasiados en el Palacio de Westminster.

—Podrás despedir a tus doncellas, y mis guardas permanecerán en la puerta. Sabrán retener su lengua por la cuenta que les trae. Y ahora, mi señora, tenemos una boda a la que asistir. Tengo prisas por haceros mía.

—Henry...

—Confía en mí, seremos intocables.

CAPÍTULO 13

Me desperté sobresaltada y empapada en sudor. Mi mirada se dirigió de inmediato al alféizar de la ventana, en el que se encontraba Henry enroscado sobre sí mismo soltando ligeros ronquidos.

El aire se escapó de mis pulmones y me apreté los ojos con las palmas. ¡Dios! ¿Qué había sido aquello? El sueño había sido tan vívido y real que parecía que lo había experimentado en persona. Y el placer… Seguía con la respiración alterada y las piernas como si se hubiesen convertido en gelatina.

Mis dedos aún temblaban cuando alcancé el móvil en la mesita de noche y busqué imágenes de Enrique VIII; el tipo gordo y feo que vi no tenía nada que ver con el chico de mi sueño. Aliviada, estuve a punto de salirme del navegador cuando me dio por hacer una última búsqueda: «Enrique VIII joven».

Mi aliento se detuvo en seco al contemplar al chico con el cabello rubio que llenó la pantalla. El cuadro debió de ser de cuando apenas era un niño, pero su piel blanca, sus ojos del color del ron añejo y su barbilla algo cuadrada eran idénticas a como lo había visto en el sueño. Tal vez con un aire más vital y decidido y, definitivamente más atractivo en persona, pero sus rasgos eran inconfundibles.

Sin saber si estaba preparada para descubrir más, escribí «Catalina de Aragón» en el buscador y entré en imágenes. Y ahí estaba, la mujer que había soñado ser. Compartíamos el color rubio rojizo de nuestro cabello, los ojos oscuros y los labios un tanto finos, pero, por suerte, ahí se acababan nuestras semejanzas. Podíamos tener el mismo parecido que el de una nieta podía compartir con su abuela, pero nada más.

Comprobé la hora y me metí en WhatsApp.

> Nai, te necesito. Ahora.

> **Mi cómplice de travesuras:**
> Buenos días a ti también.

> Lo digo en serio, Nai.

> **Mi cómplice de travesuras:**
> ¿Ha vuelto a pasar algo con «Su Majestad»?

Parecía que el nombre en código que le había asignado ayer tarde a Henry cuando compartí con ella la conversación que había mantenido con mi gato parlante y sus fantásticas teorías se había consolidado.

> Sí.

> **Mi cómplice de travesuras:**
> Suéltalo.

> Te lo explicaré cuando estés aquí.

Parecía que la posibilidad de que Henry pudiera ser Enrique VIII y yo, la reencarnación de Catalina de Aragón había conseguido fascinarla tanto que ya ni siquiera necesitaba sobornos para dejar lo que fuera que estuviera haciendo para venir a verme de inmediato. No estaba convencida de que me creyera de verdad, pero, aunque su interés fuera el mismo que el que le despertaba una de sus novelas paranormales favoritas, el simple hecho de que pudiera desahogarme con ella me tenía agradecida.

Entrecerrando con cuidado la puerta del dormitorio y asegurándome de que Henry seguía dormido como un tronco, corrí hacia la entrada para abrir.

—¿Qué ocurre? —Nai me estudió con gravedad.

—Yo... —Me pasé una mano por la cara y la dejé pasar—. Creo que me estoy volviendo loca. Y me refiero a loca, loca de verdad.

—Ajá... ¿Y por qué piensas eso? —Nai se tiró sobre el sofá y cogió una galleta del paquete que había olvidado la tarde anterior sobre la mesita. La mordisqueó y esperó.

Abrí varias veces la boca en un intento por contarle lo que había soñado, pero acabé por desplomarme en la otra punta del sofá y encogí las piernas bajo mi trasero. ¿Por dónde podía empezar? Ni siquiera para mí tenía sentido lo que había pasado.

—¡He soñado con él!

—¿Con quién? —Nai siguió mi mirada a la puerta de mi dormitorio—. ¿Con el gato?

—¡No! Sí. Con Enrique VIII —me corregí—. El de verdad. El humano, el de su época, me refiero.

Nai se inclinó hacia mí.

—Cuenta, cuenta.

—¡Nai!

—¿No es para eso para lo que me has llamado? ¿Para contarme lo que has soñado con él?

—Sí. ¡No! —En la vida podía confesarle los detalles específicos de ese sueño.

—A ver, decídete. ¿En qué quedamos?

—¡Te parece poco que estoy fantaseando con la forma humana de un gato en el pasado! —siseé todo lo bajo que pude para que el minino en cuestión no me oyera.

—¿Y? —Nai ni parpadeó siquiera.

—¡Que son fantasías subidas de tono!

Ante esa revelación, Nai arqueó una ceja.

—Te refieres a picantes.

—¡Sí!

—Mejor, ¿no?

—¡No! ¡Ahora es un gato!

Soltando con un suspiro la pastita que mordisqueaba sobre la mesa, se giró hacia mí y me echó una de esas miradas que te advertían que estaba a punto de dispensarte uno de esos consejos serios y profundos que podían hacer que tus entrañas se encogieran como si acabaras de cargarte un litro de zumo de limón concentrado y sin azúcar.

—¿Y no se te ha pasado por la cabeza que lo único que necesitas es un buen polvo?

¡¿Qué?!

—¡Nai!

—¿Qué? —Parpadeó con inocencia—. ¿A ver si esa no es mejor solución que la de internarte en un manicomio?

Abrí la boca para protestar, pero en el fondo tenía más razón que un santo. Era lo bueno de Nai: cuando se ponía seria, ni el loquero más prestigioso daba mejores consejos que ella.

—¿Y qué me sugieres que haga? ¿Me meto en una de esas páginas para ligar, cierro los ojos y rezo para que el que me toque no sea un ochentón, un pervertido o un eyaculador precoz?

—Se te ha olvidado añadir: que se cepille los dientes, que no se pegue pedos durante la cena y que tenga dinero para pagar a medias en el restaurante —añadió con sequedad.

—¡Ves! Hasta tú misma reconoces que esas páginas son como jugar a las máquinas tragaperras. Solo una de cada veinte citas te hace tilín.

—Una de cada cien, por lo menos —rectificó—. Pero yo no te he dicho que te metas en una página de contactos.

—Entonces, ¿a qué te referías? —Crucé los brazos sobre el pecho. ¿Esperaba que le sacase palabra por palabra con una cucharilla de capuchino?

—¿Qué tal si buscas opciones más cercanas?

No sé por qué caí en su trampa. Sabía que lo era desde el mismo instante en que en sus ojos apareció ese brillo característico de villana de dibujos animados y trató de poner carita de inocente.

—¿Y cuáles serían esas opciones «más cercanas»? —pregunté, haciendo un gesto de entrecomillado con las manos.

—¿Qué tal el tío buenorro que vive a tu lado?

—¡Nai! ¡Esa no es una opción!

—¡Claro que lo es!

Crucé los brazos sobre el pecho.

—No, no lo es.

—¿Y por qué no? —Nai se echó atrás en el respaldo—. Pensé que habías quedado con él para tomar café. —Su sonrisa se tornó diabólica—. Aquí. En tu casa. En este mismo sofá. —Puntuó cada una de sus frases con un matiz terminante.

Carraspeé.

—Ya sabes de sobra que ayer fue la primera vez que hablé con él. No puedo presentarme en su casa sin más y pedirle que me ponga mirando para Pernambuco, y tampoco puedo asaltarlo cuando venga a tomar café, si es que viene y no cambia de opinión.

No debería haberle contado lo de la cita con Hugo. Si lo mencionaba ante las demás, iban a molerme a preguntas y mofas en el grupo. Imagino que era una suerte que no le hubiese hablado de las miradas íntimas que cruzamos, ni de sus comentarios ambiguos. No solía ser tan reservada con Nai, pero, por algún motivo, Hugo era algo mío, privado, y quería averiguar si de verdad habían existido las chispas que pensé notar ayer o si solo había sido cosa de mi imaginación, antes de compartirlo con mis amigas.

—También sé que se te mojan las bragas nada más verlo —apuntó ella.

Fue mi turno de ser seca.

—A mí y a todas.

Sus labios se estiraron en una sonrisa de oreja a oreja.

—Yo para eso tengo a Borja.

—¡Ja! A nadie le amarga un dulce. Y ver a Hugo con el pecho al descubierto, definitivamente, lo es. Además —solté un suspiro exasperado—, acabo de salir de una relación, no sé si estoy preparada para otra.

Ella replicó con un gesto de la mano para restarle importancia.

—Necesitas un polvo, no un anillo de compromiso, y, por si no te has dado cuenta, ese tipo te mira el trasero cada vez que le das la espalda.

—¡Nai!

—¿Pretendes desgastarme el nombre?

—Si fuera Hugo el que lo repitiera, no te quejarías —respondí con ironía.

En vez de la respuesta retorcida que esperé cuando ella abrió la boca, se oyó un largo y amenazante siseo que nos hizo girarnos a las dos hacia la puerta, donde Enrique VIII nos enseñaba sus afilados colmillos.

Nai no se dejó amedrentar y se limitó a entrecerrar los ojos y a devolverle la mirada amenazante.

—Creo que deberías castrar a ese bicho, de seguro que se volvería más dócil.

CAPÍTULO 14

Cuando la manilla del reloj de la pared marcaba las seis menos cuarto de la tarde, parecía que estuviese poseída por un *poltergeist* y saliéndome de mi piel. La cafetera se encontraba encendida, las galletas fritas caseras extendidas sobre una preciosa bandeja de cerámica que mis tías me regalaron para las últimas Navidades y la mesa puesta con sus servilletas y un plato de dónuts por si a Hugo no le gustaban mis galletas.

Vale, lo de que la bandeja fuera «preciosa» era un sinónimo de «recargada de flores horteras y anticuadas», pero era la única que tenía, de manera que era lo que había. Además, a mis tías sí que les había parecido preciosa, porque de no ser así no me la habrían comprado, ¿verdad? Aunque también era posible que la encontraran de oferta y... ¿Por qué estaba dándole tantas vueltas a una dichosa bandeja? Las flores apenas asomaban por los bordes porque estaban cubiertas de galletas y Hugo era un hombre. Los hombres no se fijaban en esos detalles. Si no acertaban a encontrar un dichoso clítoris, ¿por qué iban a fijarse en flores? ¡Dios! ¿Cuándo iba a venir Hugo? Estaba empezando a desvariar.

Ya me había recolocado una docena de veces el mechón de pelo que estaba empecinado en liberarse de mi moño y me había cambiado cuatro veces de vestido, porque ninguno era o lo suficientemente recatado o lo bastante sensual como para que mi invitado se diera cuenta de que estaba abierta a algo más que un café, pero sin que se me notase lo desesperada que me sentía. «Desesperada» tal vez no fuese la palabra más adecuada. Desquiciada, necesitada, tensa, nerviosa, sofocada, hipersensible, salida, caliente… Iba a tener que revisar el diccionario de la RAE para comprobar si existía un vocablo en la lengua española para describir todo eso en una sola palabra. O igual existía un estado en Facebook que me sirviera para catalogar cómo me sentía. Aunque, ¿a quién le extrañaba que estuviera así? ¿Cuándo había sido la última vez que me había acostado con un hombre? No llevaba la cuenta, pero, si no tenía telarañas por ahí abajo, poco iba a faltarme para que me salieran.

Al final, me había decidido por un vestido suelto de color salmón con diminutos lunares que, con su amplitud, parecía casual a primera vista. Las finas tirantas mantenían el vestido en su sitio y mostraban los hombros, y las mangas caídas eran más decorativas que útiles, pero me cubrían, lo cual disculpaba que la falda no me llegase ni a la mitad del muslo. La tela era tan fina y suave que me hacía sentir tan o más sensual que si me hubiese puesto un camisón de Victoria's Secret, y el que hubiese decidido quedarme descalza, mostrando mis uñas recién pintadas, sin duda también ayudaba. Estaba cómoda y me sentía sexi y, con un poco de suerte, aparentaba el suficiente aire «desarreglado» como para que Hugo no se percatase de que mi meta era pescarlo y atraparlo en una pecera para mi uso personal.

Reí ante la idea de un bonito acuario en el que una versión liliputiense de Hugo, vestido solo con un pantalón de pijama a cuadros rojos, me esperaba sentado relajado en un sofá mirando su tele subacuática. Si esas cosas hubiesen existido y tuviesen a un tipo tan apuesto como mi vecino atrapado, me habría comprado un sillón solo para sentarme delante del acuario para poder observarlo.

—*¿Te estás dando cuenta de que te estás riendo sola?* —Si debía guiarme por el tono sarcástico de Henry, estaba mitad divertido y mitad irritado, aunque no tenía ni idea de por qué.

—¿Qué?, ¿a su alteza le molesta? —lo reté, agradecida por la distracción de mis caóticos pensamientos.

Tendido en su rincón, Henry observó cómo me tiraba del vestido para cubrir un poco más mis muslos y acabó por enrollarse y mirar hacia otro lado.

—*Es su majestad, y preferiría que no te encerrasen en un manicomio mientras viva aquí. Por lo que he comprobado, no creo que tu frigorífico se llene solo. Además, por si no te has dado cuenta, no he aprendido a abrirlo aún.*

Puse los ojos en blanco. ¡Viejo gato gruñón! No me extrañaba que la bruja portuguesa me lo endiñara para deshacerse de él. ¡Las seis menos diez! Fui a la repisa a sacar las tazas de café.

¡Madre del amor hermoso! Las primeras citas tenían todas esas emociones que tanto añoraba, como la ilusión, el nerviosismo, esas dudas del «¿Será o no será lo que busco?»… Pero se me había olvidado la forma en la que se te entrecierra el estómago provocándote náuseas, esas dudas que te atormentaban sobre si acudirá o no acudirá al encuentro y si le gustas en serio o si solo has malinterpretado sus intenciones cuando quedaste con él. Y, claro, sin olvidar esos incómodos momentos en los que no sabías de qué hablar con la otra persona. Estaba segura de que, si mi vecina Marta del primero hubiese estado en mi situación, no habría tenido ni el más mínimo problema y si hubiese sido Gema, mi compañera de trabajo, ¡ufff! Gema lo habría sometido a un interrogatorio digno de las SS nazis, habría apuntado las respuestas en su pizarra mental y al final le habría preguntado: «¿Nos llevamos el café a tu cama o a la mía?».

¿Yo, por el contrario? Era de esas chicas antisociales que, ante personas con las que no tenían confianzas, solo hablaba cuando tenía algo que decir o cuando me encontraba nerviosa en extremo. Jamás me acostaba con un hombre en una primera cita y… pensándolo bien, tampoco en las siguientes diez y, además, me desagradaba que los demás se encontrasen incómodos conmigo. Motivo por el cual saqué el taco de fichas escondido en el cajón de los cubiertos, para repasar los temas de conversación que podía sacar y las preguntas que podía hacerle a Hugo. Hoy pensaba romper mis normas y para eso necesitaba parecer una chica normal, o al menos más normal de lo que solía serlo. Las preguntas siempre eran una buena opción cuando una no sabía de qué hablar, era lo que permitía que los demás hablasen por los dos y, por lo general, a la gente le encantaba hablar de sí misma.

Mordiéndome los labios, me detuve en ese pensamiento. ¿Era eso lo que quería hacer con Hugo? Por un lado, sí, pero por otro… A mi mente regresó el sueño con Enrique VIII, en las ásperas manos subiéndome por los muslos y… ¡No! ¡Otra vez no! ¡Me negaba a regresar *ahí*! Había sido un puñetero sueño y uno del que debía olvidarme a cualquier precio. En un impulso cogí un bolígrafo y una ficha en blanco, y escribí: «¿Nos llevamos el café a tu cama o a la mía?».

Nai tenía razón. Necesitaba algo que me hiciese olvidar el maldito sueño y, de paso, me motivara lo bastante como para que mi próximo sueño erótico estuviese protagonizado por alguien más real y no el espíritu del pasado de un gato vagabundo que en su vida actual me trataba como si mi único objetivo en la vida fuese servirle.

Estaba tan metida en mi diatriba personal y en cubrirme de una coraza protectora por si la cita salía fatal que, cuando sonó el timbre, mi grito sobresaltado resonó por el salón y posiblemente hasta se escuchó en la calle. Un vistazo al reloj me reveló que eran las seis menos cinco. Hugo estaba siendo puntual. No debería haber esperado menos de un profesor de universidad. Secándome las palmas húmedas en la falda, me eché un último vistazo en el espejo del vestíbulo para ahuecarme el cabello. Tomé una profunda inspiración y vacié mis pulmones despacio antes de volver a llenarlos hasta los topes y bajar el pomo.

—¿Señorita Orellana?

Parpadeé confundida mientras un chico del que lo único que se le veía era la gorra amarilla esperaba mi respuesta.

—¿Sí?

—Tengo una entrega para usted. —Sin esperar mi respuesta, me endosó el enorme paquete que llevaba, dejándome sin visión—. Si es tan amable de darme su DNI.

—Sí, eh... —Al intentar reajustar la enorme caja en mis brazos, se me escaparon las tarjetas que tenía en la mano.

—Ooops. Espera que te eche una mano —me llegó la voz que llevaba todo el día deseando oír de algún sitio de detrás de la caja.

Cuando conseguí estirar el cuello y atisbar algo, conseguí retener mi lengua justo antes de que se me escapase una ristra de maldiciones al descubrir a Hugo acuclillado en el suelo recogiendo mis fichas.

—¡No! ¡No hace falta que te molestes! ¡Ya las recojo yo!

En vez de echarme cuenta, Hugo leyó una de las tarjetas y arqueó una ceja. ¡Tierra, trágame!

—Señorita, necesito su DNI —me recordó el repartidor, sin hacer ni el intento por ayudar con las tarjetas.

—Ah, sí, sí... —Distraída, le recité la secuencia de números de memoria.

—Gracias y que tenga un buen día —se despidió el chico de camino al ascensor.

Desesperada por recuperar mis fichas antes de que Hugo pudiera leerlas todas, me giré para dejar la caja en el vestíbulo.

—¡La madre que me parió! —chillé, dando pequeños saltitos en un intento por aliviar el tremendo dolor que de sopetón se irradió desde mi dedo meñique del pie hasta el muslo. ¿Cómo era posible que una cosa tan diminuta pudiese doler tanto al golpearse?

—¿Catalina? —Hugo estuvo de inmediato a mi lado tocándome el brazo—. ¿Qué te ha pasado?

Tengo que admitir que no era así como había esperado que me tocase por primera vez, pero iba a tener que apuntármelo para el futuro. Siempre era bueno saber cómo iniciar un contacto íntimo cuando una se quedaba bloqueada.

—Me he golpeado el pie en el umbral —gemí sin poder evitarlo.

—¡Ufff! Espera que te ayude.

Quitándome la caja de las manos, la situó con cuidado en el vestíbulo, antes de cogerme en brazos y cerrar la puerta tras nosotros. Debería haberle avisado de que podía andar, pero ¡joder! ¡Mi nuevo vecino guaperas estaba llevándome en brazos! ¡Esperad a que os lo cuente, chicas! ¡Os vais a morir de envidia! Tan pronto como reparé en los duros músculos bajo mis palmas, el calor que lo rodeaba como un halo y su firme antebrazo contra la piel de mi muslo, las cotillas de mis amigas pasaron a un segundo plano. Podría ser muchas cosas y tener demasiados defectos, pero ni yo era tan tonta como para perderme la oportunidad de sentirme como la princesa de un cuento de hadas.

Depositándome con cuidado sobre el sofá, Hugo hincó una rodilla en el suelo y se colocó mi pie sobre el muslo. ¡Madre del amor hermoso! Si no hubiese sido demasiado evidente, habría sacado el móvil para echarle una foto. Ni una sola de las chicas iba a creerme.

—¿Este es el que te has golpeado? —preguntó Hugo, estudiando mi pie.

—El meñique, sí —musité con un temblor en los labios digno de un anime japonés.

—Avísame si te duele —me advirtió, antes de tocarme la zona con una delicadeza que consiguió que se me pusiera la piel de gallina.

¡Ufff! Si me tocaba así los pies, entonces no quería ni imaginarme cómo podría tocarme otras partes de mi anatomía. Bueno, esa afirmación era mentira, *quería* imaginármelo y, de hecho, lo estaba haciendo.

—No parece que te hayas hecho daño, aunque puedes ponerte un poco de frío sobre la zona si quieres.

—No, gracias, ya se me está pasando —murmuré ronca.

Sus labios se curvaron en una sonrisa que me cortó la respiración.

—En ese caso, lo único que me queda por hacer es: sana, sana, culito de rana, si no sanas hoy, te sanarás mañana.

Mis ojos se abrieron como platos cuando se llevó mi pie a la boca y me besó cada dedo del pie. Cuando llegó al dedo gordo y lo mordisqueó con suavidad, mi cuerpo dio un respingo sobre el asiento, mi espalda se arqueó y por mi garganta se escapó un grito ahogado.

Él me ofreció una de esas sonrisas medio ladeadas «*made by* Hugo».

—¿El dolor ha desaparecido? —preguntó, bajando el pie con un brillo travieso en los ojos.

—Milagrosamente —admití sin aliento.

—*Créeme, eso no tiene nada ni de milagroso, y menos de religioso* —irrumpió el gruñido disgustado de Henry en mi mente—. *Cualquier hombre con un poco de conocimiento sobre el tema sabe cómo usar los pies de una mujer para darle placer y hacerla chillar extasiada.*

Estuve a punto de indicarle a Henry dónde podía meterse su sarcasmo en momentos tan gloriosos como aquellos cuando Hugo se levantó, por lo que me conformé con lanzarle una mirada fulminante al maldito bicho con bigotes.

—Perfecto. —Hugo se acomodó a mi lado y yo salté como un resorte, a sabiendas de que si me quedaba sentada a su lado un solo segundo más iba a restregarme contra él como una gata en celo. La imagen mental de la gata me hizo rechinar los dientes. ¡Nada de gatos ni gatas! ¡Yo! ¡Solo yo y Hugo!

—Uhmm… ¿Me devuelves las fichas? —Pedí con mi mejor expresión de chica buena e inocente—. Mejor las guardo antes de hacer el café.

Sus ojos se encontraron con los míos y la comisura izquierda de sus labios se estiró.

—Creo que no.

CAPÍTULO 15

Miré a Hugo boquiabierta. Debía de haberme enterado mal.

—¿Cómo que no?

Él se echó atrás en el respaldo como si el sofá fuese suyo.

—Primero, porque si son las preguntas que quieres hacerme, entonces es una buena idea que las tengamos a mano y, segundo, porque me ha gustado esta tarjeta —Hugo le dio la vuelta para que pudiera leerla—, y quiero descubrir si hay otras igual de interesantes.

No sé la de veces que mi boca se abrió y cerró como la de un besugo tratando de coger oxígeno fuera del agua, pero fueron más de media docena segura. ¿Por qué, de entre las veintidós tarjetas que había preparado, tenía que haberse fijado precisamente en esa?

—*¿Qué pone en esa tarjeta?*

Aunque hubiese podido hablar con Henry sin que Hugo me hubiera considerado una loca, existían cosas para las que, definitivamente, no éramos lo suficientemente amigos y aquella era una de ellas, de modo que fingí no haberlo escuchado.

—Yo... Ni... Ni siquiera sé por qué escribí eso y... eh... —Me mojé los labios sin saber muy bien qué decir. Si le ponía una vela a santa Teresa, ¿me ayudaría a hundirme

121

en la tierra o a hacer que las letras sobre aquella tarjeta se reorganizasen de algún modo para que significasen otra cosa?

Hugo se acercó tanto a mí que me habría bastado inclinarme un par de centímetros para que las puntas de nuestras narices se tocasen. Por si el calor de su cercanía no hubiese conseguido ya anular el funcionamiento de la mitad de mis neuronas, el suave aroma de su dulzón perfume se encargó de neutralizar el resto.

—Me gustan las mujeres que saben lo que quieren y que van a por ello —murmuró, recorriéndome la mandíbula con su pulgar.

—Mmm… —No tenía muy claro que yo fuese de las que sabían lo que querían, pero en ese instante estaba dispuesta a ser el tipo de mujer que quisiera con tal de seguir sintiendo el cosquilleo que se extendía desde mi nuca hasta mis extremidades y, de nuevo, de regreso para acabar instalándose en la parte baja de mi vientre.

—Ahora sé una buena chica y ve a hacer el café.

Mi espalda se puso rígida. El cosquilleo se apagó como si alguien le hubiese echado un cubo de agua a las brasas. Parpadeé. ¿Acababa de mandarme a hacer café? ¿Y me había dicho que fuese una buena chica? ¿Buena chica como en «yo soy el hombre y tú la mujer que está aquí para servirme»? ¡Ahhh, no, por ahí no pensaba pasar!

En el siguiente instante sus labios rozaron los míos con una suavidad tan extrema que casi no sabía si me lo había imaginado o no y… y volví a parpadear. Era como si mis neuronas se hubiesen reseteado y, mientras volvían a encenderse, la mitad me aconsejaba mandarlo a la mierda y ponerlo de patitas en la calle y la otra mitad, montarlo como si fuera un toro mecánico, demostrarle cómo podía ser un buen chico para mí y luego mandarlo a Pernambuco.

Que Hugo se volviese a apoyar en el respaldo y comenzase a revisar las tarjetas hizo que me decidiera por el camino intermedio: hacer café, tranquilizarme, darle una segunda oportunidad por si había sacado las cosas de quicio y, luego, tomar una decisión racional y calmada.

—¿A qué estás esperando? —se mofó Henry—. *El pobre hombre quiere su café. Sé una* buena chica *y llévaselo. Igual, si eres buena, te rasca luego detrás de las orejas.*

—Vete a la mierda y olvídate de que vuelva a rascarte en ningún sitio.

—¿Perdón? ¿Me estás hablando a mí? —Hugo me miró sobresaltado.

¡Mierda!

—Eh, ¿has oído voces? —pregunté con mi mejor carita de inocencia—. Yo no he oído nada —le aseguré, sacudiendo la cabeza y frunciendo el labio inferior—. Igual han sido las tripas de Henry. Tiene unos gases espantosos a veces.

—¿Henry?

—*¡Arpía!*

—Henry es ese bicho con cara de estreñido que ves ahí. —Señalé al rincón desde el que el mencionado bicho estaba fulminándome con la mirada—. ¿Ves la cara que tiene? Al principio pensé que era cara de mala leche, pero en realidad el animalito la tiene por lo que quiere, pero no puede hacer. ¿Verdad, mi precioso *mohoncete*?

—*¡Mohoncete tu madre!*

—Vaya... —Hugo lo estudió con una ligera mueca de disgusto—. ¿Y no lo has llevado al veterinario?

Henry y yo mantuvimos una silenciosa batalla de ojos entrecerrados.

—Sí, y me ha recomendado darle un buen laxante para que suelte toda esa mala baba que tiene. Tenía mis dudas, pero mañana me acerco a la farmacia sin falta. No sé por qué no lo he hecho antes.

Henry me siseo y se dirigió con la cola tan erecta como un estandarte al dormitorio.

—Veo que te llevas bien con tu mascota —comentó Hugo con un titubeo.

¿Llevarme bien con él? ¡Ja! ¡Si él supiera! Con una sonrisa fingida, fui a la cocina a terminar de preparar el café. El móvil vibró sobre la encimera y, después de un vistazo a Hugo, que seguía distraído con las tarjetas, desbloqueé la pantalla.

> **Mi cómplice de travesuras:**
> Me ha llamado Marta para quedar a tomar un café. ¿Te vienes?

Podría haberme buscado una excusa, pero estaba demasiado alterada como para seguir con aquellas mentiras.

> Ha venido Hugo. Le estoy preparando un café.

> **Mi cómplice de travesuras:**
> ¿Un café? ¡Échale un buen chorro de *whisky* para que se le alegre el cuerpo antes de proponerle un mambo horizontal!

> No voy a bailar ningún mambo con él.

Mi cómplice de travesuras:
Caty, cariño, ¿qué es lo que estuvimos hablando esta mañana? Deja de esconderte y toma al toro por los cuernos. Nunca sabemos qué pasará mañana, es mejor disfrutar lo que te ofrece la vida que arrepentirte de lo que te has perdido.

> Muy profundo.

Mi cómplice de travesuras:
¡Has cogido la idea! Eso es justo lo que le tienes que pedir a ese buenorro: despacio y profundo 😈 😏 😊

Mi cómplice de travesuras:
Y ahora ve y libera a esa diosa sexual que sé que llevas en tu interior.

¿Diosa sexual, yo? Solté un resoplido y tosí en cuanto me di cuenta de que Hugo estaba mirándome de nuevo. Más que una diosa sexual, a ese paso iba a verme como una chiflada de la que era mejor salir de huidas. ¿Por qué me tenían que pasar esas cosas? Yo quería ser el tipo de diosa que me había comentado Nai: morbosa, sensual e irresistible; el problema era que no tenía ni idea de cómo serlo. Se me daba bien entrar en un juego y disfrutaba seduciendo a los hombres, pero hasta ahora siempre habían sido ellos los que daban el primer paso y yo, la que aceptaba o rechazaba lo que me proponían. Retrógrado, lo sé, pero también seguro para mis sentimientos y mi autoestima.

Carraspeé bajo la intensa mirada con la que me estudiaba mi invitado.

—¿Lo quieres con leche o negro? —pregunté con mi sonrisa más dulce.

—Preferiblemente con leche de soja y medio sobre de sacarina.

Me quedé mirándolo mientras él seguía leyendo. ¿Leche de soja? ¿Se pensaba que esto era una cafetería vegana?

Cinco, cuatro, tres, dos, uno.

Inspirar… esperar… espirar…

¡Cinco!, ¡cuatro!, ¡tres!, ¡dos!, ¡uno!

Inspirar… esperar… espirar…

¡CINCO!, ¡CUATRO!, ¡TRES!, ¡DOS!, ¡UNO!

Inspirar… esperar…

—¿Estás contando hacia atrás? —preguntó Hugo con el ceño fruncido y una expresión en los ojos que ya no dejaba duda sobre lo que pensaba acerca de mi cordura.

¡Espirar!

¿Por qué cojones no me funcionaba nunca lo de contar? En las películas siempre lo hacía. Era casi como un recurso mágico para que los personajes perdieran toda la tensión acumulada.

—Eh… ¿sí? —repliqué con una sonrisa forzada—. En algún sitio leí que, si esperabas cinco minutos a… que se asentase el café antes de volver a moverlo, sus cualidades… eh… aromáticas se potenciaban.

—Ahh. —Hugo titubeó—. Sí, lo recuerdo. Yo también he leído algo por ahí. —Asintió—. Sin duda una teoría interesante, aunque nunca la había puesto en práctica.

¿Estaba tomándome el pelo? Era imposible que hubiese leído semejante idiotez, hasta yo me daba cuenta de ello. Solo había dos posibilidades, o tres si me ponía en lo peor.

Uno: se estaba riendo de mí.

Dos: estaba tratando de darme la razón para mantener calmada a la perturbada desquiciada en cuya casa se había metido y a la que comenzaba a cogerle miedo.

Tres: era tonto.

Por algún motivo, la última opción me parecía la más grave. En vez de a mi diosa sexual, estaba despertando a mi monstruo interior, pero eso no era lo que yo quería, ¿o sí? *¡Nop!* Necesitaba visualizar, ver cómo florecía una mujer sensual y segura en mi interior, una capaz de seducir a un hombre como Hugo, sacarle… uhmmm… ¿los jugos? ¡Ufff! ¡Vaya rima más mala! De verdad, necesitaba ponerme a visualizar y dejarme de más idioteces.

Con una sonrisa a lo Angelina Jolie, cogí las dos tazas de café y me acerqué al sofá. Los profundos ojos azules se alzaron para seguir el lento balanceo de mis caderas y pude notar cómo Hugo dejó de respirar cuando me paré entre sus piernas.

—¿Has decidido dónde quieres el café? ¿En tu cama o en la mía?

—¿Y si mi respuesta fuese que en ninguna?

—Oh…

—¿Y si te confesase que lo quiero aquí mismo?

—¿Aquí?

Su sonrisa aumentó al ver mi confusión y se acercó al filo del sofá.

—Ajá, justo aquí, en tu sofá.

—Oh...

Posando sus manos en el reverso de mis rodillas, me miró a los ojos desde abajo.

—Yo también tengo una pregunta para ti.

—¿Cuál?

—¿Me deseas?

Sus ásperas palmas ascendieron milímetro a milímetro por mis piernas. Tragué saliva, pero asentí.

—Sí. —Mi voz salió apenas en un aliento ronco a medida que sus manos seguían ascendiendo.

—¿Y quieres esto? —preguntó en el instante en el que sus manos alcanzaron el borde de mis braguitas.

Asentí, con la boca demasiado reseca para responder. Con suavidad y sin prisas deslizó las bragas hasta mis tobillos y me ayudó a deshacerme de ellas.

—Ahora ven, siéntate en mi regazo.

Sus manos fueron firmes en mi cintura cuando me ayudó a sentarme sobre él sin que se me derramase el café de las tazas. El contacto con la áspera tela de sus vaqueros me hizo consciente de mi falta de ropa interior debajo del fino vestido. Había algo morbosamente erótico en aquella desnudez que se sentía, pero no podía verse.

—Ahora, deja que compruebe algo. —Sin dejar de mirarme a los ojos, Hugo deslizó los finos tirantes por mis hombros y bajó el vestido hasta que estuvo arremolinado debajo de mis pechos, aprisionándome los brazos a la altura de los codos—. Así, eso es, tan perfecta como me había imaginado.

Mis ojos se abrieron cuando metió tres dedos en una de las tazas y usó el líquido para trazar uno de mis pezones, hasta que

quedó empapado de café y una gota se balanceaba peligrosamente
de su punta. Justo cuando temí que la gota fuese a caerse y a man-
charme el vestido, los labios masculinos rodearon mi areola y su
lengua... ¡Oh, Dios! ¡Su lengua!

—¿Te duele el dedo?

Parpadeé con tanta fuerza ante la inesperada pregunta
que, más que párpados, parecía tener alas de mariposa aba-
nicándome. ¡Mierda! ¿Ahora también soñaba despierta?

—¿Perdona? ¿Qué?

—El dedo del pie... —repitió Hugo—, que si te duele.
Acabas de gemir.

—Yo... ahhh... no, lo siento, acabo de darme cuenta de
que se me ha acabado la leche de soja.

En parte, aquello era verdad. Después de la ruptura con
mi ex, intenté ponerme a dieta y compré un bote de leche
de soja, solo que acabó echándose a perder en el frigorífico
y acabé tirándolo.

—Ah, vale, no pasa nada —replicó Hugo con una mueca.

—¿Leche desnatada? —le ofrecí con mi mejor sonrisa.

—Mejor negro.

—Café negro marchando. —Me obligué a mantener la
sonrisa, que se había vuelto algo rígida, mientras cogía las
tazas y me dirigí hacia el sofá con el seductor balanceo de
caderas que había visualizado en mi ensoñación.

Hugo me miró con el ceño fruncido cuando me detuve
delante de él.

—Pensé que íbamos a tomar el café en la mesa. —Señaló
a la mesa detrás del sofá, donde tenía colocadas las bandejas
con las galletas y los dónuts.

Mis mejillas se inundaron de calor.

—Sí, sí, claro… Es que, como te he visto tan cómodo en el sofá, pensé que a lo mejor preferías…

—La mesa está bien, gracias.

Apresurada, retrocedí un par de pasos para dejar que se levantase. Henry gruñó a mi espalda, mis pies se enredaron con él, chillé, me tambaleé y traté de recuperar el equilibrio con los brazos. Las tazas volaron en dirección a mi invitado y con ellas el café y, finalmente, caí y mis rodillas parecieron quebrarse bajo el impacto. Creo que lo único que me libró de destrozarme las rodillas y partirme el cráneo fue que conseguí sujetarme a las musculosas piernas de Hugo y que un mullido cojín frenó el impacto de mi cara.

Un cojín mojado, que olía a café.

No, no un cojín.

Abrí los párpados y alcé la cabeza para mirar la enorme mancha marrón sobre la que había caído.

Definitivamente, no un cojín.

¡Dios! ¿Por qué?

Con la sangre corriendo a raudales hacia mi rostro, mi cabeza se alzó como si fuese un globo caliente, solo para encontrarme con una horrorizada mirada azul que debía de estar al menos igual de conmocionada que la mía.

¡Mierda! ¡Mierda! ¡Mierda!

Ni toda la saliva del mundo iba a permitirme tragar la acidez que me estaba subiendo por el esófago.

En serio, habría dado lo que fuera con tal de que lo que frenó mi cara hubiese sido un cojín.

CAPÍTULO 16

Los ojos de Nai se mantuvieron tan abiertos como lo haría el obturador de una cámara réflex durante una noche sin luna.

—¿Que estampaste tu cara sobre su paquete? —repitió como si necesitara repetirlo varias veces antes de que pudiese creérselo—. ¡Ay, madrecita de mi vida!

—No tiene gracia —mascullé, echándole una mala mirada a la que se suponía que era mi mejor amiga y la que ahora se encontraba sujetándose la barriga con ambas manos y lagrimones enormes corriéndole por la mejilla.

Podría haberlo entendido si se lo acabase de contar, pero habían pasado al menos quince minutos desde que se lo conté por primera vez.

—¡Pues claro que la tiene! —Nai hizo un aspaviento con la mano—. Lo que hubiera dado por haberle visto la cara.

—Créeme, te puedo resumir su expresión con dos palabras: agonía horrorizada.

Solo de recordarlo se me encogía el estómago con acidez. Apoyando la frente sobre la mesa, me di un par de buenos cabezazos. Sabía que esperar a que aquel gesto me ayudase a borrar la expresión masculina de absoluto horror de mi cerebro era inútil, pero prefería el dolor a tener que recordar el bochorno que pasé. Ni siquiera sé por qué se lo había

131

contado a Nai. Ah, sí. Porque se suponía que era mi amiga del alma y que iba a ayudarme a superar aquella humillante metedura de pata.

—Bueno, lo admito. Cuando te recomendé que sacaras a tu diosa interior, no pensé que acabarías hincada de rodillas ante él, bueno, eso sí era una posibilidad, pero no lubricándolo con café y aplastándole sus huevetes. ¡Ay, madrecita, que me meo otra vez!

—¡Arghhhh! ¿Podrías dejar de reír y tomarme en serio?

Al menos no le había mencionado cómo Hugo, después de que su sistema neuronal se descongelara, acabó sujetándose la entrepierna y doblándose sobre sí mismo hasta que acabó a mi lado de rodillas; o cómo luego se largó como si alguien le hubiese metido un petardo en el culo, graznando que llegaba tarde a una entrevista o algo así.

—¿Y qué le hago? —Nai cabeceó—. Si es que cada vez que lo pienso...

—¡Ufff! Me voy al baño —espeté—, al menos allí no hay nadie que se ría de mí.

Nada más abrir la puerta, mi mandíbula cayó tanto que casi tuve que agacharme para recogerla del suelo. Los ojos amarillos que tropezaron conmigo se abrieron de par en par y su dueño me siseó desde el inodoro, donde hacía apenas unos segundos antes había tenido la misma cara de concentración constreñida con la que había visto a mis compañeros de instituto resolver los problemas de un examen de física y química en el pasado. Sin decir palabra, salí y cerré apresurada la puerta tras de mí.

—En serio, esto tiene que ser una pesadilla —gimoteé sin poder evitarlo—. Que alguien me pellizque, por favor.

—¿Qué dices? —preguntó Nai, secándose las mejillas.

—Nada. —Tomé una profunda inspiración—. Nada de nada. —Apoyando la cabeza contra la puerta, cerré los ojos—. Creo que voy a sacarme una cita para el loquero.

Al menos, si me internaban, no tendría que volver a encontrarme a Hugo, ni soñar con un hombre del pasado que ahora tenía orejas puntiagudas y cola.

Despacio, me acerqué al mueble del salón y saqué la botella de *whisky* irlandés que había sobrado de nuestra última fiesta de chicas y me eché un buen chorro en el café, antes de sentarme frente a Nai y llevarme la taza a la boca.

—¿No estás siendo un poco dramática? —Nai arqueó una ceja mientras me mantenía la mirada.

Bufé.

—¿Tú crees?

Como para darme la razón, la tapadera del váter cayó con un estruendo, que nos hizo a las dos mirar hacia la puerta del baño, y a continuación se escuchó el agua de la cisterna.

—Dime que no es lo que creo que es —susurró Nai, con los ojos abiertos de par en par.

—Compruébalo por ti misma —murmuré, llevándome de nuevo la taza a los labios justo cuando se oyó el raspado de uñas contra la puerta.

Con una mirada incrédula, Nai se levantó a abrir la puerta del baño. Henry salió con la cola bien alta y se dirigió a su rincón, ignorándonos a ambas.

—¡Ay, madrecita! Necesito enseñarle eso a mis niños. ¿Cómo lo has hecho?

Se me escapó una carcajada seca ante su inocente esperanza.

—Llévatelo a tu casa —repliqué con sequedad—. Igual lo convences para que se lo enseñe él.

—Ah, no. —Nai se sacudió de forma visible—. Ese gato está empezando a darme yuyu.

—Amén. —Alcé mi taza para brindar con ella.

—En fin, tengo que irme. —Nai recogió su enorme bolso con un suspiro—. Es la hora de sacar de paseo a mis pequeñines.

Asentí, pero vacilé.

—¿Te importaría no contarle nada de esto a las chicas? —le pedí, antes de que alcanzase el vestíbulo.

—Claro que no. Además, ¿en serio crees que van a querer hablar de Hugo cuando se enteren de que tu gato te habla y caga en el inodoro? Prefiero chismorrear primero sobre las novedades relacionadas con el buenorro de tu vecino.

—¡Nai!

Salí corriendo tras ella antes de que pudiera cerrar la puerta tras de sí, pero acabé frenando en seco ante la figura masculina que me esperaba afuera.

—Eh... Hola.

—Hola. —Hugo me ofreció una media sonrisa—. Si a la que estabas buscando es a tu amiga, acabo de verla bajando por la escalera.

Miré en la dirección en la que señaló, y me quedó claro que los rizos pelirrojos que asomaban por encima del descansillo significaban que Nai no se había marchado del todo aún y que la muy zorra se había quedado a espiarnos. Como se pusiera a reírse y llamara la atención ante el hombre que tenía frente a mí, iba a matarla.

—Ah, vale, gracias. —Intenté reprimir una mueca ante el incómodo silencio—. Escucha, sobre lo que pasó antes...

—Pienso que deberíamos repetir la cita —farfulló Hugo, como si las palabras hubiesen pugnado por salir por su garganta.

—Ah, ¿sí? —Lo estudié incrédula. ¿Estaba hablando en serio?

—Sí, me fui precipitado y... y no llegué a tomar el café y... —Hugo soltó el aire de sus pulmones de golpe—. Y de verdad que me gustaría volver a intentarlo.

Me entraron ganas de pellizcarme para comprobar si estaba dormida.

—Oh, claro... —Señalé con el pulgar sobre mi hombro—. ¿Te apetece...?

—¡No! —Hugo alzó ambas manos y me mostró las palmas, dejando claro que prefería no volver a pisar mi apartamento en lo que le quedaba de vida—. Ya tomé café y, además, tengo que corregir exámenes, pero... el viernes por la noche lo tengo libre. ¿Te parece bien?

—Genial. ¿Vienes, salimos o...?

—¿Te gusta la comida china?

—Sí, claro.

—¿Qué tal si te invito a mi casa a cenar? Me sale un pollo al limón que está de muerte.

—¡Me encanta! Yo pongo el postre. —Me bastó ver el ligero elevamiento de sus cejas para repasar lo que había dicho. Gemí por dentro. ¿Acababa de insinuarle sin querer que iba a ofrecerme a él?

Los hombros de Hugo se relajaron y me mostró la primera sonrisa sincera y sexi desde que me había tropezado con él.

—Contaba con eso —afirmó con un guiño—. Nos vemos el viernes a las ocho en mi casa.

—En tu casa —repetí como si fuera un loro hipnotizado. En cuanto Hugo desapareció tras la puerta de su apartamento, cerré los párpados—. ¿En qué estaba pensando al ofrecerle el postre?

—En echarle un buen polvo —susurró Nai a voces desde la barandilla, donde solo se le veía la cabeza.

—¡Nai! Yo no pensaba en sexo, solo en poner algo para la cena.

—Cada vez que lo ves, lo único en lo que piensas es en sexo, de modo que no intentes disimular conmigo.

—Yo no... ¡Ufff! —Dejé caer los brazos en rendición—. ¡Qué más da! ¡Lárgate de una vez! Te están esperando tus niños.

CAPÍTULO 17

Recogí la mesa del almuerzo bajo la atenta mirada de Henry. Trataba de no reparar en él o en cómo me observaba. Me recordaba demasiado al sueño de la noche anterior, en el que otros ojos, esta vez castaños, se mantenían fijos sobre mí mientras bordaba una franja de rectángulos y puntos negros y blancos, los colores de Castilla, sobre el cuello de una camisa. «Su camisa».

No sé si lo que me tenía de los nervios era el hecho de que pudiese asociar a un gato con una persona o la precisión de los detalles acerca de cosas que no debería conocer. ¿Cómo había sabido que el negro y el blanco eran los colores de Castilla o que una reina se dedicase a bordar las camisas de su esposo? Si me hubiesen preguntado sobre ello dos días antes, habría dicho que una reina tenía cosas mejores que hacer y que para eso existían las costureras y bordadoras. Aquella noción había cambiado desde el momento en el que abrí mi portátil y busqué en internet, pasando de la curiosidad a la incredulidad y luego, a la ansiedad que me dominaba ahora mismo.

Para hacer las cosas aún peores, cada vez que aquel «Henry» aparecía en mis sueños, me costaba apartar la vista de él y la escena entera parecía revolver a su alrededor. Mis sentimientos, mi consciencia de mí misma, lo que hacía o dejaba de hacer, mi mundo onírico al completo estaba relacionado con él, como si fuese el centro de mi universo y yo gravitase a su alrededor. Incluso cuando despertaba empapada en sudor, mi primer pensamiento era aquel hombre.

Por si su imponente presencia con el metro noventa que debía de rondar no hubiese sido suficiente, tenía una intensidad en sus ojos que te atrapaba como la miel lo hacía a una mosca. Era tan poderosa que, aun en las distancias, conseguían despertar un cosquilleo sobre mi piel y me dejaban sentir su hambre. En cierta forma, su mirada era el reflejo de su personalidad. Poseía una energía que se detectaba desde el mismo instante en que pisaba una estancia y que se reflejaba en su porte y la seguridad de sus pasos al conquistar el espacio y la atención de los que lo rodeaban, incluida a mí.

Me sentía unida a él por más que un contrato firmado por ambas coronas o una boda, éramos mucho más que un rey y una reina, muchísimo más que meros esposos. Me lo decía el modo en el que mi pecho se calentaba en su presencia, la manera en la que podía sentir su presencia sin necesidad de alzar la mirada de mis quehaceres o cómo su felicidad y sus sufrimientos eran los míos. Era mi alma la que estaba unida a él. Durante el sueño había estado convencida de ello y había sido un sentimiento tan potente que aún ahora, despierta, seguía experimentándolo.

—¿*Te ocurre algo?*

—¿Qué? —Alcé la vista hasta Henry, que me estudiaba desde la estantería en la que se había subido y ahora me vigilaba con atención. ¿En serio era posible que aquel gato anaranjado hubiese sido aquel hombre de mis sueños? Sonaba imposible, pero los sueños eran tan reales que, cuando despertaba, me tomaba varios minutos darme cuenta de que estaba en el presente y que mi iluminado dormitorio no tenía nada que ver con las oscuras estancias de piedra cubiertas por alfombras hechas a mano—. Sí, estoy bien. —Vacilé al mirarlo—. Tengo una curiosidad.

—¿Sí?

—He visto por ahí que te encantaban los deportes y que practicabas tenis, esgrima y hasta fútbol. —Me callé que el lugar en el que lo había *visto* era en mis sueños.

—En aquella época no se conocían por esos nombres, pero sí, era muy aficionado a los deportes. También practicaba la caza, a la que tú a veces me acompañabas.

Su respuesta me congeló por unos segundos, antes de que le dirigiese una sonrisa un tanto forzada.

—¿Y no te cuesta estar ahora todo el día aquí encerrado? —Señalé a nuestro alrededor.

Mi apartamento no estaba mal para una sola persona, pero no dejaba de ser solo eso, un piso de sesenta metros cuadrados.

—El ejercicio físico me ayudaba a aclarar mi mente, y disfrutaba con el esfuerzo y el bienestar que me generaba, al menos hasta que enfermé con gota. No obstante, el motivo principal por el que disfrutaba con los deportes era la competición, el ganar y establecer mi superioridad con respecto a los demás en todos los aspectos de mi vida. —Henry miró a un espacio indeterminado frente a él, como si desde allí pudiera ver el pasado—. Para mí era importante el demostrarme a mí mismo y a los demás que era el mejor. Ahora mismo ya no queda nadie a quien tenga que demostrarle nada, excepto a ti. —Alzó la cabeza en mi dirección—. Y lo que tengo que probarte no es mi aptitud física.

—¿Qué es lo que tienes que demostrarme, entonces?

Me miró sin parpadear.

—Dímelo tú.

Se me ocurrían un par de respuestas, pero requerían de preguntas para las que aún no estaba preparada. Me costaba creer que el hombre y las situaciones de mis sueños fuesen recuerdos auténticos del pasado, pero, si se parecían, aunque solo fuera de lejos a lo que había ocurrido, entonces no comprendía cómo el amante que me hacía el amor de forma apasionada, quien me hacía reír y que, a ratos, me miraba como si fuese su mundo, hubiese podido abandonarme y olvidarse de mí.

—En Netflix hay una serie que va sobre ti, sobre los Tudor —cambié de tema—. ¿Te apetece que echemos una tarde de pelis?

Henry se tomó su tiempo en responder.

—No estoy seguro de querer descubrir cómo me han recordado.

Había tanta agonía en esa simple confesión que, aun a sabiendas de que no se lo merecía, se me encogió el corazón por él.

—Para empezar, como un hombre atractivo, eso sin lugar a dudas —bromeé—. Si te parecías aunque solo fuese un poco a ese actor, puedo entender por qué se me derretían los pololos por ti o lo que fuese que se llevase en aquella época.

Su risa cálida y baja me tomó por sorpresa.

—¿Es de eso de lo que quieres que te hable? —me retó con un tono cargado de una pícara diversión—. ¿De lo que llevabas o dejabas de llevar cuando nos encontrábamos a solas?

Tragué saliva. Si esa pregunta me la hubiese hecho el Henry de ojos castaños… ¡No! No podía permitirme el lujo de ir ahí. Ese Henry ya no existía y tampoco podía ver el gato que tenía ante mí como una persona. Era insano y... una locura. Definitivamente, una locura.

—Me gustaría ver la serie y que me contaras qué es y qué no es cierto —cambié inmediatamente de tema.

Henry saltó de la estantería y se estiró con pereza antes de subirse al sofá y mirarme lleno de expectación.

—¿Empezamos?

Con el cuello rígido y el lumbago quejándose a gritos del maltrato al que lo estaba sometiendo, abrí un ojo y me estiré con un largo gemido. Seguía en el sofá, con la serie sobre Enrique VIII en el televisor, aunque, por los personajes nuevos que habían aparecido, debía de haberme dormido durante varios episodios. Un vistazo al reloj de la pared me confirmó que eran las seis y veinte de la mañana; no me extrañaba que en el exterior ya se pudiese apreciar la primera claridad o que mi cuerpo estuviese molido después de tantas horas seguidas en el sofá. Henry, a mi lado, seguía despierto y sin perder de vista la pantalla. Alcé una ceja.

—¿Qué? ¿Recordando viejos tiempos? —bromeé con la garganta áspera.

Sentándome con una mueca, me coloqué un cojín en los riñones y descansé los pies sobre la mesita.

Cuando Henry no se movió, pensé que no me había oído.

—Las cosas no fueron así —murmuró, tenso—. Se han dejado detalles importantes sin mencionar y, sin embargo, se han inventado y tergiversado otros.

—¿Como cuáles? —Me puse una mano sobre la boca al bostezar.

Como si la pregunta lo desinflara, se dejó caer sobre el sofá y apoyó la cabeza sobre sus patas.

—Demasiadas.

—Bueno, explícame alguna, me gustaría comprenderlo.

—Aunque lo que en realidad quería saber era si había abandonado a Catalina de Aragón con la frialdad que aparecía en la serie, en ese momento apareció una mujer en escena que le relataba nerviosa al rey que había visto a Ana con su hermano—. Dime que esa fue una de esas cosas. ¿En serio la acusaron de cometer incesto con su hermano? Venga ya, ¿por qué iba a hacer eso?

—Dijeron que para tener los hijos que yo no podía darle.

Me giré hacia él. El tema de los hijos varones parecía ser una constante en su vida.

—¿Y tú te lo creíste?

Henry saltó del sofá.

—No sé qué fue lo que creí —dijo de camino a su rincón, donde se enrolló sobre sí mismo.

A pesar de que mi estómago gruñía y a que necesitaba una visita urgente al baño, durante la siguiente media hora me quedé pegada a la pantalla del televisor, presenciando incrédula algo que había sabido, pero que había tratado de ignorar hasta aquel momento. Con el sonido de la espada cruzando el aire para caer sobre el cuello de una joven Ana Bolena, apagué el televisor y permanecí largo rato sentada en silencio.

Si me había parecido cruel lo que le había hecho a Catalina de Aragón en la serie, la muerte de Ana Bolena lo convertía directamente en un monstruo. Fui consciente de los ojos amarillos que me escrutaban desde la encimera de la cocina, pero me sentí incapaz de hablar sin haber asimilado primero lo que acababa de ver.

—Hiciste que le cortaran el cuello. La condenaste a morir así, sin más —musité sin fuerzas—. ¿Por qué lo hiciste? ¿Es al menos cierto de lo que la acusaste? ¿Tenías pruebas o te lo inventaste para largarte con tu siguiente cortesana?

Ni siquiera quise mencionar que Ana había sido una de mis damas, al igual que lo había sido Jane Seymour si las pistas que aparecían en mis sueños eran ciertas.

—Diga lo que diga, jamás será suficiente para justificar o excusar lo que hice.

—Pero… —Me giré para poder verle mejor—. ¿Es que ninguna de nosotras te importaba? ¿Tan poco valíamos para que solo nos usaras con la intención de satisfacer tus caprichos y luego desecharnos del modo más despreciable y cruel posible?

—No, no se trataba de eso. —Dejó caer la cabeza—. Yo solo buscaba en las mujeres lo que otros buscan en el alcohol o las drogas: olvidarme de mi propia inutilidad como hombre, tratar de demostrarme que era uno a pesar de todo, a pesar de no ser capaz de lo más sencillo y que hasta el más pobre de los campesinos podía hacer: tener un hijo.

—¿Y eso justifica que ordenaras matarlas?

—No.

—Entonces, ¿por qué lo hiciste?

Henry permaneció callado. Cuando quedó claro que no iba a darme la respuesta que buscaba, me levanté para refugiarme en mi dormitorio.

—Catalina…

—Mantente alejado de mí. Necesito… Necesito tiempo para asimilar todo esto y… para ver si soy capaz de seguir teniéndote a mi lado después de descubrir lo que eres y todo el daño que has hecho.

CAPÍTULO 18

Mis piernas temblaban a medida que avanzaba por los desiertos pasillos del castillo. Los pasos de mi cortejo y el crepitar del fuego de las antorchas que portaban los pajes que nos acompañaban sonaban fantasmales a través de la noche. Los pocos guardias con los que nos encontramos por el camino agacharon respetuosamente las cabezas y los que se encontraban apostados ante la sala del trono me abrieron la pesada puerta sin preguntar, como si el rey ya les hubiera dado instrucciones.

El calor se acumuló en mi rostro ante la idea de que conocieran el motivo tras mi visita, y que al día siguiente los rumores y cuchicheos correrían como la pólvora a través de la Corte. ¿Acaso no era ya lo bastante bochornosa la mentira que les había contado a mis damas para estar allí a aquellas horas como para que encima me descubriesen?

Los pajes encendieron las antorchas en las paredes y las cuatro damas que me acompañaban se despidieron con una reverencia para apostarse en el exterior junto a los guardias. Cerré los ojos humillada. Desde la comodidad de mi alcoba no me había imaginado cómo debía sentirse Henry las noches en que acudía a mi habitación acompañado por su propia escolta, al menos en esas ocasiones podía mantenerme escondida tras las cortinas de la cama hasta que él se metiese bajo el edredón conmigo.

Cuando la puerta se cerró con un eco hueco a mi espalda, me abandonó el valor para seguir las órdenes que me había dado mi esposo. ¿Qué ocurriría si quien entraba en la sala era alguien diferente a Henry? ¿Si era uno de los pajes para avisarme de que el rey no vendría? ¿Y si no venía solo? Tragué saliva. Sus órdenes habían sido claras, al igual que lo era el castigo que me había susurrado al oído durante el banquete. ¿Iba a arriesgarme a no cumplirlas?

Me sudaban las manos al bajarme la capucha de la capa y me abrí con manos inestables la cinta del camisón. La tela cayó con suavidad alrededor de mis pies. Dejé atrás las zapatillas y avancé descalza por la estrecha alfombra hasta el trono. Había algo sensual y prohibido en caminar desnuda por aquella sala habitualmente llena de nobles y cortesanos y, al sentarme en el trono, solo adornada con mi corona y las joyas que había llevado para la ceremonia de la coronación, mis muslos se frotaban entre ellos con una degradante humedad. Estuve por regresar hasta el camisón y usarlo para borrar aquella indecorosa evidencia, pero me dominó un instinto perverso que me incitaba a rebelarme y mostrarme ante mi rey tal y como estaba.

Cuando la puerta se abrió y Henry pasó, se detuvo en seco, como si tuviese ante sí una visión a la que necesitase acostumbrarse. Una sonrisa tímida se esparció por mis labios. El hombre que me miraba era guapo, pero, más allá de ello, me fascinaba su porte poderoso. Era magnífico y era mío. Era mi rey, el soberano de una de las potencias más poderosas del mundo, el que me había elegido como la reina que lo acompañaría en su gobierno y para hacer historia junto a él. Dejándome guiar por el demonio de mi interior, abrí mis piernas al tiempo que él dejó caer su camisón, mostrándome la perfección de su anatomía. Henry ahora podía ser un rey, pero su cuerpo era el de un guerrero.

146

Recorrió la distancia que nos separaba con la elegancia de un felino, seguro de sí mismo y la mirada cargada de hambre. Sobre su piel se reflejaba la luz anaranjada de las llamas, cuyos reflejos y sombras se alternaban con el movimiento de sus estilizados músculos. Al llegar ante mí, me tomó la mano y se la llevó a los labios, rozándome los nudillos con delicadeza.

—Mi reina.

No respondí. Tenía prohibido llamarle Su Majestad, y Henry parecía un nombre demasiado baladí para aquel glorioso momento. Sin esperar a que le respondiera, se hincó de rodillas entre mis piernas y, abriéndome a él, bajó la cabeza, arrancándome un grito de placer y obligándome a hacer equilibrio con la pesada corona para que no cayera mientras yo arqueaba la espalda.

—Te prometí que te adoraría como solo mi reina se merece —murmuró contra mi sensible carne.

Como si haber fantaseado con aquella escena una y otra vez en mi mente durante el banquete me hubiera preparado para aquel momento, en cuestión de apenas unos suspiros, el calor se expandió a través de mi vientre y mi cuerpo convulsionó cabalgando a través de olas de placer que me recorrían y me inundaban sin parar. Mis uñas se incrustaron en el mango del sillón y con cada nueva caricia de su lengua mis músculos volvían a contraerse.

Cuando alzó la cabeza y me miró con el brillo de su barbilla compitiendo con el de sus ojos, cada pulgada de mi anatomía lo ansiaba con el frenesí de quien recibe su primera cena tras haber sido privado de comida por días.

Sin perderme de vista, despacio, con absoluta delicadeza, deslizó un dedo en mi interior. Mi cuerpo se abrió y adaptó a él, arrancándome un gemido desesperado, uno que rogaba por más. Jadeé ante la potencia de las sensaciones que vibraban a través de mí. Moviendo su dedo en mi interior con un rítmico vaivén, sus ojos no perdían detalle de mis reacciones, pero poco era lo que yo podía hacer cuando mi cuerpo parecía haberse separado de mi voluntad sometiéndose a la de él. Solo me quedaba contemplarlo con los labios entreabiertos mientras mis caderas se adaptaban a su compás y mi ser, a sus deseos.

Cuando añadió un segundo dedo, la contracción a su alrededor fue tan violenta que exprimió cada gota de líquido y ardiente placer de mi bajo vientre para dejarlo escapar entre mis muslos.

—Henry...

Su sonrisa fue forzada mientras en su frente comenzaban a formarse diminutas gotas de sudor.

—Pronto —prometió ronco.

—Yo... —Mi boca sustituyó lo que iba a decir por un largo jadeo.

—En cuerpo y alma, ¿recuerdas? Así es como quiero que te entregues a mí, mi reina.

El tiempo pareció ralentizarse, como si ambos nos encontrásemos en una burbuja en la que no existía nadie más que nosotros, nada, ni siquiera el bien y el mal, ni el infierno, ni el paraíso. O quizás sí, porque dudaba que en el infierno pudiera arder más de lo que yo lo hacía en aquel momento, consumida por las sensaciones que Henry despertaba en mi interior, formando una bola de calor cada vez más intensa, ardiente y concentrada en mi vientre que crecía y crecía con cada empuje de sus dedos, con cada espasmo, y con cada resbaladizo y delicado roce que me dispensaba.

Cuando los jadeos y gemidos comenzaron a fundirse unos con otros, llenando la sala del humillante eco de mi rendición, Henry se separó de mí y se levantó contemplándome con ojos oscuros y peligrosos, que me habrían hecho caer de rodillas ante él de haber estado de pie.

—¿Su Majestad?

—¿Su Majestad? —Henry arqueó una ceja, aunque pronto fue sustituida por una sonrisa casi cruel—. Te advertí que te castigaría por ello, ¿verdad, Catalina?

No tuve tiempo de responder. Antes de que supiera lo que pasaba, tiró de mis manos para ponerme de pie. Mis pezones se apretaron contra su pecho, rígidos y sensibles, deseosos de frotarse contra él y, contra la suave curvatura de mi estómago, pulsaba la rígida evidencia de su deseo, dejando un rastro húmedo tras de sí.

Henry bajó la cabeza y yo cerré los párpados esperando su beso, pero apenas me acarició con su aliento.

—Primero el castigo —murmuró ronco—. Un rey ha de cumplir tanto sus amenazas como sus promesas.

El brusco giro me tomó por sorpresa, y tuve que sujetarme al respaldo del trono cuando me obligó a arrodillarme sobre el terciopelo del asiento y me echó las caderas hacia atrás. Las fuertes manos me acariciaron el trasero expuesto ante él. Gemí mitad avergonzada, mitad muerta de placer cuando las abrió, y me mordí los labios cuando repitió el gesto varias veces más, creando un ritmo incitante que me abrió el ansia por más. El instante en el que sus dientes mordisquearon mis nalgas, di un respingo, pero nada comparado con el que di cuando su palma impactó sobre mi trasero, y mucho menos si lo comparaba con la forma en que lamió la huella ardiente que dejó sobre mi afrontada piel. Tres palmadas más se sucedieron del resquemor y las consiguientes caricias de su boca para calmarlo y, con cada una de ellas, se creó una expectación que hacía que mis muslos se tornaran más y más resbaladizos.

Aun así, nada me preparó para sentir la lengua de Henry penetrándome desde atrás. Mis dedos se sujetaron con tanta fuerza a la madera tallada del respaldo que temí que fuera a romperse. Mi interior se abría ante su invasión, deseosa de que profundizara y me descubriera más de aquel sobrecogedor cúmulo de placer con el que nunca habría podido ni soñar.

Rio por lo bajo cuando, al incorporarse y separarse de mí, se me escapó un gemido de protesta.

—¿Mi reina desea más? —se burló satisfecho.

Asentí, y mi «Sí» se convirtió en un largo «¡Síahhhhh!» cuando usó la sedosa punta de su erección para jugar entre mis resbaladizos pliegues, golpeándome entre ellos como si pretendiera seguir castigándome. Cuando retrocedió y presionó contra mi entrada, cerré los ojos y me tensé ante la tormentosa ansia que esperaba ser calmada por él. Podía sentir cómo pulsaba contra mi entrada, y cada efímera palpitación me llevaba más cerca de rogarle que acabara lo que había empezado. Hubo un leve avance, al que mi cuerpo cedió sin titubeos, pero la gloriosa invasión con la que yo esperaba que me tomase no llegó. La erección se resbaló entre mis nalgas y Henry se inclinó sobre mí para besarme los hombros.

—Casi consigues que olvide mis buenos propósitos, mi reina.

Me mordí los labios para no confesarle que eso era exactamente lo que quería de él. Con un gruñido, me mordió el hombro apretando su pelvis contra mi trasero, pero acabó por apartarse con un profundo suspiro.

Ayudándome a levantarme, ocupó su trono y alargó la mano invitándome hacia él.

—Ven.

Jamás me habían dicho una palabra más corta y más incitante que aquella. Me ayudó a acuclillarme sobre su regazo, con una rodilla a cada lado de él, y me acarició los labios para pasar por mi cuello y hasta la punta de mis pechos, donde mis pezones lo esperaban ansiosos.

—Demuéstrame que eres mi reina y toma lo que quieras de mí.

De entre todas las noches para la que me habían preparado mis yayas y mis damas de honor, ni una sola se parecía a aquella. Henry metió su mano entre nuestros cuerpos para sujetarse su erección. Desnuda, adornada únicamente con mi corona y mis joyas, me bajé con lentitud sobre él.

Henry no protestó cuando mis uñas se hundieron en sus hombros, ni tampoco lo hizo cuando me tomé mi tiempo para balancearme sobre él. Se inclinó hacia mis pechos para atrapar una areola en su boca, sus manos viajaron hasta mis caderas y, alzando su pelvis, con una única y certera estocada, acabó por hacerme suya, hundiéndose en mí y fundiéndose conmigo. Su boca encontró la mía y, aferrados el uno al otro, nuestros cuerpos comenzaron a moverse al unísono, buscando desesperados el roce y la profundidad y, en mi caso, el sentirlo tan dentro de mí que jamás pudiera volver a olvidárseme lo que era pertenecerle y que me perteneciera.

No hubo pausas ni reflexión, solo nuestros cuerpos contoneándose en una danza íntima y secreta, nuestras lenguas encontrándose entre jadeo y jadeo y nuestra desesperación por el otro devorándonos. Una vez más se fue incendiando la llama en mi vientre, creciendo con cada firme estocada, con cada hambriento beso y con cada posesiva caricia.

Sus gruñidos y jadeos se entremezclaron con los míos y el sudor en su frente cayó en largos goterones por su sien.

—¡Henry!

Como si aquella fuera la única señal que necesitara, los dedos masculinos se hundieron en mis caderas para sujetarme mientras sus arremetidas se volvieron frenéticas y descontroladas, llevándome a ese precipicio lleno de corrientes de placer, al que me lancé sin dudarlo hasta dejarme consumir. Mi largo grito de rendición fue seguido como un eco por el gruñido victorioso de mi rey, arrancándome una débil sonrisa mientras mi alma parecía abandonarme el cuerpo consumido por el éxtasis.

Agotados, nos abrazamos sin aliento, sudorosos, apoyados el uno contra el otro, mientras nuestros corazones trataban de regresar a la calma. Él seguía pulsando en mi interior, y gemía con cada contracción involuntaria de mi vientre a su alrededor, pero no trató de apartarse, algo que le agradecí en silencio.

Echando la cabeza atrás, me acarició la acalorada mejilla con sus nudillos.

—Mi reina —murmuró.

—Mi rey —susurré en respuesta, a lo que en sus labios se dibujó una posesiva sonrisa que me prometía que pensaba serlo por mucho tiempo.

Desperté desorientada, con las sábanas enredadas entre mis piernas, el cuerpo empapado de sudor y los efectos de lo que acababa de transcurrir en mi sueño acumulado entre mis muslos.

Como ya se había convertido en una costumbre desde que se había venido a vivir conmigo, mi huésped gatuno se encontraba en el alféizar de la ventana, rodeado por la oscuridad y el silencio, vigilándome con aquella mirada indescifrable que me dejaba en duda de si sabría lo que ocurría. La conciencia de que todo había sido solo un sueño penetró en mi mente y, con ello, el bochorno. Lo último que quería era que un gato pudiera pensar que yo había soñado con él en una situación tan morbosa, o al menos con la versión de él en su vida anterior.

Di gracias porque en vez de preguntar se limitase a saltar al suelo y a salir de la habitación. No estaba preparada para confesarle que acababa de hacer el amor con su yo del pasado, tampoco estaba lista para admitirlo ante mí misma. Ni siquiera quería averiguar qué clase de mente enferma me estaba empujando a aquellos sueños o si de verdad podían ser el recuerdo de nuestro pasado.

CAPÍTULO 19

No sé qué fue lo que me puso de peor humor, el que el sueño de anoche aún me tuviese alterada, el que Hugo parecía haber renunciado a su ratito de yoga en su terraza debido a la leve llovizna veraniega —robándome la oportunidad de contemplar cómo las diminutas gotas de agua recorrían su torso desnudo y descendían por sus trabajados abdominales— o el tener que ver los tropecientos envoltorios de bombones y la caja vacía tirada sobre el sofá.

Con la mano en la cintura, estudié la escena y solté un resoplido.

—Creo que toca ponerse a dieta durante un par de semanas.

—*¿Por qué ibas a querer ponerte a dieta? Estás perfecta como estás.*

Creo que, por primera vez desde que aquella vieja bruja me lo metió en el coche, me entraron ganas de darle un achuchón al dichoso gato, y no en el mal sentido.

—Gracias. —Con un profundo suspiro me dejé caer a su lado en el sofá, indiferente a los brillantes envoltorios que volaron al suelo—. Aunque creo recordar que en la Edad Media los ideales de la estética femenina variaban un poco con respecto a los actuales.

—*Pamplinas. Ningún hombre puede resistirse a unas curvas bien puestas.*

—¿Tengo que recordarte que tú ya no eres un hombre? Lo siento, eso ha estado fuera de lugar —me disculpé en cuanto me di cuenta de lo que había dicho.

—*Tienes razón, ahora soy un animal, pero puedo recordar a la perfección lo que me hacía el ver cómo mis dedos se hundían en tus caderas mientras te...*

—¡Alto ahí! —Me levanté de un salto y me alejé de él con las manos alzadas de manera protectora entre nosotros, como si yo fuese un vampiro y él, un cazador que me amenazase con una cruz bendecida—. ¡Ni se te ocurra seguir! No quiero saberlo.

Como si no tuviese suficiente ya con los sueños eróticos con Enrique VIII, como para que el dichoso gato me recordase que él era ese Enrique VIII. ¡Dios! ¿Qué me estaba pasando? Aquella obsesión por su «yo» pasado era enfermiza.

Henry se quedó mirándome. Si hubiese sido humano, estaba segura de que aquella expresión significaba que estaba frunciendo el ceño.

—*¿Qué he dicho ahora?*

—¡Nada! Acabo de acordarme de que no hay leche. Bajo un momento a la tienda de la esquina y ahora vuelvo.

Antes de que pudiera contestarme o pedirme que le dejase acompañarme, cogí las llaves del mueble del vestíbulo y cerré la puerta de un portazo, indiferente a que lo único que llevaba puesto era una vieja camiseta que me quedaba grande y un pantalón de chándal con unas chanclas.

Sin esperar al ascensor, bajé deprisa los escalones al segundo piso. No me percaté del error que había cometido hasta que una mancha oscura se lanzó en mi dirección.

—No. ¡No! ¡Flucho, ni se te ocurra saltarme encima con las patas llenas de…! —Conseguí apartarme del juguetón pastor alemán justo antes de que pudiera hacerme perder el equilibrio—. ¡Naiiii! ¡Tu perro ha vomitado en el descansillo!

—¡Voyyy! —Salió de su puerta entreabierta, por la que ahora se asomaban curiosas dos cabecitas con orejas puntiagudas.

No es que no me cayeran bien los perritos de Nai, pero Flucho, a pesar de ser un cachorro, me llegaba a la cintura y se me ocurrían una docena de motivos mejores para regresar a mi casa que porque hubiera huellas de vómito sobre mis pantalones de chándal y baba sobre mis tetas. ¿Una docena? ¿Qué decía? ¡Al menos cientos o miles!

—No, ni lo pienses —protesté, cuando saltó a mi alrededor moviendo la cola como si fuera una batidora turbo y me confundía con un roble por como trataba de escalarme—. Tía Caty te quiere mucho, pero no piensa darte ningún abrazo hasta que tu mami te haya limpiado esas patorras.

Con una mueca fui bailoteando fuera del alcance del obstinado chucho mientras trataba de no pisar el vómito. Debería haber cogido el ascensor. Bajar escaleras no podía adelgazar tanto. Nada de lo que es fácil adelgaza después de todo, del mismo modo que nada que esté apetitoso tiene pocas calorías, y si dicen lo contrario, mienten.

—¡Ainss! ¿Dónde está mi Flucho bonito?

Miré alucinada a Nai cuando pasó por encima del charco de vómito como cualquier cosa, ignorándome en el proceso, y le acarició la enorme cabezona al cachorro. Flucho pareció tomárselo como una señal, ya que se lanzó hasta la puerta de la vecina para atrapar el felpudo desgastado entre sus fauces y arrastrarlo tras de sí y ofrecérselo a su mami como un regalo.

—Deberían crear un cuerpo de perros basureros —masculló al ojear al feliz cachorrillo con su presa—. Las calles estarían más limpias y los perros, más felices.

—¿Qué dices? —preguntó Nai, con la cara colorada mientras tiraba del collar del perro—. Suelta, Flucho, sueltaaaaaa… Si te coge Paco, te va a reñir. Aún no te ha perdonado que te hicieras pis en su puerta.

Con un vistazo a los desconchados del techo, sacudí la cabeza.

—No se te olvide limpiar este desastre antes de que alguien se resbale con el vómito —le recordé, rodeando el charco con la nariz encogida—. Y quítale ese dichoso peluche que se encontró en el parque, eso lila que hay ahí tirado creo que es una oreja.

—¡Espera! —Nai se asomó sin aliento por la barandilla, obligándome a forzar el cuello para mirarla—. ¿Te guardo un sitio en el café? He quedado con las chicas luego en la cafetería de Yas.

Tras un vistazo al reloj, me mordí los labios. La distracción podía venirme bien, pero el caos en mi cabeza era demasiado grande como para añadirle las historias de otra gente.

—No lo sé. Luego te llamo.

—Ah, no. —Nai me lanzó una sonrisa amenazante—. No tienes excusas, sigues de vacaciones.

—Tengo a ese monstruo de gato, y me da miedo dejarlo demasiado tiempo a solas, no me vaya a destrozar la casa o a hacer una de las suyas. —Al menos, eso no era del todo mentira.

—Vale —girándose, me gritó por encima del hombro—: les digo a las chicas que vamos mejor a tu casa y nos tomamos el café allí.

Abrí la boca para protestar, pero me sirvió de poco cuando la muy cabrona había desaparecido de mi vista y su puerta se cerró de golpe.

—Genial, las chicas en mi casa, riéndose de mí y de un gato que habla y al que la única que lo escucha soy yo —refunfuñé para mí misma, acabando de bajar la escalera.

¿El resto del día iba a seguir siendo tan magnífico como el inicio? Nada más salir a la calle, recibí la respuesta.

—¡Naiiiiiii! —chillé, aferrándome a la barandilla justo a tiempo de evitar caerme sobre el enorme regalo que Flucho había dejado justo en el centro de los escalones.

—Voooooooyyyyy... —gritó por la ventana.

—Bueno, imagino que podría haber sido peor —murmuré dando una amplia zancada por encima—. Podría haber... ¡Mire por dónde va! —le grité exasperada al conductor cabrón que pasó por un charco, salpicándome hasta la cintura, y no tuvo ni la decencia de parar para disculparse.

—Ufff, Caty, ¿qué has hecho ahora?

Me giré lentamente hacia Nai, quien contemplaba espantada los salpicones de un gris negruzco sobre mi pantalón de chándal *beige*. Podía sentir el humo saliéndome por las orejas y la nariz.

—¿Que qué he hecho?

Por desgracia, a Nai no pareció intimidarle ni mi mirada asesina ni mis puños crispados.

—¿Cómo se te ocurre acercarte tanto a un charco sabiendo como pasan los coches por esta zona? —me preguntó con los brazos en jarras y moviendo la cabeza de lado a lado.

—¡Arghhh! ¡A la mierda la dieta! —gruñí rindiéndome—. ¡Necesito chocolate! ¡Y galletas! Y... y... ¡chocolate!

CAPÍTULO 20

Después del almuerzo seguía sin sentirme mejor y, por más que buscaba por el menú del canal, no había ni una sola película o serie que acabase de convencerme. Acabé por mirar a Henry, tendido sobre la estantería del salón, y solté el mando del televisor.

—Cuéntame algo de cuando estábamos juntos —le pedí cuando el silencio entre nosotros se me hizo inaguantable.

Para mi sorpresa, Henry saltó de la estantería sin hacer preguntas y se enroscó a mi lado, en el sofá, transmitiéndome un bienvenido calor en el muslo. Ni siquiera fue un gesto voluntario cuando mis dedos se hundieron en el aterciopelado pelaje de su cuello.

—*Recuerdo el primer día que te vi. Estaba escondido junto a los sirvientes que habían salido a verte. Llevabas puesto un velo y una de las criadas bromeó diciendo que eras otra de esas damas que encargan retratos que las hagan parecer más bellas de lo que son para pescar un contrato matrimonial.*

—Pensé que los contratos entre Inglaterra y Castilla se firmaron cuando aún era pequeña, que incluso me habían casado por poderes con apenas siete años a tu hermano. —Seguía sin tener muy clara la historia de Catalina de Aragón, pero mis horas por internet estaban dando sus frutos.

Henry hizo un gesto de asentimiento.

—*Y así era, incluso los niños lo sabíamos, pero eras la novedad en la corte y nadie se libraba de la curiosidad que despertaba la extranjera que había venido a ser la futura reina y que se ocultaba bajo un velo.*

—¿Y qué ocurrió entonces?

—*Te seguí a escondidas.*

—¿Para comprobar lo fea que era y reírte de mí? —me burlé, y sonreí para mis adentros al imaginarme al pequeño Enrique aventurándose a descubrir la verdad sobre la misteriosa mujer extranjera que había de casarse con su hermano mayor.

—*En realidad, me tenías intrigado. Tenías unos cinco años más que yo y, aun así, fuiste capaz de mantenerle la mirada a mi padre sin achantarte ante su imponente presencia. Poca gente podía presumir de haberlo hecho.*

—¿Debería haber apartado la mirada?

—*Es lo que hacían los demás. Nadie, excepto sus hombres más cercanos y mi madre, se atrevía a mirarlo fijamente. Incluso a mí me costaba trabajo hacerlo.*

—¿Lo hice por engreimiento o mala educación? —indagué.

—*Nunca hablamos de ello, pero, después de conocerte, diría que lo hiciste por orgullo. Eras la hija de la mujer más poderosa del mundo entero y viniste a ser reina, no vasalla.*

—Dudo mucho que a tu padre eso le hiciera gracia —aventuré.

—*Creo que él te admiró en secreto por ello, no así mi madre o mi abuela, que de inmediato te catalogaron como una competidora.*

—¿Y tú?

—*Decidí que, si alguna vez hubiera de casarme, sería con una mujer como tú.*

—¿Aun sin verme el rostro?

—*No necesitaba ver tu rostro para saber que eras valiente, fuerte y decidida. Te movías con una gracia que ninguna otra muchacha de nuestra corte poseía y, aun a pesar de la situación y de que debías de estar asustada, eras educada con la gente a tu alrededor y hasta hacías bromas con las sirvientas que te acompañaban.*

—Vaya. Viste muchas cosas en mí siendo tan joven.

—*Curioso, ¿verdad?* —Henry restregó su cabeza contra mi mano—. *Puedo recordar tu larguísimo cabello rubio rojizo, tu piel como la porcelana y la luz con la que solían brillar tus ojos con tu sempiterna sonrisa, pero la imagen de mi propio hermano Arturo me resulta difusa e incompleta. Y, mientras podría describirte incluso los detalles del vestido con el que llegaste o de tu tocado, de él sería incapaz de decir si llevaba algo diferente a su habitual jubón negro.*

—¿A qué crees que es debido?

Henry pareció considerar la pregunta antes de responder.

—*Tal vez porque intúa que, a pesar de las apariencias, estabas asustada. No importaba que fuese solo un niño, quería cogerte de la mano para llevarte a mi escondite favorito detrás de las cocinas y asegurarte que estabas a salvo.*

—¿Cómo me veías a medida que creciste? Antes de saber que acabaríamos casados.

—*Es difícil de separar la época en la que no lo sabía de la que fue un hecho constatado. Ten en cuenta que, tras la muerte de mi hermano, todo se tornó incierto. Hubo un momento en el que mi padre consideró la idea de casarse él mismo contigo, luego cambió de opinión y nos comprometieron a ambos. A la muerte de tu madre, Isabel de Castilla, mi padre reconsideró la situación y me obligó a rechazarte con la excusa de que nos habían prometido sin mi consentimiento.*

—¿Alguna vez nuestra relación fue sencilla?

Henry soltó una carcajada seca.

—*¿Aún lo preguntas después de la situación en la que nos encontramos ahora?*

—No, imagino que no.

—*Hay algo que sí puedo contarte: toda tu belleza no fue comparable a tu humildad y la forma en que te entregabas a los demás cuando te necesitaban. Estuviste a mi lado y el de Margarita cuando nuestra madre murió, incluso a pesar del trato que te dispensó mi padre. Tenías más educación y habilidades que muchos de mis consejeros, hablabas cuatro idiomas y eras capaz de llevarte a los diplomáticos de otros países de calle hasta que acababan comiendo en la palma de tu mano. Yo adoraba eso en ti. Llegaste a ser la embajadora de Castilla en nuestro país, de hecho, la primera mujer embajadora del mundo. Mis padres se burlaban de ello, pensando que por ser joven y mujer podrían manipularte. Se equivocaron contigo. Cuando venías a palacio, a menudo te espiaba de forma disimulada solo para ver cómo lograbas que hasta los más avispados consejeros acabasen por caer a tus pies.*

—¿A quién habrías elegido de no haberte tenido que casar conmigo?

—*A ti.*

—¿Lo dices en serio? —Lo miré con las cejas alzadas—. No lo entiendo. Pensé que era un matrimonio de conveniencia.

—*Lo era desde el punto de vista del Estado, pero lo cierto es que ese detalle me hizo el enorme favor de entregarme justo a la mujer a la que quería para mí.*

Mi corazón se saltó un latido, pero me negué a analizar el porqué.

—¿Compartimos algún momento especial antes del matrimonio?

—*Algunos, sí. Recuerdo que solía ordenarle al jardinero que me trajera cada día la flor más bella del jardín para dejarla en aquellos sitios en los que sabía que la encontrarías. Llegaste a creer que tenías un admirador secreto y no sabías si sentirte halagada por ello o preocupada por lo que pudiera hacer en su obsesión por ti.*

—¿Cómo lo sabes?

—*Me lo confesaste más tarde.*

—Y, cuando descubrí que mi admirador secreto eras tú, ¿qué pasó? —pregunté, curiosa.

—*En nuestra noche de bodas, escondí una flor a mi espalda y, cuando nos dejaron a solas, te la puse en tu lado de la cama.*

—Eso fue todo un detalle.

Henry rio.

—*No te lo pareció entonces.*

Fruncí el ceño.

—¿Por qué no?

—*Porque decías que te había tomado el pelo, que no te tomaba en serio, y que te había hecho pasar un mal rato pensando que había alguien obsesionado contigo. Creo que tus palabras exactas fueron: «Siendo el rey de Inglaterra, cualquiera esperaría un poco más de madurez de vos, mi señor».*

Sin poder evitarlo, caí en la risa con él.

—Conociéndote, eso no te sentó nada bien.

—*Creo que incluso cuando ya habíamos hecho el amor seguía sin recuperarme de la impresión de que una mujer se hubiera atrevido a insultarme de aquella manera. Me hiciste sentir como un crío caprichoso y estúpido.*

—¿Y dejaste las cosas así, sin más? No lo creo.

Me costaba trabajo verlo conformarse sin más.

—*No. Te arrinconé contra la chimenea, te miré firmemente a los ojos y te dije que, en ese caso, ya que tú eras la mayor de ambos, debías aleccionarme en los menesteres de la vida y convertirme en un hombre maduro. Te pusiste más roja que un tomate y acabaste por empujarme para escaparte por debajo de mi brazo para ir al otro lado de la habitación.*

Su risa resultó contagiosa.

—¡Ufff! Eso fue cruel. Pobre yo.

—¿Pobre tú? ¡Pobre yo! ¿Tienes idea de lo difícil que resulta ser el hombre cuando tu esposa es mayor que tú, inteligente y guapa, y quieres deslumbrarla en tu noche de bodas?

—Parece que nuestra luna de miel fue accidentada. —Sonreí.

—*Fue todo lo que un hombre podría haber deseado de su noche de bodas* —me corrigió, creando un repentino silencio.

Apoyé la cabeza sobre el respaldo del sofá y cerré los ojos.

Cuánto no habría dado por poder acceder a mi memoria como lo hacía él. Lo único que tenía eran los retazos de sueños y las intuiciones que me asaltaban cuando menos me lo esperaba, pero entre todos, lo único que hacían era convertirse en un enorme y complicado puzle que no me dejaba estar segura de nada, excepto de que había estado enamorada del hombre que una vez fue Henry y que salí chamuscada.

CAPÍTULO 21

Hay pocas ocasiones en las que el chocolate puede fallar de verdad. Por algún motivo, yo me encontraba en una de esas raras situaciones. Después de empacharme con bombones, acabé por ponerme a hacer galletas. Henry se mantuvo en un calmado silencio en un rincón de la habitación observándome con cautela, pero no por ello fui menos consciente de su presencia o de los nudos mentales que tenía por su culpa.

Aquella era mi única excusa cuando alguien llamó a la puerta y al abrir la visión de cinco caras femeninas con ganas de juerga me dejaron paralizada en el sitio. ¡Mierda! Le lancé una mirada acusadora a Nai, que meramente encogió los hombros.

—Si no fuera porque el olor a galletas recién horneadas llega hasta el pasillo, casi diría que se te ha olvidado que íbamos a venir a tomar café —canturreó con una mirada burlona que dejaba claro que sabía a la perfección que no solo no habíamos cerrado el tema de que la quedada se celebrase en mi casa, sino que se me había olvidado por completo su amenaza de traerme a las chicas.

Me bastó un vistazo sobre el hombro para encogerme por dentro. No solo tenía el sofá ocupado por envoltorios rojos y dorados de los bombones, sino que la encimera de la cocina parecía un campo de batalla cubierto por harina, moldes para galletas y trastos salpicados de masa reseca.

Con un suspiro de rendición, me aparté de la puerta. A menos que apareciera un hada madrina de la nada, ya no tenía solución.

—Pasad, me alegra veros. —Con mi mejor sonrisa fingida, les hice un gesto con la mano invitándolas a entrar.

Nai no perdió el tiempo. Se deslizó por mi lado con una sonrisa de oreja a oreja, olisqueó un par de veces y soltó un satisfecho gemido.

—¡Ainsssss, cómo te he echado de menos! —Marta me envolvió en uno de esos abrazos de osito de peluche que te dejan sin aire y te hacen sentir mejor sin siquiera requerir palabras antes de seguir a la traidora de Nai.

—Nos vimos hace tres días —gruñó Gema, dándome un beso tan apresurado en la mejilla que, de no haberla conocido, me habría hecho olerme a mí misma para comprobar si apestaba.

Sara soltó una risita.

—Lleva malhumorada desde que la recogimos en su casa y la obligamos a soltar el *thriller* que estaba leyendo para venir con nosotras. —Con un solo brazo, me estrechó y me rozó con los labios antes de dejarme con May, quien se encontraba en la puerta estudiándome con los brazos en jarras y la nariz encogida.

—¿Qué te pasa?

Parpadeé un par de veces. May era de esas personas con las que siempre podías contar, pero también de las que no perdían el tiempo en cortesías para ir directa al grano, lo que, en ocasiones como esa, me dejaba con la sensación de que acababa de embestirme un toro.

—¿A quién? ¿A mí?

—A ti, claro. —Rodó los ojos—. ¿Con quién si no iba a estar hablando? Somos las únicas que seguimos aquí en la puerta.

Mi mente fue de inmediato a Henry y a mi sueño. La forma repentina en la que se contrajeron mis pulmones dificultándome el respirar me dejó claro que no estaba preparada para compartir lo que me estaba pasando. Me tomó toda mi fuerza de voluntad no girarme a comprobar si estaba cerca o si había sido lo bastante listo como para ocultarse ante mis visitas.

—Nada. No me pasa nada —repetí cuando no soné demasiado convencida—. ¿Por qué lo dices?

May alzó un dedo.

—Uno, porque son las seis de la tarde y tienes pinta de no haberte mirado en el espejo desde ayer por la mañana. —Sus ojos bajaron con elocuencia hasta las manchas de harina y masa que me cubrían la camiseta y el pantalón de chándal—. Dos, obviamente habías olvidado que veníamos —siguió contando con los dedos—. Tres, no has respondido ni uno solo de los mensajes del grupo. Cuatro, estás haciendo galletas en vez de leyendo, que es lo que habrías estado haciendo en un día de vacaciones normal a esta hora. ¿Quieres que siga? —preguntó con otra de esas miradas a los envoltorios que Gema estaba recogiendo del sofá, para lanzarlos con descuido sobre la mesa de café antes de dejarse caer con pesadez y abrazarse a un cojín.

La alarma desde la cocina me libró de tener que responderle y me dio la excusa para huir de su interrogatorio.

—Tengo que sacar las galletas antes de que se quemen —grité sin necesidad sobre el hombro—. ¿Te importa cerrar la puerta?

Me escabullí antes de que la amenaza de sus ojos entrecerrados pudiera detenerme. ¡Mierda! Si May hacía alguno de esos comentarios ante las demás, el interrogatorio colectivo iba a ser peor que una visita al dentista. Lo último que necesitaba ahora era someterme a una de sus sesiones de tortura, y eso era justo lo que iba a pasar si no conseguía desviar su atención de mí.

—¡Ay, Dios, esto huele de maravilla! —Nai me siguió a la cocina y les echó un vistazo a las galletas por encima de mi hombro cuando abrí el horno—. ¿Son las primeras o ya has sacado alguna tanda antes? —Cuando le señalé las tres montañas de galletas ubicadas sobre bandejas rectangulares, su sonrisa se esfumó de golpe—. ¿Henry o Hugo? —preguntó bajando la voz para que solo yo pudiera oírla.

—¿Los dos?

—Tenemos que hablar.

—Ahora no, por favor —le rogué con una rápida ojeada a las chicas.

Me estudió por un momento, pero acabó por asentir.

—¿Quién quiere galletas? —les preguntó a voces a las demás para que la escucharan por encima de sus habituales cotilleos.

La única que estaba observándonos con preocupación en sus ojos era May, a la que le ofrecí una sonrisa tensa.

Sara eligió ese preciso instante para levantarse de un salto del sofá y tocar las palmas.

—¡Ay, pero mira qué cosita más linda! ¿De dónde has sacado ese peluchito tan mono?

Mi espalda se puso rígida al tiempo que todas las cabezas se giraron hacia la estantería desde donde Henry las observaba como un sultán desde su trono. Si Sara estaba comparando a Henry con un peluche o si de verdad lo estaba confundiendo con uno, era algo difícil de asegurar tratándose de ella.

—Es… una historia larga y… complicada —farfullé más para mí misma que hacia ella, que estaba demasiado pendiente del minino como para echarme cuenta.

—¡Madre mía, es gigantesco! —Marta se acercó a Sara, pero procuró mantenerse a cierta distancia de Henry, sin duda, percatándose de la cara de mala leche que a nuestra inocente Sara se le estaba escapando.

—¡Hostias! —exclamó también Gema—. Apuesto a que ese bicho pesa más que yo.

Algo en su forma despectiva de llamarlo bicho me hizo apretar los dientes. Una cosa era que yo lo llamase así y otra muy diferente, que lo hiciese otra persona.

—Es un gato, no un insecto —masculé antes de darme cuenta de que lo estaba protegiendo.

Gema me echó un vistazo ladeado y arqueó una de sus finas cejas negras.

—No me digas. ¿Cómo se me habrá podido escapar? —preguntó con sarcasmo.

—Sara, yo que tú no me acercaría tanto —advirtió Marta—. Creo que eso de que haya entrecerrado los ojos significa que no le gustas demasiado.

—Pamplinas, yo les gusto a todos los animalitos. ¿Verdad, minino lindo? Ven a que te coja mami y… —Antes de que pudiera impedirlo, Sara estiró los brazos hacia él. Henry le bufó mostrándole sus afilados dientes, y ella pegó un asustado salto hacia atrás y acabó espatarrada en el suelo mirando atónita al gato—. ¿Habéis visto eso? ¡Ha intentado atacarme! —dijo, frotándose el trasero.

—Te lo dije —soltó Marta con sequedad, ofreciéndole una mano para ayudarla a levantarse mientras Gema seguía la escena con una sonrisa de oreja a oreja.

—Joder, parece un tigre de Bengala. —Gema ni siquiera trató de ocultar su diversión.

—¡Henry! —siseé desde la cocina, lanzándole al susodicho una mirada de advertencia—. ¡Compórtate!

—*¿Yo?* —El muy cabrón me devolvió una mala mirada—. *Son ellas las que me han llamado bicho y luego minino. ¿Qué esperabas que hiciera? ¿Que fuera a ronronear y a mostrarles mi panza para que me acaricien?*

—Son mis amigas. Podrías tratar de ser al menos amable con ellas.

—*Yo soy tu exmarido y me tratas como si tuviera la lepra.*

—¿Qué te trato como si tuvieras la lepra? ¿Yo a ti? Estás en mi casa y estoy aguantando tu mal humor, y eso teniendo en cuenta que lo que me hiciste en el pasado ya debería ser motivo para que te echase de aquí a patadas.

Estaba tan centrada en mantenerle la mirada que no me di cuenta del repentino silencio que nos rodeaba hasta que lo interrumpió el tono de incredulidad de May:

—¿Estás teniendo una conversación imaginaria con tu gato?

Nai soltó un gemido, Marta y Gema me miraron con caras raras y Sara fingió estar interesada en el hilo suelto del filo de su bolso. Tragué saliva.

—Eh… ¿No es algo que hace todo el mundo? —intenté infundir mi voz con un tono jocoso, aunque el resultado no resultó demasiado convincente. Carraspeé—. Hablar con sus mascotas, me refiero.

—Bueno… Yo hablo con mis niños —intervino Nai, apresurada.

—Y yo, con mi loro —admitió también Marta, aunque lo hizo despacio.

—¿Qué carajos? —soltó Gema, incrédula—. ¿De qué estáis hablando? Yo también hablo con mis gatas, pero no me invento sus respuestas ni les hablo como si tuviéramos historia juntas o quisiera discutir con ellas. ¿Estás tomando algún tipo de medicación?

—¡Gema! —Marta le propinó un codazo.

—¿Qué? Es lo que estamos pensando todas.

Por cómo nadie protestó, quedó claro que Gema tenía razón.

Acercándome a un sillón, me dejé caer con un suspiro y me pasé una mano por los ojos. ¿Cómo iba a justificarme sin parecer más loca todavía? Por la mirada de Nai, ella estaba preguntándose lo mismo.

—*No puedes contarles que puedes escucharme.* —Esta vez evité mirar a Henry cuando me habló—. *O acabas en un manicomio, o los dos terminamos en un laboratorio si lo haces.*

No me gustaba mentirles a mis amigas, pero Henry tenía razón: tan malo era que me creyeran a que no lo hicieran. El problema era que no tenía ni idea de cuánto tiempo iba a pasar antes de que alguien más se diera cuenta de que me pasaba algo raro.

—Debe de ser el cansancio… —Me detuve en seco cuando me percaté de que ni una sola de ellas estaba mirándome y que todas tenían puestas los ojos sobre la ventana de la terraza.

—¡Ay, Dios! —murmuraron al menos tres voces sin aliento a la vez.

CAPÍTULO 22

Debería haber adivinado lo que iba a ver incluso antes de seguir las miradas alucinadas de mis amigas. Y justo ahí estaba Hugo en su terraza, sin camiseta, descalzo y con unos pantalones de chándal que no hacían nada por ocultar la evidencia de su virilidad mientras realizaba los elegantes movimientos de su tabla de taichí, manteniéndonos a todas hipnotizadas.

—Madre mía, ¿os habéis fijado en ese trasero? —murmuró Gema con reverencia—. Ese hombre está hecho para adorarlo de rodillas.

Sentí un extraño resquemor ante sus palabras. No tenía ni el más mínimo derecho sobre Hugo, pero eso de que las demás pudieran tener fantasías prohibidas con él era cuando menos… irritante.

—Creo que deberíamos presentarnos —susurró Sara como si temiera que pudiera oírnos hablando de él.

—Claro, ¿y qué pensáis decirle? —pregunté con ironía—. Hola, vecino, estábamos aquí espiándote a escondidas y babeando sobre cómo se mueven tus glúteos al ejercitarlos y hemos decidido presentarnos para ver si nos dejas que nos restreguemos como gatas en celo contra ti. ¡Ah, y antes de que se me olvide, tenemos un grupo de WhatsApp en el que te acosamos y subimos fotos tuyas en paños menores!

De nuevo se había hecho el silencio, aunque ahora todos los ojos estaban puestos sobre mí.

—¿Estás segura de que no te estás tomando nada? —preguntó Gema con los ojos entrecerrados.

—¡Sí! Me refiero a que no, no estoy tomando ninguna medicación. ¡¿Cómo se te ocurre siquiera preguntarme semejante gilipollez?! —espeté, irritada.

—Vale, vale —Gema alzó ambas manos ante la mirada que le lancé—. No hace falta que te pongas así. No estaba insinuando que te drogaras, pero cualquier medicamento puede tener una reacción adversa sin que te lo esperes.

—Bueno, pues no me estoy tomando nada —masculló.

—¿Tienes el periodo?

—¡Gema!

—Lo sabemos, ¿verdad, Gema? —intervino May, apresurada, con un tono que dejó claro que era mejor que cerrara el pico—. Y, además, solo estábamos bromeando. Vamos a ser honestas, a ninguna de nosotras nos amarga un dulce y ese tipo es... —May señaló a la terraza abriendo y cerrando la boca como un besugo, como si con ello pudiera encontrar palabras para describir semejante perfección—. Pues eso —acabó cuando su elocuencia parecía haberse tomado unas vacaciones.

Rodé los ojos mientras un calor incómodo se irradió a través de mí. La comprendía. ¡Claro que la comprendía! Tenía ojos en la cara al fin y al cabo, y no iba a ser yo la que le indicara a mi vecino que no debería pasearse así en un vecindario lleno de mujeres solteras y no tan solteras, pero todas con sangre caliente en las venas. Sin embargo, eso no quitaba que no me gustase compartir esas vistas con las demás. ¿Estaba comportándome como una niña consentida?

Sí. ¿Estaba siendo irracional? También. Pero, oye, si una no defendía lo que quería ¿quién iba a hacerlo por ella?

Justo en ese instante, como si hubiera sentido nuestras miradas lascivas o escuchado nuestra discusión, Hugo se detuvo. Alzó la cabeza y miró directamente en nuestra dirección como si hubiera sabido desde el inicio que estábamos allí.

—¡Ay, Dios! Nos ha visto —susurró Sara con una anticipación excitada.

—Pues esperemos que se sienta halagado y no llame la policía para denunciarnos por acoso —gruñó Gema entre dientes.

Se me resecó la garganta cuando las pupilas masculinas acabaron deteniéndose sobre mí y sus labios se curvaron hasta mostrarnos sus brillantes dientes.

—Hola, Catalina —dijo en alto, colocándose una camiseta como si lo hubiera ensayado mil veces para un anuncio de perfumes.

—Buenas tardes, Hugo —grazné con más agudeza de la que resultaba cómoda mientras alzaba la mano.

Él me devolvió el saludo y me guiñó un ojo, marchándose sin decir nada más. Mi salón se inundó con un repentino silencio, hasta que de sopetón todas comenzaron a hablar y acusarme a la vez:

—¿Lo conoces y no nos has dicho nada?

—¡No nos has presentado! ¡Podías habernos presentado!

—¿Por qué no lo has invitado a tomar café con nosotras?

—¡Mala pécora!

—¿Desde cuándo te hablas con él?

—Y eso que aún no os habéis enterado de que ya se ha restregado contra su paquete y que a él le ha gustado tanto que el viernes la ha invitado a cenar con él a su casa —soltó Nai, acallándolas como si acabase de soltar una bomba y con cara de estar disfrutándolo.

—¡Nai! —chillé con ganas de retorcerle el cuello.

La hija de su grandísima madre encogió un hombro.

—Iban a enterarse tarde o temprano. Es mejor arrancar el esparadrapo de golpe.

—¿Esparadrapo? ¿Qué esparadrapo? —gruñí, maldiciéndola por dentro.

—Estáis hablando en serio —constató Gema, alucinada—. Tienes una cita con él el viernes para empotrártelo.

—¡No me lo voy a empotrar!

—Pues serías tonta si tuvieras la oportunidad y no lo hicieras —replicó.

—En eso coincido con Gema —afirmó Marta.

—¡Por el amor de Dios! —salté sin poder evitarlo—. No saquéis las cosas de quicio. Somos vecinos, hemos quedado para cenar. Nada más. Punto.

—¿Y por eso te restregaste contra él? —insistió la muy cabrona de Gema con una ceja alzada.

Estuve por negarlo, pero eso habría implicado tener que explicarles lo que sucedió en realidad.

—Fue un accidente, no lo hice a propósito.

—Pues bendito accidente —suspiró Sara con cara soñadora.

—*¿No quieres que tus amigas se enteren de cómo te postraste ante él a adorarle su magnífica verga y que le rompiste los huevos en el proceso?*

Me giré enfurecida hacia Henry, pero en el último segundo recordé que no podía responderle en público a menos que quisiera acabar en una habitación forrada de espuma.

—Tengo problemas más importantes que el accidente que tuve con Hugo —decreté en voz alta mientras marché furiosa a la cocina, tanto para recordármelo a mí misma como para dejárselo claro a Henry—. Y el principal es qué hacer con ese maldito gato y, sobre todo, conseguir que se le bajen los humos.

—Cástrale. —Nai le regaló a Henry una sonrisa de oreja a oreja, mientras que él entrecerró los ojos con clara intención asesina.

Resoplando, puse las tazas de café sobre una bandeja para llevármelas a la mesa con el azúcar y la leche.

—La verdad es que, con la pinta de asesino en serie que tiene ese bicho, una castración le vendría de perlas. Se vuelven mucho menos agresivos.

—No te creas que no me faltan ganas —musité tan bajo que ninguna pudiera enterarse; pero, por la mirada desconfiada que me lanzó Henry, a él no se le había escapado.

—Podrías decírselo a Gabi para que lo castrara —sugirió Sara, cogiendo el azucarero y echándole tres cucharadas a su café, que prácticamente se desparramaba por el borde con la cantidad de leche que le había echado.

May entornó los ojos.

—Gabi es pediatra, no veterinaria.

—También es sexóloga, eso es un plus, y tú como ATS podrías ayudarle —coincidió Gema.

—¿Tú querrías que un veterinario te colocara un DIU? —preguntó May, incrédula.

—¿Cobran más barato?

—¡No puedes estar hablando en serio, Gema!

—¿Por qué no? —intervino Nai—. El ingeniero tampoco es ginecólogo, pero bien que le enseñas el...

—¡Naitora!

—¿Quééé?

—Que se te está enfriando el café. —Empujé la taza que quedaba en su dirección, cruzando los dedos por que eso y las galletas la distrajeran por un rato.

—Eso es verdad. —Nai tomó un sorbo y siguió estudiando a Henry, quien a su vez las miraba con expresión de pocos amigos—. ¿Estás segura de que no quieres esterilizarlo, Caty? Dicen que se vuelven mucho más dóciles y maleables.

—Recuérdamelo si alguna vez me caso —refunfuñé.

—Ah, no. En ese caso no querrás que se vuelva dócil y maleable, lo vas a querer bien rígido y firme —rio Nai.

Gemí para mis adentros. ¿Qué había hecho para que mi vida se convirtiera en esa locura?

—¿Qué le has echado en el café? —preguntó Marta sacudiendo la cabeza.

—Nada, pero parece que la cercanía de Henry la convierte en algún tipo de sádica que disfruta haciéndolo sufrir.

—Se te olvida que Borja lleva dos días trabajando por las noches —se quejó Nai sin desmentir del todo mis palabras.

—¿Has probado el sexo por videollamada? —preguntó May—. No veas la de cosas que se pueden hacer desde la distancia.

Sara se arrimó a mí para hablarme al oído:

—¿Te has dado cuenta de la cara Maléfica que pone May cuando habla de sexo? Es como si tuviera doble personalidad: May sin sexo y May con sexo.

Por poco me atraganto con el café cuando los ojos de la susodicha se posaron en Sara y permanecieron fijos sobre ella.

—Prefiero el erotismo, pero el sexo a secas también está bien —dijo tan despacio que era difícil obviar la amenaza que ocultaba.

Sip, Sara había dado definitivamente en el clavo. La palabra clave con May era «sexo» lo que no tenía claro era qué la afectaba más, si el «sin» o el «con».

CAPÍTULO 23

¿Había creído que esperar a que Hugo llegase a mi casa a tomar café había sido malo? ¡Ja! Ni siquiera que el trayecto entre mi puerta y la suya fueran exactamente cinco pasos y medio hacía el recorrido más sencillo. Con cada uno de esos pasos, mi boca se volvía más reseca, mi estómago burbujeaba con ansiedad y mis rodillas... ¡Dios! Mis rodillas estaban más inestables que una torre de naipes en una mesa coja. Y, como si eso no fuera suficiente, a pesar de que mi vestido fuese de tirantes y de que mi reciente ducha aún estaba evaporándose en mi piel, encima estaba sudando como un pavo en vísperas de Acción de Gracias.

Cinco, cuatro, tres, dos, uno...

Inspirar... esperar... espirar...

¡Por el amor de Dios! ¿Por qué seguía entreteniéndome con esa estúpida cuenta atrás cuando no me servía de nada?

¿Era siquiera una buena idea volver a citarme con Hugo? ¿Y si hacía otra vez el ridículo? Ahora que lo pensaba, tal vez debería haberme puesto unos tacones un poco más bajos, porque, seamos sinceras, las chicas torpes y los tacones son una receta para el desastre y yo lo era; torpe me refiero, aunque desastre también. Y Nai se equivocaba, sí que había algo mucho peor que caerme sobre su «paquete»: ¡chillar y caerme contra él con la boca abierta! Mi cuerpo entero se sacudió ante la idea. Joder, en la vida iba a poder olvidarme de ese humillante momento.

Estuve a punto de bajar la mano, dar media vuelta y desaparecer en mi madriguera como un conejo asustadizo cuando la puerta se abrió con energía. De repente, me encontré frente a frente con el mismísimo dios de todo lo que debería estar prohibido, el mismo al que había deseado ver y no ver al mismo tiempo. Solo de fijarme en cómo se amoldaba la camisa azul a sus musculosos hombros, mi nuez se movía en un intento por tragar saliva, aunque, siendo honesta, cualquier rastro de humedad que me quedaba en el cuerpo acababa de dirigirse derechito a zonas que era mejor no mencionar.

—Hola, me pareció oír el eco de tus tacones por el pasillo. ¿Otra vez me ha fallado el timbre? —Su sonrisa se ensanchó con su habitual ademán casual y seguro, convenciéndome de que sabía a la perfección que estaba tornando mi química corporal en un caos. En especial, cuando el aire a nuestro alrededor se llenó de un irresistible magnetismo que me empujaba hacia él sin que yo pudiera hacer nada por evitarlo.

Si Hugo sin gafas era un bombón, Hugo con gafas y aire intelectual era... ¡¡¡Yum!!!

—Uh, sí..., claro... eh... Ya decía yo que... tardabas mucho en abrir —balbuceé con torpeza, intentando disimular que había estado a un pelo de darme a la fuga y que ni siquiera había hecho el intento por llamar.

El problema era que, después de la mención de un timbre estropeado, en mi mente parecieron cruzarse algunos cables, dando lugar a la imagen de Hugo en vaqueros ajustados, sin camisa, el torso perlado de sudor, con un cinturón de herramientas alrededor de sus estrechas caderas y arreglando el timbre como en uno de esos anuncios de refrescos que salían en la tele cuando aún era una adolescente.

—Parece que tendré que enviarle un mensaje al arrendador. —Se pasó una mano por la nuca—. O, quizás, el conserje pueda echarle un vistazo mañana. Se llamaba José, ¿verdad?

Y, justo así, mi fantasía erótica se desplomó como un castillo de arena, sustituida por la visión de un cuarentón con barriga cervecera, con más pelos en la barba que en la cabeza y unos desvencijados vaqueros caídos que, por desgracia, cuando se agachaba, mostraban más de su anatomía de lo que nadie querría ver. José podía ser un conserje siempre dispuesto a ayudar y en especial a compartir cotilleos vecinales, pero el sudor que se le acumulaba en las axilas no tenía ni un ápice de sexi. ¿Era una hipócrita superficial por pensar que Hugo sudando era el no va más de una epifanía erótica y que otros hombres en las mismas circunstancias me provocaban un estremecimiento de terror? Puede. Pero, oye, cada una con sus gustos, ¿no?

—Sí... eh... José. Seguro que... podrá hacerte... uh... hacerle un apaño a tu timbre. —Me obligué a transformar mi mueca en una sonrisa y opté por omitir que la última vez que José intentó hacer un apaño en mi baño acabé siendo el ataque sorpresa de mi alcachofa de la ducha. El maldito trasto saltó de la pared como una dragona defendiendo su nido, dejándome un chichón en la cabeza y casi incinerándome viva con el chorro de agua caliente.

Sigo pensando que fue una suerte que, a pesar de las circunstancias, reaccionara tan deprisa y me lanzara a la terraza para echarme agua fría con la manguera, aunque en el proceso se me olvidara pillar una toalla. Era un alivio que Hugo no viviera aquí cuando ocurrió aquel fiasco. El abuelo portugués del edificio de enfrente, que con sus cataratas debería ver menos que un topo, aún no podía controlar su sonrisa de oreja a oreja cuando me veía. Desde ese fatídico día suele saludarme con un entusiasta: «*Boa tarde, rapariga com peito saltitante*». No tenía ni idea de qué significaba, pero, por la manera en que su hija me lanzaba miradas fulminantes, lo sujetaba del brazo y lo arrastraba con ella cada vez que pasaba por mi lado, tampoco estaba segura de querer averiguarlo.

—Entonces, lo mejor es que llame primero a José. ¿Quieres pasar? —preguntó Hugo, antes de que pudiera advertirle que tal vez no fuese tan buena idea recurrir a ese hombre como primera opción.

En cuanto crucé el umbral y me envolvió el delicioso dulzor de su perfume, masculino, misterioso y sensual a la vez, cualquier recuerdo de lo que habíamos estado hablando se evaporó de mi mente. En particular, cuando pasó junto a mí y me dio la oportunidad de apreciar cómo sus pantalones le abrazaban el trasero. Por un segundo me quedé tan atontada que no me di ni cuenta que ya no estaba ojeándole el trasero.

Una mujer más segura y audaz, viéndose pillada en una tesitura así, lo habría encarado con una mirada provocadora, se habría humedecido los labios con sensualidad y, a lo mejor, hasta le hubiera preguntado algo como «Veo que te alegra verme, cielo». *Síp*, podía imaginármelo a la perfección y hasta su lenta sonrisa y el hambre de él al responderme, peeero... La triste verdad era que yo no era esa maravillosa y atrevida seductora, sino una versión patética a la que se le inundaron las orejas y las mejillas de un bochornoso calor mientras fingía fijarse en los cuadros que colgaban de las paredes.

—¿Catalina?

—¿Sí? Perdón, ¿me decías algo?

Por una vez, me habría gustado ser lo bastante tonta como para no percatarme del destello divertido en sus ojos.

—¿Puedo ofrecerte una copa de vino?

Hagamos las cuentas rápidas:

Alcohol + tacones = desastre.

Alcohol + libido reprimida = desastre.

Alcohol + yo + Hugo = desastre épico.

—Claro, me encantaría.

—¿Rojo o blanco? —preguntó, mostrándome las dos botellas como si eso me ayudara realmente a elegir.

—¿Rojo?

Hugo asintió satisfecho mientras a mí se me anudó el estómago. Genial, si la última vez con un café la lie, ¿qué me esperaba con media botella de vino tinto?

Cinco, cuatro, tres, dos, uno...

Insp... ¡Al diablo con eso!

Forcé una sonrisa y acepté la copa que me extendía Hugo.

—¡Joder! Se me ha olvidado el postre. ¡Ahora vuelvo!

Pasando la copa de vuelta salí corriendo y, por algún extraño milagro, y a pesar de los tacones, llegué sana y salva a mi cocina, donde la pequeña tarta de *mousse* de limón y frutos rojos seguía intacta en todo su esplendor.

Solté un profundo suspiro y me pasé las manos por las acaloradas mejillas. ¡Madre mía! Nunca me había considerado una Mata Hari, pero tampoco había llegado jamás a un extremo tan ridículo. ¿Qué me estaba pasando? Hugo era un hombre. Solo eso: UN HOM-BRE. Nada más y nada menos.

Al alzar la mirada, me topé con los ojos dorados de Henry.

—¡¿Qué?! —espeté, irritada.

¿Cómo era posible que un gato pudiera tener esos aires de superioridad cuando ni siquiera tenía unas cejas en condiciones para alzarlas en modo sarcástico?

—*Por el tiempo que has tardado en regresar, ese Hugo debe de ser un hombre de pocas palabras... Y, por lo que parece, de aún menos habilidades.*

—¿Qué? ¿De qué estás hablando?

Henry se tendió sobre el respaldo del sillón y cruzó las patas dejándolas caer sobre el filo.

—*Creo que han pasado unos diecisiete minutos desde que saliste de la puerta. Estás acalorada, despeinada y sin aliento, pero no tienes manchas rosadas sobre los pechos y tienes el ceño enfurruñado.*

Solté un resoplido.

—Nada de lo que dices tiene sentido. ¿Por qué debería tener manchas en el escote? ¿Y qué tiene que ver que tenga el ceño fruncido? ¡Y no tengo el ceño fruncido! —Casi estampé un pie en el suelo al darme cuenta de que estaba dándole la razón.

Henry me mantuvo la mirada y parpadeó una, dos y tres veces antes de lamerse la pata y pasársela por detrás de la oreja.

—*Siempre se te cubren los pechos y la cara con enormes círculos de un suave rosa palo cuando te corres y de un tono más rojizo cuando lo haces más de una vez o cuando se te retiene el placer. Te ocurría antes cuando estábamos casados y, por lo que he observado mientras tenías sueños eróticos conmigo, también ahora.*

—¡¿Qué?! ¡Yo no…! ¡Yo…!

—*Es una de las pocas ventajas de ser felino. Tengo una visión excelente, incluso de noche.*

—¡Yo no tengo sueños eróticos contigo! —Mis pulmones se estrecharon tanto que las palabras salieron ahogadas.

—*Mmm... Lo que tú digas,* mi reina —replicó con alucinante serenidad, mientras seguía con su limpieza—. *Pero fuera quien fuese con el que soñabas, al menos, te dejaba satisfecha y con el ceño relajado —finalizó* con burla.

Cogiendo furiosa el plato con la tarta, le dirigí una última mirada airada.

—El hombre con el que soñaba era un producto de mi imaginación. ¡No existe!

Me pareció ver cómo detuvo su pata en el aire y se quedó mirándola, pero seguí adelante, negándome a analizar el comportamiento de un puto gato entrometido cuyo mayor placer parecía estar centrado en sacarme de quicio. Ni siquiera cuando llegué a la puerta y sus palabras resonaron en mi mente como un eco lejano frené el ímpetu con el que la cerré de golpe.

—*Tienes razón, ese hombre no existe... Ya no.*

CAPÍTULO 24

Llegué al apartamento de Hugo con una desagradable presión extendiéndose por mi pecho, la respiración alterada y las últimas palabras de Henry resonándome en la memoria, pero también con un nuevo aplomo y determinación. No importaba cómo fuera mi cita con Hugo: lo importante al acabar la noche era yo y solo yo, no lo que un hombre pensara de mí.

—¿Todo bien? —indagó Hugo, estudiándome curioso al verme entrar.

Al reparar en el resplandor de las velas que acababa de encender, por unos segundos mis neuronas se quedaron bloqueadas. Por suerte, duró poco. Alcé el plato de cristal con una sonrisa débil, mostrándole la tarta.

—Perfecto. Te prometí el postre y lo he traído.

Las comisuras de sus labios parecieron relajarse.

—Tengo que admitir que, al verte en mi puerta con ese vestido tan sexi, lo último en lo que pensé fue en que tuvieras que traer algo más. —Sus ojos me recorrieron con una oscura intensidad y su sonrisa juguetona dejó claro lo que sus palabras no decían: «Tú eres todo el postre que quiero esta noche».

Por una vez, no me temblaron las rodillas al acercarme despacio a él y ofrecerle la tarta con una sonrisa juguetona.

—Siento debilidad por los dulces. ¿Puedes culparme?

Sus dedos rozaron los míos al aceptar el plato y, con el acalorado estremecimiento que me recorrió, fue imposible no reparar en el modo en el que su tono se tornó más grave y profundo.

—No, no te culpo en lo más mínimo. —Mi incipiente excitación se tornó en decepción cuando me lanzó un seductor guiño y se llevó el plato a la cocina—. Siéntate, no queremos que se nos enfríe la cena.

—¿Quieres que te ayude en algo? —Le eché una ojeada indecisa a la mesa, que ya se encontraba puesta con una perfección milimétrica.

—No, solo siéntate y tómate el vino, ya lo tengo todo bajo control.

El aroma a limón, jengibre y salsa agridulce flotaba en el aire cuando tomé asiento y no pude evitar una sonrisa ante las suaves notas de *jazz* que sonaban de fondo. Si había algo que nadie podía negar, entonces era que Hugo se lo curraba incluso cuando resultaba superfluo. Con su cara y su cuerpo, apostaba a que las mujeres se lanzaban sobre él sin necesidad de perder el tiempo en seducirlas.

Solté el aire despacio. ¡Yo me habría lanzado sobre él si me hubiera atrevido a hacerlo! Y, desde luego, no habría tenido ni el más mínimo inconveniente si me hubiera propuesto ir directamente a los postres y me hubiese servido a mí sobre la mesa. La simple idea despertó un hormigueo de anticipación en mi bajo vientre.

—Tengo que admitir que me has sorprendido —dije, intentando romper el hielo y distraerme de mi propia imaginación—. Tu apartamento tiene las mismas dimensiones que el mío, pero de alguna forma el tuyo parece más espacioso y resulta más sofisticado y moderno.

Hugo encogió un hombro mientras traía un cuenco con una ensalada y una bandeja con dos piezas de pan chino.

—Tengo una amiga que es decoradora de interiores.

La pregunta de cuán amiga era esa «amiga» me cosquilleó en la punta de la lengua, pero conseguí reprimirme justo a tiempo de sustituirlo por un educado asentimiento.

—Ah, vaya, eso sí que es conveniente. ¿Llevas viviendo en Sevilla muchos años?

Hugo colocó otro cuenco con arroz tres delicias y una bandeja de pollo al limón sobre la mesa, reajustándolos antes de sentarse frente a mí.

—Tres meses para ser exacto. Mi antecesor se jubiló y me llamaron para sustituirlo. Ahora estoy impartiendo un curso de verano, pero ya me han asegurado que la plaza es mía.

—Eso es genial.

—Supongo —Hugo me ofreció más vino—, aunque aspiro a una universidad con más renombre.

Fruncí el ceño. Yo había estudiado en la de Sevilla y no me parecía una mala elección. No es como si en España hubiera un Harvard u Oxford ni nada por el estilo con las que hubiera que compararla, y más grande no siempre significaba mejor.

Cuando la carne de pollo prácticamente se me deshizo sobre la lengua, se me escapó un gemido.

—¡Dios! ¡Esto está de muerte! ¿De verdad que lo has hecho tú?

Hugo me sonrió satisfecho.

—Gracias. Tuve una buena profesora.

Si había pensado que iba a tener que forzarme a mantener una conversación con él, me equivoqué. A pesar de lo callado que parecía desde la distancia, no necesitó demasiada presión para contarme acerca de su infancia, de sus logros académicos o de su pasión por la enseñanza de la historia medieval.

—¿Sabías que escribí mi tesis sobre el papel de la mujer en la época feudal? Es un tema poco explorado, pero absolutamente fascinante.

—¿En serio? —Tomé un sorbo de mi copa y lo estudié.

Durante la cena no solo había aprendido lo organizado que era, hasta el punto de recolocar sin siquiera darse cuenta la vajilla para que estuviera perfectamente simétrica y alineada sobre la mesa, sino también lo contrapuesta que era su personalidad de estudioso con la del hombre al que había asociado con el tipo guapo y musculoso que salía por las mañanas a regar sus plantas y por las tardes, a hacer su tabla de taichí. No es que fuera nada malo —me encantaban los hombres inteligentes y cultos—, pero de alguna forma me hacía plantearme cómo me vería él a mí. ¿Qué pensaría de mí si le confesaba que no tenía ni idea del tema y que ni siquiera recordaba a qué periodo temporal correspondía la época feudal?

—Suena increíble. ¿Qué es lo que te ha parecido más interesante de tu investigación? —pregunté, antes de que pudiera descubrir mi ignorancia.

La cara de Hugo se iluminó mientras hablaba. Lo contemplé fascinada. Tenía un rostro viril, sus labios poseían una sensualidad casi femenina y, a pesar de su barba de tres días, su atractivo era una mezcla de dulzura, tentadora sensualidad y masculinidad.

—Bueno, una cosa que me llamó la atención fue lo poderosas que podían llegar a ser algunas mujeres, incluso en una época en la que la sociedad era predominantemente patriarcal. A menudo, eran el pegamento que mantenía unidas a familias y comunidades.

—Ah, ¿sí?

Existía algo placentero en oír su voz profunda y aterciopelada, y solo podía imaginarme lo hipnotizadas que debían de quedarse sus alumnas durante sus clases. Si a eso le añadíamos que la luz de las velas proyectaba un cálido resplandor sobre sus rasgos cincelados, resaltando la intensidad de sus ojos y la curva de sus labios mientras hablaba… Casi me entraban ganas de apuntarme a una de sus asignaturas solo para poder escucharlo.

—Hablando de mujeres poderosas —lo interrumpí cuando me di cuenta de que no me estaba enterado de nada y que iba a verme en un compromiso si él se adelantaba en hacerme una pregunta—. ¿Quién es tu personaje histórico favorito?

—Ah, eso es difícil —reflexionó, reclinándose en su silla—. Pero si tuviera que elegir, y estuviéramos hablando de mujeres —especificó—, diría que Leonor de Aquitania. Fue una mujer increíblemente fuerte e influyente que desafió las convenciones y las expectativas de su momento.

No me agradó la forma en la que recalcó: «Y estuviéramos hablando de mujeres», como si ninguna de ellas pudiera compararse con sus contemporáneos masculinos. ¿No había presumido antes de cuánto apreciaba la fuerza y la resistencia de las mujeres a lo largo de la historia? Descarté la idea. Estaba siendo demasiado tiquismiquis. Probablemente se me estaba juntando la disputa que había tenido con Henry, lo poco que había dormido anoche y el vino.

—Vale, tengo que saberlo —dije, impulsada por la curiosidad—. ¿Qué te inspiró tanta pasión por la historia medieval? ¿Hubo algún acontecimiento o persona en concreto que despertara tu interés?

Hugo se recostó en su silla y consideró la pregunta con calma.

—Bueno, todo empezó cuando era niño. Mi padre me leía cuentos para dormir sobre el rey Arturo y sus caballeros. Supongo que podría decirse que esos cuentos de caballería y aventuras encendieron mi pasión por el pasado.

—El rey Arturo —repetí, frunciendo los labios de buen humor—. ¿Eso significa que te gustaba jugar a ser un caballero, rescatar damiselas en apuros y buscar el Santo Grial?

Soltó una risa profunda y baja y tomó un sorbo de vino, lanzándome una mirada significativa.

—Nunca se sabe qué tesoros puede uno encontrar escondidos en viejos y polvorientos archivos —bromeó con un brillo divertido en sus ojos, arrancándome una sonrisa.

Existía algo innegablemente atractivo en que a un hombre le entusiasmara lo que hacía. De algún modo, Hugo me recordaba al Henry al que había conocido en mis sueños, el monarca al que le apasionaban las artes y las ciencias, el que se quebraba la cabeza por encontrar formas de mejorar la economía de la nación y de modernizar las leyes y el ejército. No había reparado en ello hasta ahora, pero Henry había sido irrefutablemente culto, posiblemente más que Hugo, en especial por lo polifacético que era. ¿Cómo entonces era posible que su poder y su carisma me intimidasen más que lo que pudiera pensar de mi inteligencia o mi forma de ser cuando con Hugo me ocurría todo lo contrario?

—¿Catalina?

—¿Perdón? —Parpadeé al regresar al presente y descubrir los ojos azules puestos sobre mí con una ligera irritación.

—Te he preguntado si alguna vez has ido a una representación medieval.

Abrí la boca, más porque no sabía qué contestarle que porque estuviera sorprendida.

—En realidad, no, pero suena divertido —respondí. Era la verdad. Mis experiencias durante mis sueños no contaban, ¿cierto?

—Estupendo. Quizás podamos ir juntos alguna vez.

—Claro, me encantaría —dije, a pesar de que no estaba del todo segura de ello. Algo me decía que cuanto más mantuviera apartada mi relación con Hugo de mis recuerdos con Henry, mejor—. Siempre que no pretendas que pelee contigo con una espada. Esos trastos pesan como mil demonios y, además, prefiero el arco a la espada.

Mi voz se cortó cuando me di cuenta de que lo que había dicho no procedía de los sueños, pero que me constaba como una certeza.

—¿Catalina? —La voz de Hugo me hizo carraspear y apartar la mirada de la mesa—. ¿Va todo bien?

—Sí, sí, claro que sí —balbuceé, intentando volver a centrarme en el hombre que tenía delante—. Lo siento, la mención de las armas me ha hecho perderme en mis pensamientos por un momento.

—¿Pensando en caballeros dispuestos a llevar tu pañuelo en un torneo de justas? —bromeó, mientras yo me forzaba a reír.

—Algo así —admití, evitando su mirada mientras el fantasma de un recuerdo tiraba de los bordes de mi conciencia.

CAPÍTULO 25

Tengo que admitir que me sentí decepcionada cuando Hugo no trató de detenerme al levantarme y despedirme. Estoy convencida de que se dio cuenta de que me estaba tomando más tiempo del necesario en recolocar la silla en su sitio, pero... nada de nada.

—Gracias por invitarme y por una velada maravillosa —dije, forzando una sonrisa y tratando de obviar la forma en la que sus músculos se marcaban bajo su camisa.

—Tengo que admitir que he disfrutado más de lo esperado con tu compañía.

Sus conversaciones podían ser un poco rimbombantes y aburridas, pero su cuerpo... ¡Ufff! Su cuerpo estaba para pegarlo en un póster en la pared y relamerse los labios con solo contemplarlo. Si a eso se le añadía la aterciopelada suavidad de su voz, que recordaba al chocolate derretido y en su justo punto de calor, no era de extrañar que a una se le derritiera el tanga, o al menos lo hacía hasta que el significado de sus palabras consiguió penetrar a través de mi obnubilada mente.

¡Quieto ahí parado! ¿Qué quería decir con eso de «más de lo esperado»? ¿Qué había creído, que no iba a pasarlo bien conmigo? ¿Insinuaba que me había considerado un muermo? ¿O que había sido su mejor cita en mucho tiempo?

Imagino que debería haberle exigido que aclarara ese punto, pero no estaba muy segura de que quisiera conocer la respuesta, en especial después de cómo casi lo había dejado estéril la otra tarde estampando mi cara contra sus partes sensibles.

—Es bueno saberlo. —Le regalé una sonrisa antes de dirigirme a la salida.

—¿Piensas irte sin darme al menos un beso de buenas noches? —preguntó Hugo, juguetón, a mi espalda.

Me tomó toda mi fuerza de voluntad no girarme y saltar sobre él para devorarle la boca antes de que pudiera cambiar de opinión.

Tomando una silenciosa inspiración, solté el frío pomo para girarme despacio hacia él.

—No pensé que quisieras uno.

¿Lo quería en realidad? Nunca nadie me había pedido permiso antes. Una de sus expresivas cejas se elevó un poco.

—Y si te confesara que no solo lo quiero, sino que he soñado con él y que me muero por saborearte y descubrir qué ocultas bajo esa fachada suave e inocente de niña que no ha roto un plato en su vida.

¡Guau! Derretido no sé, pero desde luego que, si aún quedaba un milímetro de tela seca en mi tanga, entonces era un milagro.

Muda, carraspeé y me humedecí los labios.

—Me encantaría.

Gemí para mis adentros. ¿Me encantaría? ¡Mierda! Sonaba como una colegiala tímida ante el director en su primer día de clase. Hugo no debió de verme así, ¿o tal vez sí? Porque en sus ojos se despertó un repentino fuego y sus labios se estiraron despacio hacia la izquierda. De repente, el afable e intelectual profesor de universidad parecía haber desaparecido para dejar en su lugar a un depredador, uno capaz de controlar mi voluntad y mi cuerpo, a deducir por la forma en la que una fuerza magnética me empujaba hacia él, al mismo tiempo que mis pies parecían haberse quedado anclados al suelo.

Hugo se tomó su tiempo en recorrer la corta distancia que nos separaba y, con cada paso que daba, mi respiración pareció tornarse más y más rápida y superficial. Era como si mi anatomía entera estuviera preparándose para él, hasta el punto de que, incluso sin que me tocara, podía sentir su cercanía como una caricia sobre mi piel. Cuando al fin alargó la mano, me acarició la mejilla y repasó mis labios con el pulgar, juro que hasta la última célula de mi ser estaba alerta en anticipación y dispuesta a obedecer cualquier orden que le diera.

Mis labios se abrieron por voluntad propia y nuestros ojos no se separaron mientras su pulgar se deslizaba en mi boca, invitándome a relamerlo y mordisquearlo con suavidad. Sin permitirme escapar del estado hipnótico con el que me dominaba o privarme de su pulgar, me deslizó el bolso por el hombro y lo depositó en el mueble del recibidor.

En el instante en que se inclinó sobre mí y su lengua se unió a su pulgar, jugando con la mía, luchando por acaparar su atención, cualquier pensamiento racional desapareció de mi mente.

Con mi rendición, su beso se tornó más exigente y la distancia entre nuestros cuerpos desapareció. La luz sobre nuestras cabezas se apagó, dejándonos en una sensual penumbra, rota solo por el tenue resplandor de las velas sobre la mesa y la luz que se filtraba desde la calle a través de las cortinas.

—Quiero más —murmuró, tirando con delicadeza de mi labio inferior con sus dientes.

—¿Cuánto más? —Mi voz salió tan ahogada que casi no se escuchó.

—Todo. —La forma en la que su lengua invadió mi boca y sus dedos se hundieron en mis nalgas para apretarme contra él, dejándome sentir la dureza de su excitación aplastada contra mi estómago, transmitió con absoluta claridad lo que quería decir.

Mi gemido irrumpió el suave susurro de nuestras ropas al rozarse y nuestras irregulares respiraciones, y mi cuerpo se adaptó a su musculosa anatomía como si fuera mantequilla derretida.

—Todo —repetí, extasiada, cuando sus labios descendieron por mi cuello, y juro que mis ojos rodaron en sus cuencas de puro placer.

—¿Vas a darme permiso para cogerlo? —Sus palabras vibraron contra mi piel acalorada.

En ese instante podría haberme pedido la luna y se la habría dado sin dudarlo.

—Es tuyo.

Cogiéndome la cara entre ambas manos, me miró a los ojos con una expresión tan hambrienta como satisfecha.

—Aún no. —Repasó mis labios con su lengua antes de morderlos con sensualidad—. Pero lo será.

¡Dios! No tenía ni idea de lo que estaba hablando, pero todo lo que decía sonaba a perfección.

Me sujeté a él cuando me aplastó contra la pared y apretó su pelvis contra mí. Su erección se presionó contra mi clítoris y casi consiguió que mis rodillas cedieran.

—Me encantan tus gritos. —Sus dientes rasparon el hueco de mi cuello mientras su mano descendía por mis caderas y mis muslos.

—Hugo…

—Tu forma de responder… —Sujetándome la rodilla, alzó mi pierna para rodearle mientras seguía balanceando su pelvis con un ritmo suave y metódico, y me mordisqueaba el hombro.

—¡Dios, Hugo!

—Y lo sensible que eres… —Su mano ascendió por debajo de mi dobladillo, acariciando la piel de mi muslo con una cálida firmeza.

—¡Yo…! ¡Oh, Dios!

—Joder, estás empapada… —No sé si fueron imaginaciones mías, pero su bajo gruñido prácticamente sonó como un ronroneo cuando llegó a la parte interna de mis muslos, por la que se estaba deslizando la evidencia de mi excitación.

Cerré los ojos abochornada cuando alcanzó la tela mojada del tanga.

—Tal vez sea mejor que vaya primero al baño y que me seque un poco —murmuré, tratando de apartarme.

En el instante en que descendió con el reverso de sus dedos por mi monte de Venus y pasó sobre mi clítoris, mi cuerpo se dobló y mis rodillas flaquearon. De no haber sido por su musculoso dorso sujetándome contra la pared, habría acabado arrodillada en el suelo.

—¿Por qué? Estás justo como te quería —dijo, con algo de complacida diversión asomando en su tono.

—Yo…

Pellizcando mis labios mayores, atrapó mi clítoris y lanzó una ráfaga de placer en estado puro a través de mi vientre.

—¿Sí? —se burló.

—¡Dios! ¡Hugo! ¡Yo…!

—Dime lo que necesitas, mi dulce Catalina.

No sé si fue su forma de llamarme o el hecho de que me alzara la falda y me hiciera sujetarla antes de acuclillarse ante mí para bajarme con parsimonia el tanga por las piernas, o el que hundiera su nariz en mi entrepierna para aspirarme con un gruñido de placer, pero por un momento mi mente regresó al pasado y el hombre que se encontraba ante mí dejó de ser Hugo para convertirse en Henry.

—A ti, te necesito a ti —raspé, más desesperada de lo que él pudiera adivinar, mientras rogaba en silencio que me devolviera al presente y que me hiciera olvidar los ojos dominantes y poderosos que incluso medio milenio después me hacían latir el corazón con fuerza.

—Eso puedo dártelo. —Hugo se levantó y me dedicó una de sus sonrisas ladeadas—. Aunque tal vez deberías aclarar cómo me quieres —dijo, hundiendo sus dedos entre mis pliegues y masajeándome el clítoris con firme gentileza entre sus yemas.

Mi cuerpo entero pareció convulsionar, como si acabase de darle a un interruptor capaz de convertirme en pura gelatina, sin fuerza ni capacidad de reaccionar más que a los estímulos y a sus deseos.

—¡Hugo…!

—Shhh… —Me besó la frente húmeda mientras con sus dedos estiraba y prolongaba el placer como si fuera suyo para comandar—. Eso es… Córrete para mí. Dame lo que quiero y te prometo que te daré mucho más de lo que hayas podido soñar.

La traca final de mi orgasmo explotó en una luz blanca e infinita mientras sus dedos me penetraban y sus labios ahogaban mis gritos de agónico placer.

Ni siquiera me dio tiempo de bajar de la montaña rusa en la que seguía orbitando mi mente cuando ya me encontraba desnuda, con el vestido arremolinado a mis pies, el sujetador colgado del picaporte y mis manos estampadas contra la puerta. El sonido metálico de su hebilla o el leve rasgado de su cremallera al abrirse apenas penetró mi consciencia. Como a través de una densa neblina, me di cuenta de que él seguía vestido, algo que resultaba extrañamente erótico cuando yo me sentía vulnerable y expuesta. También me percaté de cómo se sacaba un preservativo del bolsillo y se lo ponía, revelándome que había tenido más que planeado que la noche acabara así. Sin embargo, nada de ello importaba, no cuando su mano me arrancó un estremecimiento al bajar por mi columna vertebral y sus dedos se clavaban en mis caderas para echármelas hacia atrás o cuando sentí la punta roma de su erección posicionándose a mi entrada.

—¿Preparada? —A pesar de su pregunta y su voz grave y sensual, no esperó a que le respondiera.

Me embistió con fuerza, obligándome a sujetarme con fuerza contra la puerta y robándome cualquier resquicio de aliento que aún quedara en mis pulmones.

—¡Sí! —jadeé, sintiendo que todo mi ser latía de necesidad.

El suave beso que depositó sobre mi espalda se extendió por mi piel con un estremecimiento. Cuando además me tiró del cabello para girar la cabeza hacia él y besarme, mi bajo vientre se contrajo, exprimiéndole un ronco jadeo.

—Te sientes como el paraíso —murmuró junto a mis labios, mientras volvía a embestirme, aunque esta vez más despacio—. Como si hubiera muerto y me hubieras llevado directo al cielo —soltó entre dientes, embistiéndome una y otra vez a conciencia mientras mantenía la sujeción sobre mi cabello y seguía la trayectoria de sus envites lentos y sensuales con una mirada concentrada.

Cada una de sus embestidas era deliberada y mesurada e iba cargada de placer, pero no pude evitar un gemido ante la agónica urgencia que iba acumulándose en mi interior.

—Dime lo que necesitas —me susurró Hugo al oído, con su aliento caliente acariciándome con una agónica tentación.

—Más fuerte —le supliqué al borde de la locura cuando volvió a deslizarse dentro de mí, tomándose su tiempo en llegar hasta el fondo—. Por favor, Hugo... Necesito... más.

—Tus deseos son órdenes —murmuró, con un brillo juguetón en los ojos que contrastaba con su sonrisa casi cruel.

Gemí cuando aceleró el ritmo, su pelvis chocándose contra mis nalgas, sus dedos hundiéndose en mi carne y la puerta golpeándose cada vez más fuerte con cada uno de sus envites.

—Los vecinos... Los vecinos van a oírnos —jadeé de una forma casi enfebrecida a medida que un potente calor iba adueñándose de mí.

—Mmm... ¿Y eso significa que quieres que pare?

¡Dios, no! Por nada del mundo.

—¡No!

Hugo me mordió el lóbulo de la oreja.

—Entonces, deja que te oigan, que sepan lo que estamos haciendo.

Como para confirmar sus palabras, me sujetó las caderas y me embistió como si quisiera fundirse con mi alma. Fue tan imposible retener los gritos que se me escapaban por la áspera garganta que ni siquiera intenté seguir reteniéndolos.

Sabía que desde afuera podían oírnos y que cualquiera que me conociera reconocería mi voz, pero no me importó, ni siquiera me preocupó, porque mi mente no se encontraba allí, en aquel apartamento, sino en una enorme sala de piedra gris, arrodillada sobre el trono, sujetada al respaldo como ahora me sujetaba a la puerta, mientras Henry me hacía gritar y rogarle, y mis damas y sus soldados eran testigos mudos desde el pasillo.

—¡Dios! ¡Voy a...!

Adueñándose de uno de mis pechos con una mano y metiendo la otra entre mis muslos para alcanzar mi clítoris, Hugo siguió empujando dentro de mí.

Cualquier delicadeza o cortesía se había perdido por el camino y lo único que quedaba era una fiera exigencia, que logró que mi universo entero estallara en luces y mi cuerpo se inundara con tal placer que parecía demasiado para mi pobre corazón.

Unos segundos después, Hugo se puso rígido tras de mí y con un bajo gruñido me penetró por última vez, sujetándose a mí como si fuera un tesoro al que no estuviera dispuesto a renunciar.

A través del repentino silencio, nuestras respiraciones agitadas sonaban quebradas y ásperas, llenas de agonía. El aire frío se sentía como un bálsamo contra mi acalorada piel húmeda y la sangre corría por mis venas como si necesitara liberarse después de tanto placer.

Quitándose el preservativo y tirándolo con descuido al suelo, Hugo se abrochó los pantalones y apoyó su frente sudorosa contra mi hombro.

—Eres increíble, Catalina —ronroneó, haciéndome cosquillas con su aliento—. Necesito más de ti. Hay algo en ti que me atrae. Eres un misterio al que no consigo resistirme.

—¿Y crees que podrás resolverlo? —lo reté, con mi áspera voz apenas audible por encima de los latidos de mi propio corazón.

—Puedes apostar a que pienso intentarlo. —Con un gruñido, me giró y me levantó del suelo. Mis piernas se enroscaron instintivamente alrededor de su cintura y mis brazos le rodearon el cuello mientras volvía a besarme—. Quédate a pasar la noche. —Hugo alzó la cabeza para mirarme—. No es algo que suela pedirle a ninguna mujer, pero te quiero en mi cama.

Me mordí los labios, sintiéndome culpable porque, sin él saberlo, Henry había estado allí con nosotros y, al mismo tiempo, me recorrió una sensación de felicidad porque Hugo me viera de forma diferente al resto de las mujeres con las que se había acostado.

—¿No te arrepentirás dentro de un rato de haberme hecho esa oferta? —indagué, insegura.

Sus labios se curvaron y una de sus cejas se alzó.

—¿Cuando esté hundido hasta el fondo dentro de ti y te haga gritar mi nombre? —Sacudió la cabeza, divertido—. No, estoy seguro de que no me arrepentiré.

—Pensé que los hombres necesitabais un tiempo para recuperaros —protesté con debilidad, más que dispuesta a comprobarlo por mí misma.

—*Sip*, el tiempo de llevarte a mi cama y comerte hasta que no te quede voz —dijo, decidido, mientras cruzaba el oscuro salón conmigo en brazos para llevarme hasta su dormitorio.

¡Ufff! No iba a ser yo la que protestara ante eso.

Desconozco si lo hizo a propósito o si fue pura suerte, pero mi boca se resecó cuando se situó justo en la luz que entraba por la ventana y comenzó a desvestirse mientras las

sombras y luces jugaban con su atlético cuerpo y sus definidos músculos.

Si en la terraza, a plena luz del día, me había parecido sexi,
ahora, en la penumbra y a sabiendas de que se estaba desnu-
dando para mí y que iba a poder explorarlo y saborearlo a
gusto, me parecía un auténtico dios. Estaba convencida de
que, si Miguel Ángel aún viviese, habría pagado por poder
esculpir un cuerpo tan perfecto como aquel.

—Pareces perdida en tus pensamientos —dijo Hugo, des-
haciéndose de la última prenda de ropa sin pudor y gateando
desde los pies de la cama hasta situarse sobre mí y rozar sus
labios sobre los míos—. Un penique por tus pensamientos.

Sonreí sin poder evitarlo.

—¿Es eso lo único que vale uno de los misterios que quieres resolver?

—Mmm… Tienes razón —admitió con una sonrisa peligrosa. Mi respiración se detuvo cuando poco a poco bajó
por mi cuerpo, repartiendo un efímero beso aquí y allá—. ¿Y
qué tal si pasamos a una economía de trueque?

—¿Y crees que lo que tienes que ofrecerme vale la pena mi
secreto? —musité sin aliento cuando el suyo se deslizó sobre
mis pliegues.

—Estoy convencido de que podemos llegar a un acuerdo.

Mis caderas se alzaron una cuarta sobre el colchón cuando pasó su lengua justo por el centro de mi raja.

—Yo… —Mi mente se quedó en blanco; todos mis sentidos, puestos sobre el punto en el que se había detenido Hugo
con ojos burlones.

—Cuéntame un secreto, mi bella Catalina, y te prometo
que no pararé hasta que me ruegues que lo haga.

Tragué saliva. ¿Quién podía resistirse a algo así?

—Yo... Yo jamás he tenido un orgasmo mientras... lo hacía con un hombre.

En el mismo instante en que lo dije, me di cuenta de que no era verdad. Había tenido orgasmos con Henry, pero aquello no era algo que podía confesarle a Hugo, no cuando habían pasado cinco siglos antes y ni siquiera estaba segura de si solo eran un producto de mi enfermiza imaginación.

Su sonrisa se amplió.

—En ese caso, veamos cuántos orgasmos puedes regalarme, mi querida Catalina.

CAPÍTULO 26

Si había esperado que por pasar la noche en la cama de Hugo revisando las posturas del *Kamasutra* una a una hasta quedar agotada y deshidratada me ayudaría a dormir mejor, me equivoqué. Me desperté como solía hacer todas las mañanas desde que Henry había llegado a mi vida: desorientada, empapada de sudor y con el corazón latiéndome desbocado. La única diferencia que existía con respecto a los días anteriores era que aún no había amanecido, que mi cuerpo se sentía como si me hubiera pasado por encima una apisonadora y que el penetrante aroma a sexo no consistía solo en un recuerdo imaginario que cubriera mis fosas nasales, sino que se encontraba grabado en mi piel.

En un intento por sentirme menos vulnerable y expuesta, traté de cubrir mi desnudez con la esquina de sábana que Hugo no había acaparado enrollándose en ella hasta la cintura como un kebab humano. Mi mirada se ancló sobre la silueta de su firme dorso. A pesar de que apenas lo conocía y que había sido él quien me había invitado a pasar la noche, su espalda se erguía al otro lado de la cama como un improvisado muro, creando un decepcionante frío entre nosotros. Henry solía envolverme con su cuerpo como una manta y...

¡Y ahí estaba otra vez el dichoso Henry!

211

¿No era suficiente con que hubiera invadido mis sueños como para que ahora encima lo hiciera también con mis pensamientos cuando estaba despierta? ¿Y cómo sabía siquiera cómo solía abrazarme Henry mientras dormía? ¡Joder! ¿Me estaba volviendo loca?

Si fueran solo sueños o recuerdos... Pero no, lo peor eran las sobrecogedoras emociones de las que venían acompañados y cómo me afectaban aquellas memorias inventadas o no. Incluso ahora, después del rato que llevaba contemplando el desconocido dormitorio sumido en sombras, mi pecho seguía inundado de las intensas sensaciones que me provocaban mis encuentros con el que una vez fuera mi marido.

No se trataba solo de que Henry me hiciera el amor como si fuera el centro de su universo o cómo me desafiaba a romper los límites que nuestra sociedad nos había impuesto, sino la manera en la que me arropaba en un sentimiento de seguridad, que me arrancase risas que emergían desde el fondo de mi alma o cómo me permitía ser la reina que anhelaba ser mientras él se convertía en mi cómplice y compañero.

Mi corazón se aceleró cuando regresaron las sensaciones de mi vívido sueño con Henry. La intensidad de mi deseo y amor por él me erizaba la piel y me aterraba, incluso aunque solo hubiese sido un producto de mi imaginación. Si Hugo había hecho temblar los cimientos de mi sexualidad la noche anterior, con Henry era como si hubiera sido devorada entera.

Deslizándome con extremo sigilo por el colchón, me levanté de la cama, recogí mis zapatos tirados con descuido cerca del armario y crucé de puntillas y en penumbra el dormitorio para salir al salón.

Suspiré aliviada al discernir el tenue contorno de mi ropa esparcida por el suelo. No recordaba habérmela quitado, pero lo cierto era que la noche anterior se había convertido en un borrón de encuentros lujuriosos, tanto reales como ilusorios. Si Hugo había dejado su marca sobre mi piel, Henry lo había hecho sobre mi alma.

¿Cómo podía estar tan obsesionada con un hombre que solo existía en mi imaginación? Aun suponiendo que todo aquello fuera real, aun aceptando que Henry ahora habitara en el cuerpo de un felino y no fuese meramente el producto de mi soledad y desesperación, la intensidad de mis sentimientos por él era absurda.

El hombre real, el rey del que me había enamorado en mis sueños, no solo pertenecía al pasado, sino a una vida a la que jamás volvería aunque me ofrecieran la opción de hacerlo. No podía olvidarme del hecho de que mi convivencia con Henry no solo había consistido en momentos de pasión, dulzura y felicidad, sino que nuestra relación acabó con su traición y abandono. Eso y solo eso era lo que debía de recordar, aunque cada célula de mi ser se resistiera a aceptarlo.

—Maldito seas, Henry —susurré, mi voz un hilo tembloroso en la oscuridad—. ¿Por qué no puedes dejarme ser feliz ni siquiera en esta vida?

Apartando la vista de las velas consumidas y los vestigios de nuestra cena de anoche, me vestí apresurada, mis movimientos impulsados por el ansia de escapar. Lo último que quería en ese momento era tener que enfrentarme a Hugo estando tan confusa. Y, no quería ni pensar en lo culpable que me sentía por haber soñado con otro en su cama o de cómo los penetrantes ojos de Henry me habían perseguido cada vez que cerraba los míos. Ningún hombre se merecía eso y, mucho menos, uno que se había esmerado en darme lo que mis demás amantes no pudieron (en esta vida, al menos).

Pasándome los dedos por el cabello para desenredarlo, abrí la puerta y salí al pasillo descalza, aligerándome en llegar a mi puerta y cruzando los dedos por que nadie me descubriera. Una cosa era ser una mujer madura con derecho a vivir su sexualidad libremente y otra muy diferente, el tener a todas las mujeres del edificio interrogándome sobre cómo se portaba Hugo en la cama.

Cuando llegué a mi puerta, me detuve con la llave ante la cerradura. El frío metal parecía pesarme más de lo que debería hacerlo. Mi casa era el único sitio que tenía para refugiarme y esconderme del mundo, pero ahora también era el lugar en el que se encontraba Henry, y la sola idea de tener que enfrentarme a su mirada y a lo que ambos sabíamos que yo había hecho me daba pavor. El porqué era un misterio. No era como si él no hubiera rehecho su vida en el pasado con otras mujeres. Cinco esposas después de mí, para ser exactos, y probablemente un ejército de amantes camufladas en su corte. ¿Por qué me importaba entonces que me viera justo después de salir de la cama de Hugo? ¿O era el hecho de que había vuelto a soñar con él y que, en el fondo, no poder verlo en su forma humana era una punzada cargada de agonía?

Respirando hondo, giré la llave y empujé la puerta. Al cruzar el umbral, el aroma familiar de mi apartamento me envolvió, pero lo que usualmente solía calmarme hoy solo incrementaba mi ansiedad. Fue un alivio que Henry no pareciera estar por ningún sitio, pero no respiré de verdad hasta que me encerré en el cuarto de baño y me metí debajo de la ducha para dejar que el agua arrastrara consigo las huellas de la noche anterior.

Obligándome a olvidarme de mi existencia como Catalina de Aragón, repasé lo que había pasado en las últimas siete horas. No podía negar el magnetismo físico que Hugo ejercía sobre mí. Era guapo, carismático y, además de hacerme sentir viva, sabía cómo leer mi cuerpo y mis necesidades y estaba más que dispuesto a darme placer. Sin embargo, tenía que admitir que fuera de la cama no terminaba de hacerme tilín del todo. A diferencia de Henry —cuya conversación me sumergía en el pasado, haciendo que quisiera empaparme de cada detalle—, Hugo usaba su palabrería como una vitrina para su ego.

Ese pensamiento me detuvo. No me gustaba que Hugo insistiera en llamarme Catalina, como si estuviera más enamorado de la noción que se había hecho de mí que de la mujer que realmente era. Hablaba de querer descifrar mi misterio, pero... ¿por qué no me había hecho ni una sola pregunta personal entonces? Henry...

Cerré los y apoyé la frente sobre los azulejos, como si su gélido tacto pudiera calmar el caos en mi mente. Henry, siempre Henry. Como una canción sin fin, su nombre reverberaba en los recovecos de mi cerebro. Era imposible que un hombre de carne y hueso pudiera competir con los retazos de sueños y fantasías que tejía alrededor de él.

¡Henry, el rey Henry, no existía, estaba muerto... más o menos! Era algo que necesitaba meterme en la cabeza.

Tras apagar la ducha me sequé, me puse un pijama y me metí en la cama a oscuras. En lugar de cerrar los ojos y sumirme en el sueño, permanecí despierta, con la mirada clavada en el techo mientras mi mente giraba en un torbellino sin fin. No me moví cuando Henry saltó a la cama y se enrolló al lado de mi cintura. El simple hecho de sentir su calor a través de las sábanas me hizo relajarme. Los dos permanecimos así, en un silencio casi palpable, hasta que fue él el que lo rompió:

—*Siempre lo vi desde el punto de vista de un monarca* —comenzó con un murmullo apagado—. *Usaba mi obligación de tener un heredero como escudo cuando alguna vez me embargaba la culpa por lo que te hacía. Era el rey. Tenía que hacer sacrificios. Y tú fuiste uno de ellos. Hasta esta noche, no he comprendido lo que duele estar al otro lado.*

Se hizo un largo silencio. Comprendía a qué se refería. Sabía lo que se sentía al presenciar a la persona a la que amas darle su atención y sus afectos a otra que no eras tú.

—No era mi intención sacrificarte o hacerte daño —murmuré al fin.

—*Lo sé.*

—¿Estás enfadado porque haya estado con Hugo?

Henry dejó escapar un profundo suspiro.

—*No. Es tu vida. Yo ni siquiera debería estar aquí. Imagino que esto solo es otra parte de las torturas que me merezco por mis pecados.*

Me giré alertada hacia él.

—Dijiste que tu castigo fue que te convirtieran en gato. ¿Es esa la tortura de la que hablas? Acabas de hablar en plural de ellas.

Henry titubeó.

—*En parte.*

Me senté de golpe, la inquietud burbujeándome por dentro.

—¿Qué más te han hecho?

—*No importa, ya es agua pasada.*

Apoyándome contra el cabecero, lo cogí en brazos y lo obligué a mirarme.

—Henry, ¿qué te hicieron?

—*Caty, no es algo agradable* —dijo, evadiendo mi mirada—. *Te garantizo que no quieres saberlo.*

—Cuéntamelo.

CAPÍTULO 27

El suspiro de Henry resonó agotado por la habitación. Apoyó la cabeza en mi pecho, como si los latidos de mi corazón pudieran ofrecerle un fragmento de su humanidad perdida. Mis dedos se movieron por instinto, acariciando su pelaje suave y aterciopelado, no sé si para consolarlo a él o a mí.

—*Los primeros cien años me mantuvieron encerrado en una diminuta jaula. Decían que era para hacerme reflexionar sobre mis pecados. Me dejaban salir una vez al día para permitirme cazar una rata para mi sustento.* —Hizo un ruido que sonaba sospechosamente a una risa sarcástica—. *Al principio me negué. Era un rey, un hombre de noble cuna. ¿Cómo iba a rebajarme a tales extremos? Créeme, tardé menos de una semana en cambiar de opinión* —confesó con una sequedad que no ocultaba del todo su vergüenza.

—¡Dios! ¡Lo siento, Henry! —Se me encogió el corazón ante la idea de lo que aquello debió de suponerle a un hombre tan orgulloso como él. Ni de casualidad podía imaginarme en una situación en la que me viera obligada a cazar ratas y a comerlas crudas y yo ni siquiera era una reina, o al menos, ya no lo era.

—*Los martes y miércoles me llevaban a mercadillos. Allí, me colocaban cerca de tabernas o puestos que vendían carne asada y pescado frito. Solo el aroma ya conseguía que se me retorciera el estómago en dolor, pero la comida me era tan inalcanzable como la corona de Inglaterra. Solían colocar un cartel en el exterior de la jaula. Al principio ponía «Rey Enrique VIII», pero, con el paso del tiempo y a medida que la gente se olvidó del rey Enrique, el letrero cambió por otro tipo de inscripciones, cualquier cosa que lograra que la gente se riera y burlara de mí.*

—¿Te afectó mucho? —pregunté cuando pareció callarse.

Henry hizo un movimiento que, de ser una persona, probablemente habría sido un encogimiento de hombros.

—*Al principio, me hizo trizas mi orgullo. No sé por qué había imaginado que el pueblo recordaría alguna de mis hazañas o de mis logros. Pero donde había esperado admiración o al menos alguna muestra de cariño, la mayoría de la gente recordaba a un rey gordo, enfermo, impulsivo y mujeriego. Con el paso del tiempo, acabé acostumbrándome y, cuando se burlaban por otros motivos de mí, la mayoría de las veces me traía sin cuidado.*

—Debió de ser duro —murmuré pensando en cómo el aislamiento y el hambre debían de haberse sumado a aquellos insultos.

—*Lo peor era cuando llegaban los aniversarios de la muerte de mis esposas.*

—¿Qué hacían entonces? —Me daba miedo hasta de preguntarlo, pero algo me empujaba a hacerlo de todos modos.

—*Sin sacarme de la jaula, me sumergían en un pozo helado.* —La voz de Henry se volvió fría, como si las palabras pudieran conjurar el agua que una vez lo había rodeado—. *Dejaban que me hundiera y, justo cuando sentía que mis pulmones iban a explotar, me izaban lo suficiente como para respirar. Me mantenían así, agonizando entre el frío y la falta de oxígeno, hasta el próximo toque de las campanas de una iglesia cercana, cuando repetían*

todo el proceso de hundirme y asfixiarme de nuevo. Seis mujeres,
seis aniversarios y seis días cada año desde el alba hasta el ocaso.

Un escalofrío me recorrió el cuerpo. Podía sentir la frialdad de ese pozo y la agonía causada por la falta de aire. Seis veces anuales durante un siglo entero. Seiscientas ocasiones de tortura sin fin, y sospechaba que eso era solo la punta del iceberg.

—Dijiste que eso fue durante el primer siglo. ¿Qué sucedió en los otros cuatro? —La pregunta flotó entre nosotros.

—*Caty, ¿estás llorando?* —Su tono pasó a uno de preocupación—. *No llores por mí, cielo. No me lo merezco.*

No fue hasta que su suave cabeza se restregó contra mi mejilla que me di cuenta de que mis lágrimas estaban fluyendo imparables.

—Solo de pensar en lo que pasaste me rompe por dentro —confesé, estrechándolo con más fuerza contra mí.

—*Habría preferido morir y acabar en el infierno, pero mentiría si no admitiera que me lo merecía.*

—Yo... —Sacudí la cabeza; el nudo en mi garganta, demasiado grande como para poder hablar.

—*Shhh... Ya pasó. Y, si tuviera que volver a pasar por todo ello para estar aquí contigo, para poder sentirte junto a mí, poder mirarte a los ojos y pedirte perdón, lo haría.*

—No puedes estar hablando en serio.

Henry me miró a los ojos, lleno de pesar y arrepentimiento, y supe que estaba diciendo la verdad.

—*Lo siento, Caty. Lamento todo el daño que te causé por mi estupidez y mi egoísmo, y por no entender mis propias prioridades, siento haberte abandonado cuando más me necesitabas solo porque el destino no me concediera lo que pensaba que necesitaba y porque me asustaba ser el responsable de tu desdicha. Y lo siento,*

221

no porque me hayan torturado o porque es lo que debería hacer, sino porque cada fibra de mi ser se revuelve ante la idea de que haya sido el causante de tu dolor.

Asentí.

—¿Sabes? No puedo excusar lo que hiciste en el pasado y tampoco puedo meterme en tu pellejo. Puede que cometieras errores, muchos errores —me corregí cuando me miró sin pestañear—. Pero no creo que fueras malo de verdad, solo… —titubeé.

—*¿Arrogante, egocéntrico, endiosado, soberbio, consentido?*

Mis labios se curvaron con debilidad ante la descripción que hizo de sí mismo.

—Probablemente, todo eso y más —admití con sinceridad.

—*Sí, lo sé.* —Por unos segundos, cerró los párpados—. *Me consideraba inteligente y culto, un ser superior a los demás; ahora me doy cuenta de que no era más que un tonto y que estaba… enfermo.*

—Eras una de las personas más poderosas del planeta, la gente se desvivía por complacerte, hombres y mujeres se tiraban a tus pies por igual y…

—*Caty, ¿estás tratando de justificarme?*

—No. No lo sé. Puede que trate de comprenderte más que de justificarte. Solo eras un crío cuando nos casamos. Y sí que eras culto. Hablabas varios idiomas con fluidez, componías canciones y poesía y…

—*No tengo justificación, cielo. La forma en la que me comporté contigo y con las demás ni siquiera fue lo peor que hice en mi vida. Mi existencia fue un cúmulo de elecciones erróneas, de egoísmo y arrogancia, las cuales nunca podré borrar.*

—Las demás… —Mi corazón se saltó un latido—. ¿Estabas enamorado de ellas?

Henry se tomó su tiempo en responder; su mirada, perdida en un punto indefinido del edredón, como si hubiera vuelto atrás en el tiempo.

—*Ana Bolena...* —Se interrumpió y me lanzó una ojeada insegura—. *Ana fue un escape de la rutina y de la presión que me embargaba en aquella época. Por un tiempo, me hizo sentir joven y capaz otra vez. Más que amor, fue un encaprichamiento, una pasión que se consumió tan rápido como se encendió.*

Sabía a qué se refería. Ana había sido una de mis damas en la corte. Había sido una muchacha llena de alegría y desparpajo y unas ganas de vivir que rivalizaban con las de Henry. A veces había sentido envidia de ella, pero nada de ello era comparable a los celos que sentí en aquel instante al recordar cómo Henry me había dejado por ella y la soberbia de Ana al restregármelo por la cara una y otra vez en un intento por ponerme en mi lugar.

—¿Y las otras? —cambié de tema.

—*Ana de Cléveris fue una conveniencia y una buena amiga, pero existía tan poca química entre nosotros que ni siquiera fui capaz de consumar el matrimonio con ella; Catalina Howard fue un arreglo político y... bueno, vamos a dejarlo en que fui demasiado estúpido como para ver cómo era de verdad. A estas alturas, ni siquiera la culpo por haberme puesto los cuernos y haberme convertido en el hazmerreír de la nación. Podría haber detenido su ejecución si Catalina hubiera admitido que entre ella y Dereham, uno de sus amantes, existía un precontrato de compromiso que habría anulado mi matrimonio con ella y la habría eximido de alta traición, pero ella se negó a admitirlo y prefirió condenarse a sí misma y a sus amantes a morir.*

—¿Y lo habrías hecho? ¿Habrías detenido su ejecución si ella hubiera confesado?

El silencio que siguió fue tenso y me pareció detectar una chispa de arrepentimiento en sus ojos.

—¿La verdad? No lo sé. Me dejó en muy mala posición. Un rey que no solo no se había dado cuenta de que su nueva esposa no era virgen, sino al que además siguieron poniéndole los cuernos después de casado. ¿Puedes imaginarte el revuelo y los cuchicheos y burlas que eso causó? Estamos hablando de una época muy distinta a la actual, una en la que también yo era diferente. Jugó con mi honor y el de la corona. Verla morir no era algo que me produjese placer, pero me sentía humillado y afrontado, y no voy a negar que también furioso. Ni siquiera en aquel entonces tenía demasiado claro el qué hacer con respecto a ella. Supongo que podría haberla condenado a la penuria y al rechazo social, pero con su postura me libró de tomar esa decisión.

—¿Y las demás?

—Catarina... fue un capricho. Era viuda, bella, culta e inteligente. Acabamos siendo amigos. No puedo decir que me arrepintiera de haberme casado con ella, porque, aunque no hubo amor en un sentido romántico, consiguió que me reconciliara con mis hijas, con nuestra hija. Me alegra que a mi muerte consiguiera rehacer su vida.

Soltándolo sobre la cama, volví a acostarme manteniendo la distancia física entre nosotros. Henry me estudió, pero no comentó nada sobre mi repentino alejamiento.

—Creo que te has saltado a una de tus esposas —presioné, no queriendo entrar en el tema de nuestra hija o de cuán bueno fue el matrimonio con esa tal Catarina.

—Mentiría si no admitiera que sentí algo por Jane, me ayudó a poner los pies en la tierra y trajo paz a mi vida. Me apenó mucho cuando murió durante el parto de nuestro hijo.

Asentí.

—Jane Seymour fue la que te dio el hijo que tanto deseabas, ¿no? —Por algún motivo, aquella simple pregunta dolió hacerla.

—*Sí y, durante un tiempo, eso lo significó todo para mí. Eduard murió seis años después de que yo... de que me convirtiera en esto. Solo tenía quince años. A veces, he llegado a pensar en lo caprichoso y vengativo que es el destino. Toda mi vida destrozada por mi obsesión por tener un heredero varón y el único que tengo acaba muriendo cuando apenas había comenzado a vivir y ni siquiera pude estar junto a él en su lecho de muerte.*

—Lo siento.

Los dos permanecimos un buen rato en silencio antes de que él volviese a hablar.

—*Caty.*

—¿Sí?

—*No voy a mentirte, a veces fui feliz con ellas, pero la única que llenó todos los huecos, la única a la que amé hasta el punto de que se me llenaba el alma de luz y calor fue a ti. Y, si me permitieran elegir a una sola de mujer para pasar el resto de mis días con ella, te elegiría a ti sin dudarlo.*

Y ahí era justo donde residía el problema. Ni él podía elegirme a mí ni yo podría jamás elegirlo a él, y lo único que nos quedaba era el recordar aquello que no podíamos tener. De alguna forma, al castigarlo a él, también me habían condenado a mí.

CAPÍTULO 28

El vapor ascendía en espirales errantes de la taza de café que sostenía en mis manos mientras me recreaba en su reconfortante calor. No mitigaba el sabor amargo que cubría mi paladar ni el nudo de tensión que tenía en el estómago, pero al menos me distraía en parte de lo peor de mis pensamientos en tanto estudiaba las imperfecciones de la pared que la pintura no bastaba para cubrir y que contaban sus propias historias, ninguna tan complicada como la mía.

Me ardían las mejillas a pesar de la presión que sentía en el pecho, con esa contradictoria mezcla de excitación y culpabilidad que me invadía cada vez que los ecos de susurros y gemidos de la noche anterior retornaban a mi memoria. Seguía sintiendo la piel de Hugo contra la mía al tiempo que se hundía en mí, haciéndome gritar de placer y llevándome a la frontera de la locura, y todo mientras imágenes de Henry, nuestra intimidad y nuestra vida pasada parpadeaban en mi consciencia.

Sabía que ya no tenía ningún sentido arrepentirme y que lo hecho, hecho estaba, pero el que no hubiera visto a Henry por ninguna parte desde que me hubiese despertado al amanecer me dejaba claro que, a pesar de sus palabras y confesiones mientras amanecía, él tampoco era indiferente a lo que había pasado.

Muy dentro de mí comprendía que no le debía nada, no después de lo que él me había hecho en mi vida anterior y no cuando él mismo me había confesado que había tenido sentimientos por las esposas que me siguieron, pero no por ello me sentía mejor. También me hacía plantearme hasta qué punto era compatible una vida en la que compartiésemos el mismo espacio. ¿Iba a sentirme así cada vez que entablaba una relación con un hombre? ¿Iba a remorderme la conciencia por continuar mi vida como humana mientras él se encontraba atrapado en el cuerpo de ese felino?

Por un corto momento me planteé la posibilidad de que se hubiese marchado, pero, aun cuando estaba convencida de que eso sería lo mejor para ambos, la idea me produjo un pinchazo en el corazón al que no estaba preparada para enfrentarme, por lo que la aparté de mi mente.

Henry era un gato, los gatos tenían sus mañas para moverse por un edificio sin preocuparse por las puertas cerradas. Lo más probable era que hubiese salido a explorar o a encontrar un espacio en el que pudiera estar a solas con sus pensamientos y que, cuando fuera luego a colgar la ropa, me lo encontrase por el pasillo o incluso dormido en el felpudo de la entrada.

Gemí para mis adentros al recordar que tenía que sacar la colada de la lavadora. Salir significaba que podía toparme con Hugo, y era lo último que quería. ¿Qué demonios le decía una a un tipo al que apenas conocía, con el que echó la noche anterior el polvo de su vida (actual) y de cuya cama huyó de madrugada y sin despedirse?

Cargada con la pesada cesta de la colada, me asomé con cautela por la puerta. Que Henry no estuviera allí en el felpudo fue un golpe; el que no hubiese rastro de Hugo por ningún lado, un alivio.

—Vamos, Caty, puedes hacerlo —musité para mí misma, tomando una profunda inspiración para armarme de coraje y salir al pasillo mientras cerraba la puerta tras de mí con cuidado de no hacer ruido—. Lo peor que te puede pasar es que te tropieces con el dios griego que te puso anoche mirando a Pernambuco y te hizo ver las estrellas mientras tú gritabas como una loca y pensabas en un rey de hace quinientos años. —Dejé escapar un resoplido al darme cuenta de lo absurda que se había vuelto mi vida y apreté el botón de llamada del ascensor antes de lanzar una mirada por encima del hombro para comprobar que la puerta del apartamento de Hugo seguía cerrada. Los sábados por la mañana su casa solía permanecer en silencio y, excepto por su breve salida para regar las plantas, no solía pisar la terraza tampoco.

Salté sobresaltada cuando el timbre del ascensor anunció que había llegado y reubiqué la cesta para entrar en cuanto se abriera. La puerta se abrió, pero yo me quedé petrificada mientras mi corazón daba un vuelco.

—Buenos días, Catalina. —Con el pelo alborotado, el rostro sonrojado como si hubiera realizado ejercicio, una camiseta de fútbol pegada a su torso por una ligera capa de sudor y los ojos brillantes, el hombre con el que llevaba toda la mañana temiendo confrontarme me sonrió, mostrándome sus inmaculados dientes.

Por un momento, el tiempo pareció congelarse mientras nos mirábamos y yo me preguntaba si estaría recordando con la misma claridad que yo el instante en el que me penetró por última vez antes de que ambos nos tensáramos para entregarnos a un furioso y liberador orgasmo.

Fue la puerta del ascensor cerrándose lo que nos sacó de golpe de los recuerdos. Hugo colocó la mano delante del sensor, pero no hizo el intento de salir.

—Hola. —Sonreí con debilidad, tratando de mantener la voz firme a pesar del repentino temblor que me dominaba—. Uhmm... ¿Vas a salir?

Sus ojos bajaron a la cesta de la colada y la comisura de sus labios se curvó con un aire juguetón.

—¿Subes a la azotea a tender la ropa? Deja que te ayude con eso —me ofreció sin vacilar, extendiendo el brazo con naturalidad.

—Gracias —murmuré, incapaz de mirarle a los ojos mientras le entregaba el cesto. Se me erizó la piel cuando me rozó el antebrazo en un gesto casual, y no pude evitar la sensación de que él sabía exactamente lo que me estaba haciendo. ¿Cómo podía tener ese efecto en mí con un simple roce? Ni Javi consiguió nunca tornarme tan sensible a un simple contacto de sus dedos. ¡Ja! ¡Ya hubiera querido! (Y yo también).

Tragué saliva cuando se cerraron las puertas confinándonos en el estrecho espacio. Retrocedí hacia la pared, intentando crear distancia entre nosotros, pero las dimensiones parecían encogerse a nuestro alrededor, intensificando el calor palpable que emanaba de él.

—¿Arrepentida? —Su voz me sorprendió y, al mirarlo, sus ojos azules estaban clavados sobre mí con una intensidad que me dejó sin aliento.

—No —admití.

Podía lamentar mi incapacidad de centrarme solo en él o preocuparme por cómo se lo había tomado Henry, sin embargo, no podía experimentar remordimientos de que, por una vez, un hombre me adorase como si fuese una diosa y me demostrase que el problema de mis ausencias de orgasmos nunca había sido mía.

Su sonrisa se ensanchó y apoyó la cesta sin esfuerzo contra su cintura. Mi respiración se alteró cuando se acercó a mí, encerrándome con su brazo contra la pared al apoyarlo al lado de mi cabeza. Olía a sudor y a esfuerzo, a aire libre y energía, pero no en un modo desagradable, sino todo lo contrario, de una forma masculina y primaria que parecía despertar la parte más primitiva de mi cerebro.

—Me alegro. —Hugo me rozó la punta de la nariz con la suya—. Porque, para mí, anoche fue una experiencia inolvidable. No dejo de recordar la manera en la que tu cuerpo se ajustó al mío y en cómo te sentías entre mis brazos.

Sus labios se acercaron a los míos, tanto que casi podía sentirlos sin que siquiera me tocasen, y mi cuerpo se preparó para fusionarse con él cuando el zumbido del ascensor rompió el hechizo y él se separó, encaminándose al vestíbulo de la azotea.

—¿Te apetece venir conmigo al cine y a cenar esta noche? —preguntó, mientras me llevaba la cesta hasta mi tendedero.

El ofrecimiento me pilló desprevenida y me tomó unos segundos el seguirle y responder.

—Me encantaría.

Hugo dejó la cesta en el suelo y se giró con una sonrisa genuina.

—Perfecto. ¿Te parece si paso por ti a las ocho?

—Claro.

Se detuvo a escasos centímetros de mí, atrapándome con la intensidad de su mirada. Con firmeza, me rodeó la cintura y me atrajo hacia él. Nuestros labios se encontraron en un roce que resultó demasiado efímero después del fuego que habíamos compartido la noche anterior. Él debió de pensar lo mismo, porque de repente soltó una maldición, sus pupilas dilatadas brillando de anhelo.

—Mierda. No puedo esperar hasta esta noche. —Antes de que pudiera saber lo que estaba ocurriendo, me tomó de la mano y me condujo a un rincón algo apartado. Con un movimiento ágil me acorraló contra la pared, el deseo reprimido vibrando entre nosotros—. Lo de anoche... fue alucinante y quiero repetirlo —murmuró contra mi oído, acariciándome el lóbulo con sus labios con cada palabra y cada exhalación—. Esta noche, mañana, pasado mañana y cada día que le siga. Quiero explorar cada centímetro de tu piel, descifrar cada misterio que escondes y saborearte hasta que te conozca mejor que a mí mismo.

El calor de sus promesas susurradas me envolvió, avivando las chispas que saltaban entre nosotros sin que siquiera necesitara tocarme. Los antiguos monarcas y los sueños húmedos se disolvieron en el aire. Lo único que importaba en ese instante era el hombre que se encontraba frente a mí, manteniéndome cautiva con un magnetismo que resultaba eléctrico.

Con un gemido, lo cogí por el cuello y apreté mis labios contra los suyos, exigiéndole que le abriera paso a mi lengua.

—¿Eso es un sí? —raspó sin aliento.

—Definitivamente —repliqué sin apenas poder oír mi propia voz.

—¿Y si te dijera que lo quiero ahora?

—¿Aquí? ¿Donde cualquiera puede vernos?

Alzando la cabeza, me estudió con atención mientras presionó su cuerpo contra el mío, dejándome sentir la magnitud de su deseo. Sus labios se curvaron en una sonrisa autosuficiente cuando oyó mi gimoteo desesperado.

—Aquí y ahora, mi bella Catalina.

En vez de darme la oportunidad de pensar o contestarle, pasó sus nudillos sobre mi pezón, que se erguía tan orgulloso como desesperado y le ofreció toda la respuesta que necesitaba.

El mundo a mi alrededor se desdibujó mientras me rendía a la intensidad de su boca al descender por mi cuello. El contacto de Hugo era eléctrico, me recorría el cuerpo y encendía un fuego en lo más profundo de mí, haciéndome arder con más y más intensidad con cada caricia y beso con el que me seducía y plegaba a su voluntad.

—¡Dios, Catalina! Te deseo... —Como si sus palabras no fueran suficientes para demostrarlo, me apartó el pantaloncito y las bragas a un lado y se hundió en mi interior.

Me aferré a él, clavándole las uñas en la espalda mientras me levantaba contra la pared sin separar sus labios de los míos. La áspera textura del ladrillo se clavó en mi espalda, pero la incomodidad solo me recordaba lo prohibido de la situación, aumentando mi placer.

—Más —jadeé, con la voz apenas audible por encima de nuestra respiración entrecortada.

Hugo obedeció, y sus movimientos se hicieron más insistentes y potentes, lanzándome más y más hacia el éxtasis. Mis dudas e inseguridades se evaporaron, reemplazadas por una necesidad de él que me consumía por completo. Le rodeé con las piernas, empujándome contra él.

—Dios, qué bien te sientes —gimió, con la voz entrecortada por el esfuerzo.

Una vertiginosa satisfacción burbujeó en mi interior. Nunca me había sentido tan viva, tan completamente perdida en otra persona.

—Por favor... no... pares —le supliqué, distraída por la potencia de sus envites.

Y entonces fue cuando ocurrió, los dedos de Hugo se clavaron en mis nalgas con un gruñido gutural y mis dientes se hundieron en su hombro mientras ambos fuimos absorbidos por una imparable espiral de placer.

Sin salir de mi interior, Hugo se dejó caer contra mí, dejó deslizar mis piernas de su agarre.

—Joder, eres increíble.

¿Qué chica recién satisfecha no quiere escuchar justo eso? Mi sonrisa tonta se congeló en el instante en el que abrí los párpados y me topé con los ojos dorados que me contemplaban justo desde el otro lado de la azotea.

CAPÍTULO 29

Si la mañana en que me enrollé con Hugo en la azotea me había sentido como una bola de *ping-pong* que cruza a velocidad de vértigo desde el infierno al paraíso y de regreso de nuevo, los días siguientes no fueron demasiado diferentes.

Los momentos llenos de pasión, seducción y desenfreno con Hugo fueron alternándose con los de tenso silencio y sentimientos de culpabilidad con Henry, que se había vuelto cada vez más introspectivo y callado. En la vida había esperado echar de menos su afilada lengua o su irritante capacidad de dar siempre en el clavo en lo que a mis motivaciones más secretas se refería, pero lo cierto era que los días no eran lo mismo sin su exasperante intervención y, mucho menos, sin las ocasionales historias que me contaba de nuestra vida juntos o de las intrigas de su corte.

—¿Hoy tienes planes con Hugo? —me preguntó Nai, observándome mientras preparaba el café.

—No. —Le coloqué un plato con *croissants* rellenos en la mesa—. Tiene tutorías privadas, pero iremos juntos a la presentación de un libro el jueves. Es de un amigo suyo.

Los ojos de Nai se iluminaron de inmediato.

—¿Qué autor es? ¿De qué va el libro? Si es de romántica, me apunto. Hasta podríamos decírselo a las chicas. Apuesto a que les chiflará venir con nosotras.

—Ni idea, no es un nombre que me suene. Y el libro, por lo que me ha contado Hugo, es un *thriller* policíaco en el que... —me mordí el labio, planteándome de qué forma podía simplificar la complicada trama— el protagonista es un psicópata que tiene un complejo de Edipo y acaba teniendo relaciones incestuosas con la hermana, que es monja y, además, se parece a la madre.

Nai casi se atraganta con su café. *Sip*, justo mi reacción, aunque yo al menos lo disimulé un poco mejor cuando me lo relató Hugo la primera vez. Después de alzar un dedo y coger una servilleta para limpiarse la boca con exquisita pulcritud y volver a doblarla para colocarla junto a su plato, carraspeó.

—De repente, recordé que el jueves me toca... acercarme al veterinario con Flucho.

Mirándola con sequedad, me tomé un sorbo de mi café.

—Creo que debería acompañarte al veterinario para Henry. ¿Crees que Hugo se tragará que tengo que ponerle la vacuna de la rabia justo ese día?

Nai levantó una ceja...

—¿Por qué has accedido a acompañarlo si no estás interesada en ir?

—Pensé que sería interesante después de oír a Hugo hablar con tanta admiración de su amigo escritor. Pero cuando me contó la versión resumida... —Hice una pausa recordando el tedioso relato. No sé qué fue peor, si lo increíble que me resultó o lo repulsivo—. Me da que se me va a hacer una velada muy, pero que muy larga como a los dos les dé por hablar de ese libro.

Ni siquiera me planteé describirle a Nai la reacción de Hugo cuando se me ocurrió comentarle que la historia no me parecía ni creíble ni atractiva. En serio, ¿a qué clase de personas les atraía un personaje obsesionado con su madre hasta el punto de que le obliga a su hermana a mantener relaciones con él durante las misas?

—Siempre puedes excusarte diciendo que te ha entrado un cólico y que no puedes separarte de la taza del váter.

—Ja, ja, ja. Muy graciosa —espeté—. Supongo que no será tan malo como para tener que llegar a esos extremos.

Nai me estudió con los ojos entrecerrados.

—Dime algo. Más allá del atractivo físico, ¿qué es lo que realmente te gusta de Hugo?

—¿Que cocina como un chef profesional? Eso es algo bueno, ¿no?

Ella soltó un bufido y cruzó los brazos sobre el pecho.

—Sí si estás buscando un cocinero o un mayordomo.

Las dos nos giramos al unísono cuando desde el mueble del televisor resonó un resoplido sarcástico y, como era de esperar, encontramos a Henry ocupando la esquina del mueble, con las patas cruzadas bajo el mentón con su habitual gracia felina.

Nai sacó de su bolso un recibo arrugado y, con manos expertas, lo convirtió en una pequeña bola.

—Esta vez me lo llevo de calle. No podrá resistirse. —Movió ambas cejas de modo cómico y me guiñó un ojo antes de mirarme por encima del hombro—. Henry, bonito, ¡mira el regalito que tengo para ti! —canturreó, entusiasmada.

Sin esperar, lanzó la bola en dirección a nuestro rey gatuno. La pelota dibujó un arco en el aire, rebotó suavemente en la pared y aterrizó desafiante justo ante las patas de Henry. Él la contempló con aparente desinterés y, sin siquiera pestañear, la empujó al suelo con un gesto indiferente.

Nai frunció el ceño con indignación.

—¿Has visto lo que ha hecho? ¡La ha tirado al suelo!

Rodé los ojos.

—¿Y qué esperabas?

En vez de responder, sacó otro recibo y repitió el proceso. Esta vez, el proyectil rebotó directamente en la cabeza de Henry, quien se volteó hacia mí antes de lanzarle a Nai una mirada fulminante con un claro mensaje en sus ojos dorados que decía: «¿Tú eres tonta?».

—A mis perros les encanta este juego —se defendió Nai—. Pero bueno, este gato se ve que es un poco lento de entendederas, ¿no? Debe de ser porque era un rey. Si un político al que se le elige es torpe, imagínate a un líder que se convierte en rey solo porque su padre también lo fue —se quejó Nai, rodando el siguiente misil con especial concentración entre sus manos para apretarlo y darle forma, mientras yo me encogía por dentro y estudiaba a Henry con cautela.

Dudaba mucho que ese último comentario de Nai le hubiera hecho demasiada gracia. Después de todo, Henry no solo había sido uno de los hombres más cultos y formados de su época, sino que hablaba con fluidez tres idiomas además de su lengua materna. Si uno lo comparaba con nuestros presidentes en las últimas décadas...¡Ufff! ¿Alguno hacía algo más que chapurrear cuatro palabras mal pronunciadas en un idioma extranjero? Cada vez que los veía al lado de gobernantes y diplomáticos extranjeros. me daba vergüenza ajena.

Con determinación y un poderoso lanzamiento, Nai envió la bola hacia Henry. En el último segundo, este levantó la pata, golpeó la pelota en el aire y esta salió disparada hacia atrás, dándole a Nai de lleno en los morros.

Sin poder evitarlo, estallé en carcajadas mientras Nai se frotaba con dramatismo la nariz. Incluso el labio de Henry parecía haberse curvado un poco.

—¿Por qué me ha atacado? —preguntó Nai con un mohín.

Henry me miró incrédulo.

—*¿Eso lo ha preguntado en serio?*

Por primera vez en días, sonreí con sinceridad.

—Creo que piensa que te lo merecías y, antes de que intentes vengarte de él, recuerda que en su vida pasada Henry no solo era un deportista nato, sino que también sabía cómo luchar. Créeme, no quieres enfrentarte a él.

Henry me lanzó una mirada divertida y yo no pude más que sonreírle de vuelta.

—*No le has advertido que tampoco me preocupa jugar sucio cuando me conviene.*

—¿Por qué iba a hacerlo? Ella también lo hace.

—¿De qué estáis hablando? —preguntó Nai, llena de sospecha.

—De ti. ¿De qué si no?

Estaba limpiando la cocina cuando Henry me sorprendió con la pregunta:

—*¿A qué estás dándole vueltas? Llevas frotando ese punto sobre el frigorífico durante el último cuarto de hora.*

—En eso es en lo que consiste la limpieza, Su Majestad, en frotar hasta que la suciedad desaparece. —Le lancé una mirada irritada, pero él me la mantuvo sin pestañear.

—*Si movieras un poco la cortina, seguramente tendrías más éxi-to. Por si no te has dado cuenta, lo que estás frotando con tanto empe-ño no es una mancha, sino una sombra causada por la iluminación.*

Me detuve a estudiar la mancha y... *sip*, el muy cabrón podría haberme avisado antes de que solo se trataba de una sombra. Con un resoplido, tiré el paño sobre la encimera.

—¿Qué quieres? —le exigí.

—*Solo saber qué es lo que te ocurre. ¿Lo consideras un crimen?*

—¿Por qué?

—*¿Por qué qué?*

—¿Por qué quieres saber lo que me pasa? —exigí, cruzan-do los brazos sobre el pecho.

Tras mirarme unos segundos, soltó un pesado suspiro.

—*¿Tan difícil es creer que me preocupo por ti?*

Me mordí los labios. ¿Lo era? No tenía ni idea. El pro-blema era que no podía contarle mis pensamientos, porque últimamente todos estaban relacionados con él, o al menos con la persona que fue en su pasado.

—¿Sabes lo que siempre he querido de un hombre? —solté de sopetón, y continué sin esperar su respuesta. Ni siquie-ra me importaba que no tuviera nada que ver con lo que me había preguntado o, tal vez, sí—. La seguridad de que está conmigo, a mi lado. No quiero que lo haga todo por mí; quiero demostrarme a mí misma que soy capaz de avanzar en la vida sin ayuda, pero quiero a alguien que me apoye en lo que hago, aunque sea una locura.

Henry pareció considerar mis palabras. Me tensé, espe-rando una de sus burlas, pero nunca llegó.

—*¿Y alguna vez has encontrado a un hombre así?*

—No, nunca. —Alcé los brazos solo para volver a dejarlos caer—. Es como si no existieran hombres con un término medio, como si los que hay tuvieran un interruptor que les lleva de un extremo a otro. O intentan controlarme la vida, como si fueran mi padre o un jefe y yo una criatura desvalida e incapaz de defenderme en un mundo real, o esperan que yo cargue con el peso de todas las decisiones y las rutinas del día a día, incluidas las suyas. Y eso es justo lo que no quiero. No necesito a un padre en una relación de pareja, porque deseo poder crecer por mí misma, y no quiero ser la madre de nadie, o al menos de nadie que ya tenga los cataplines maduros —me corregí.

Henry cerró los ojos con un suspiro.

—*¿Es necesario que siempre hagas eso?*

—¿El qué? —Fruncí el ceño—. ¿Qué se supone que he hecho ahora?

—*Hablar de escrotos maduros en una conversación que no está relacionada en nada con el sexo. ¿No podrías evitar hablar de esa forma? Un toque de educación y elegancia nunca vienen mal en una dama.*

Entrecerré los ojos, irritada.

—No soy ninguna dama y no pretendo serlo. Y acabas de pasar por alto todo lo que he dicho.

—*He oído perfectamente lo que me has explicado y lo comprendo.*

—¿Y?

—*Y nada, que tienes razón.*

—Siendo un hombre, ¿me das la razón así sin más cuando critico a los de tu género?

¡¿No le acababa de explicar que no lo quería todo masticado?!

—*Soy un gato, no un humano, de modo que no tiene sentido el sentirme ofendido por eso. Esas etiquetas ya no se aplican a mí.*

Solté un bufido.

—¿Ahora eres un gato? Pensé que eras el alma de un hombre atrapado en el cuerpo de un gato —espeté con sarcasmo.

Me estaba dando cuenta de que no estaba siendo racional, pero algo me empujaba a seguir chinchándolo y a hacerlo perder aquella molesta calma y aire de superioridad.

—*Acabas de sonar como esa mujer de la serie que no para de decir: «Soy una mujer atrapada en el cuerpo de un hombre».*

—No irás a decirme ahora que, después de ocho esposas, tu verdadero problema es que te gustan los hombres —lo provoqué sin poder evitarlo.

Me habría parecido estupendo que se sintiera atraído por otros hombres. ¡Ole los huevos u ovarios de la gente que vive su sexualidad y su vida como les dé la gana! Pero algo me decía que Henry no había perdido del todo la mentalidad de su época a lo largo de su trayecto.

—*Muy graciosa. Para empezar, solo tuve seis esposas, nada tan extraordinario si tienes en cuenta que fui el tercer marido de Catalina Parr y que, tras quedar viuda, volvió a tomar nupcias por cuarta vez.*

—No me refiero a eso, y lo sabes. ¿Eres gay? —insistí, preparándome para la trifulca verbal que estaba por venir y que estaba deseando tener.

—*No.*

—Pero...

—*¡No!*

—Pues el otro día saliste de huida de la gata de Laura.

—*¡Era una gata!*

—Pues claro que era una gata. ¿Qué esperabas? —Entorné los ojos reprimiendo una sonrisa satisfecha en el proceso.

—*Me niego a cometer el sacrilegio de encontrar satisfacción física con una gata* —gruñó, alterado.

Tuve que morderme el interior de las mejillas para no romper a reír.

—Pues a lo mejor, si les dieras una oportunidad, estarías menos amargado.

—*Deja de hablar sandeces, eso es una aberración.*

—¿Aberración por qué? —pregunté con inocencia.

—*Porque es un animal.*

—Mmm... ¿Sabes a qué suena esa excusa?

—No.

—A que sí que eres gay.

—*¡No soy gay!*

—*¿Bisexual?*

—*¡No!*

Cruzándome de brazos, le mantuve la mirada.

—Si no eres gay ni humano y tampoco te consideras un gato o un animal, ¿qué diantres se supone que eres?

Henry se desplomó y apoyó la cabeza sobre sus patas.

—*No lo sé. ¿Una bestia? No tengo ni idea de lo que soy.*

CAPÍTULO 30

Ver cómo se cerraba la puerta del ascensor delante de mis narices consiguió que me pusiese las pilas.

—¡Un momento! —chillé—. ¡Yo también voy arriba!

La chica que iba dentro se inclinó apresurada a mover la mano ante el sensor. Las puertas volvieron a abrirse y yo conseguí entrar fuera de aliento en el interior.

—Lo siento —me disculpé—, pero tengo la masa del bizcocho a falta de echarle las pepitas de chocolate y no quiero arriesgarme a que se me venga abajo. —Le mostré el paquetito que acababa de comprar en la tienda de desavíos de la esquina.

La chica me sonrió con cortesía.

—¿A qué piso va?

—Al tercero. ¿Tú también vas al tercero? —pregunté al ver el número iluminado en la regleta de botones.

—Sí.

—¿Eres la sobrina de María Jesús? Habla mucho de ti. Está muy orgullosa de la beca que has conseguido en la Sorbona.

La chica parpadeó.

—Lo siento, creo que se ha confundido, no conozco a ninguna María Jesús.

—Ah, lo siento. Pensé... —Sacudí la cabeza—. Nada, lo siento.

No me di cuenta de que me había quedado mirándola hasta que ella se echó incómoda la melena sobre el hombro.

—Es un... profesor el que vive aquí —aclaró, como si la hubiera obligado a confesarlo.

—Ah, te refieres a Hugo, ¿no? Es mi vecino —añadí, sin estar muy segura de por qué.

—Sí, me está ayudando con mi máster universitario en estudios medievales.

—Ah, vaya, eso es genial. ¿Y, cómo es?

—¿Qué?

—Como profesor, me refiero. Le apasiona tanto la historia y sabe tanto que me imagino que debe de ser bueno enseñando.

—Uhmmm, pues sí... es... genial. —Me sonrió incómoda y desvió la mirada a los botones de las plantas.

Sonreí para mis adentros. Apostaba a que le pasaba igual que a mí y que se pasaba más tiempo mirándolo y perdiéndose en el tono de su voz que oyendo realmente lo que decía.

En cuanto sonó el timbre del ascensor avisándonos de que habíamos llegado y se abrieron las puertas, ella salió escopetada.

—Suerte con el trabajo y que se os haga leve —me despedí, tomándome mi tiempo en abrir mi puerta por ver si conseguía un atisbo de Hugo y, de paso, invitarle a tomar café luego.

Para mi desilusión, la chica apenas se había arreglado el cabello cuando la puerta se abrió y ella entró apresurada, sin darle a Hugo tiempo de salir a recibirla. ¡Juventud, divina juventud! Yo no recordaba nunca haber estado tan entusiasmada con hacer los trabajos que me mandaban en mi época, pero entonces yo tampoco había tenido profesores con el cuerpazo y la cara de Hugo. La idea me dio pausa y consiguió que se me encogiera un poco el estómago, pero deseché de inmediato mis ridículos celos. Había oído hablar a Hugo de su trabajo. No solo era apasionado, sino también un profesional. Estaba más que capacitado para manejar la situación si una de sus alumnas se encaprichaba de él. Tampoco era como si Hugo corriera tras cualquier falda que se colocara ante él. En nuestro bloque tenía a media docena de vecinas babeando por él y no había hecho ni el intento de intimar con ninguna que no fuera yo. Eso debía de significar algo, ¿no?

Con un suspiro, solté el monedero sobre el mueble del vestíbulo y me dirigí a la cocina, donde encontré a Henry sentado delante del robot de cocina, mirándolo con una de sus caras de profundo desdeño.

—Espero que estés vigilando la masa para que no entre ninguna mosca, no porque tengas la intención de meter la pata de forma literal.

Henry bufó.

—*Solía disfrutar probando la masa cruda. A la cocinera le irritaba que lo hiciera, pero ser un príncipe tenía sus ventajas.*

—¿Por qué no me extraña? Y no, no voy ni siquiera a preguntar qué hacía el futuro rey en la cocina. ¡No quiero saberlo!

Henry soltó un pequeño ronroneo que me dijo más de lo que quería saber y me hizo soltar el paquete de pepitas de chocolate con un golpe sobre la encimera. Por suerte para él, dejó de hacer ese dichoso ruido.

—*Pero en aquella época la masa olía bien, la tuya huele a producto químico y a grasa de motor.*

—¿De qué estás hablando? ¡Ah! Imagino que es la levadura química. En cuanto a la grasa de motor... La verdad, como no sea del mecanismo del robot de cocina, pues no tengo ni idea. La masa lleva margarina y te garantizo que no olía a grasa. Además —metí un dedo en la masa y me lo llevé a la boca para chuparlo. Gemí ante la dulce explosión de sabor sobre mi paladar—, está riquísimo.

Henry se quedó mirándome paralizado, antes de saltar al sofá como si lo hubiera gritado y luego, al suelo para dirigirse a la puerta abierta de la terraza.

—*Tal vez sea porque los gatos tenemos un sentido del olfato más agudizado que el de los humanos.*

—*Síp*, debe de ser justo eso —murmuré, observando cómo se largaba tan de repente sin ningún motivo aparente.

A las cinco, con el apartamento oliendo a gloria, abrí con cuidado el horno para echarle un vistazo al bizcocho y atravesarlo con un palillo de madera para ver si estaba hecho, antes de apagar el temporizador y dejar la temperatura a cero.

Con la anticipación cosquilleándome por dentro, cogí mi móvil para enviar un mensaje.

> ¿Te apetece un bizcocho caliente y delicioso, cubierto de chocolate negro y pepitas derretidas por dentro?

> Y, por si no te apetece bizcocho, o no te gusta el chocolate negro, también tengo azúcar glasé y se me ocurren un par de cosas que podría hacer con eso.

Sonreí para mis adentros imaginándome la cara de Hugo cuando leyera mis mensajes. Mientras esperaba su respuesta, saqué el molde del horno y lo volqué sobre un paño para ponerme a derretir el chocolate. Media hora después, apostada orgullosa ante mi obra, seguía sin haber recibido ninguna respuesta de Hugo. Me mordí los labios. ¿Seguiría con lo del trabajo de la chica y no había visto mis mensajes? Desde luego, no llevaban los *ticks* azules de que los hubiese leído.

—*¿Piensas cortarnos un trozo o piensas pasarte la tarde admirando tu obra?*

Alcé la mirada hasta Henry, que me estudiaba con más seriedad de la que solía acompañar a su sarcasmo seco.

—¿Cortarnos? ¿Quién ha dicho que pensaba darte?

—*¿Vamos a empezar de nuevo con eso? Si la comida humana me afectase, entonces estaría muerto desde hace mucho. Créeme.*

Solté un resoplido.

—Cualquiera diría que después de varias semanas juntos sabría lo que hacer contigo, pero, por más que lo intento, cada día me desesperas más.

—*Eso es todo un arte. Deberías valorarlo.*

—Tssss… Muy gracioso.

—*En el pasado lo era.*

—Sí, sí, lo que tú digas. No voy a ponerme a recordarte que la mitad de la gente reía solo porque los tenías acojonados.

—*Eso no es cierto.*

—Claro que lo era.

—*No.*

—Se lo preguntaré a Hugo cuando vaya a llevarle su trozo de pastel.

—*¡No!*

—¡Dios, Henry! Tampoco es para tanto, solo es el pasado.

—*No. No quiero que vayas a su casa. Me siento solo. ¿Por qué no lo invitas mejor aquí y vemos una película juntos? ¿No es eso lo que soléis hacer los humanos?*

Cogiendo el plato donde había puesto el primer corte del pastel, se lo puse sobre la mesita del salón, me senté a su lado y lo miré a los ojos.

—¿Te sientes solo? ¿Por qué no lo has dicho antes?

—*Yo... Hay días que son peores que otros.*

Henry cerró los ojos y apoyó la cabeza en mi mano cuando le rasqué detrás de la oreja y el cuello.

—Creo que ahora mismo está trabajando con esa estudiante, pero te diré qué es lo que vamos a hacer. Voy a llevarles el pastel para que tengan algo de merendar y regreso contigo y hacemos maratón de la serie *Catalina la Grande*, y si eres bueno, hasta te dejo que me pongas la cabeza sobre el regazo y te hago un masaje gatuno. ¿Qué te parece?

Sus ojos amarillos se llenaron de una expresión que casi podría haber interpretado como angustia.

—*Caty, por favor, no vayas.*

El movimiento de mis dedos sobre su piel se detuvo. ¿Acababa de rogarme?

—Henry, ¿qué ocurre?

—*Nada, solo quédate aquí conmigo.*

Se me resecó la boca cuando evitó mirarme. Me constaba que el Enrique VIII del pasado sabía cómo mentir cuando le interesaba, pero el Henry actual, en su forma gatuna, no habría podido ganar una mano de póker aunque se la regalaran.

—Henry, ¿qué me estás ocultando?

CAPÍTULO 31

Para cuando me encontré delante de la puerta de Hugo, la mano que alcé para llamar al timbre me temblaba. En mis oídos seguían resonando los ruegos de Henry porque me quedase en casa y lo dejara estar, pero la urgencia de su súplica solo consolidó mi determinación y mi necesidad de venir a comprobar por mí misma si mis sospechas eran ciertas.

Pulsé el timbre con impaciencia, me obligué a tomar una profunda inspiración y fingir una sonrisa que no sentía mientras intentaba balancear el plato con bizcocho que había traído como excusa para no parecer una loca si todas mis sospechas no eran más que el resultado de mi enfebrecida imaginación. Quería parecer indiferente y calmada y, por un eterno segundo, deseé que nadie me abriese la puerta, que Hugo no estuviera en su apartamento y que pudiera regresar a mi casa riéndome de mí misma y de mi paranoia conspiratoria.

Jugué con la idea de darme la vuelta y de escapar de la inminente realidad, pero entonces los sonidos desde el interior me anclaron en el lugar: el ruido de pasos, un golpe contra un mueble, una maldición en voz baja... y supe que era demasiado tarde para huir.

—¡Ya voy! ¡Ya voy! No hace falta ser tan impaciente.

La puerta se abrió y Hugo se detuvo en seco. Sus ojos se abrieron al reconocerme e hizo un movimiento extraño con la cabeza, como si hubiese querido mirar por encima de su hombro, pero cambiase de opinión en el último momento.

—¿Sí? —Hugo parpadeó—. ¿Catalina? ¿Qué haces aquí?

Mis ojos pasaron de su cabello revuelto, la camisa descuidadamente abotonada a sus vaqueros desabrochados, antes de lanzar una ojeada por su lateral al apartamento. La chica del ascensor no se encontraba a la vista, pero, aunque hubiese podido olvidarse del sujetador de lunares que se encontraba colgado tirado sobre el respaldo del sofá, dudaba mucho que se hubiese ido sin su bolso de Gucci.

—He traído bizcocho de chocolate recién hecho. He supuesto que follarte a tu alumna debe de darte hambre —repliqué con un repentino agotamiento que no me hizo ni pedirle explicaciones siquiera—. Toma, aquí tienes. Estoy segura de que tu alumna sabe qué es lo que debe hacer cuando lo vea —terminé, aplastando el plato con el bizcocho contra su pecho descubierto, indiferente a cómo el chocolate se derretía sobre su piel o de la cantidad de grumos esponjosos que caían alrededor de sus pies descalzos.

—¡Te has vuelto loca! —gritó Hugo, dando un salto atrás y mirándome con ojos desencajados. Demasiado cansada para responder o entrar en una discusión con él, me giré sobre mis talones para marcharme, pero, antes de que pudiese alejarme más de un paso, sus dedos se hundieron en mi brazo, reteniéndome—. ¡No puedes ir por ahí diciendo esas cosas! —siseó, alterado.

—¿Qué cosas? ¿Que follar da hambre? —Se me escapó una carcajada ante lo absurdo de la situación—. Eso es algo para lo que no es necesario ser catedrático de Historia en la universidad, Hugo.

—¡Que me estoy acostando con mis alumnas!

Arqueé una ceja. Debería haberme puesto a llorar o a gritar a aquellas alturas, pero no me quedaba ni una onza de fuerza o voluntad para hacerlo.

—¿Alumnas? ¿A cuántas de ellas te has llevado a la cama?

—Yo no he dicho que me haya llevado a ninguna a la cama.

—Sí, sí que lo has dicho. ¿A cuántas?

—¿Y a ti qué cojones te importa? —Cuando me vio la cara, Hugo miró a un lado y otro del pasillo y se pasó una mano por el cabello—. Escucha, Catalina, me gustas y lo pasamos bien, y estoy dispuesto a que nos veamos otra vez, pero no puedo permitirme el lujo de que empiecen a correr rumores sobre que me acuesto con alumnas. —Casi me atraganto con mi propia saliva ante sus palabras. ¿En serio se pensaba que después de eso iba a salir de nuevo con él o dejar que me pusiera una mano encima? Era lo más ridículo y engreído que había oído en mi vida, y mira que había pasado por Javi y unos cuantos capullos más—. ¿Tienes idea de lo que eso supondría? No solo me podrían echar por eso a la calle, sino que probablemente ninguna otra universidad querría contratarme y la editorial posiblemente me anule el contrato que he firmado esta semana.

—Bueno, y si no quieres que nadie se entere, ¿no crees que sería más fácil si no lo hicieras en primer lugar?

—Catalina...

—Además, ¿no es un poco estúpido traerlas a tu casa, donde todo el mundo las ve entrar y salir?

—Catalina...

—No te preocupes, no voy a divulgar tu sucio secreto. Tengo cosas mejores que hacer con mi vida que dedicarme a putear a tipos con complejo de Peter Pan.

Su mueca fue una mezcla de alivio y duda. ¿Se estaba planteando si darme las gracias o no? No esperé a que se decidiera, lo único que quería hacer era regresar al refugio de mi casa y esconderme del mundo antes de que pudiesen ver cómo me derrumbaba.

Tal y como conseguí cerrar la puerta tras de mí, me dirigí a mi dormitorio y me hice un ovillo sobre la cama. El colchón no tardó en rebotar con el peso de Henry cuando se acurrucó junto a mí y me dio suaves empujones con su cabeza.

—¿Desde cuándo sabías que me estaba engañando con otras? —le pregunté con un tono tan hueco como el vacío que sentía en el pecho.

—*Lo sospechaba desde el principio, pero no tardó mucho en confirmarlo. Con mis oídos, es difícil pasar por alto los ruidos en el piso de al lado.*

—¿Estas dos últimas semanas?

Henry contestó sin necesidad de que yo elaborara.

—*Los lunes y miércoles.*

Bufé ante el hecho de que, hasta para echar canitas al aire, Hugo tenía su calendario y sus horarios organizados.

—¿Por qué no me lo advertiste?

—*¿Me habrías creído? Estabas tan feliz y obsesionada con él que no podía obligarme a hacerte daño. En especial, cuando mi simple cercanía ya te está causando dolor.*

—No es tu cerc... —Solté un suspiro y cerré los ojos. ¿De qué servía seguir engañándonos? Los recuerdos que evocaba su presencia dolían, y dolían mucho, y sobre todo despertaban sentimientos que no sabía cómo afrontar—. ¿Podrías simplemente quedarte aquí conmigo por un rato y dejar que me desahogue?

—*Estaré para lo que necesites.*

Y así fue como acabé abrazada a un gato que habla, llorando como una magdalena, mientras me confesaba a mí misma que en realidad no lloraba por Hugo, ni por Javi, ni por cualquiera de los demás hombres que me habían engañado en la vida, sino por el recuerdo de un hombre al que jamás podría tener porque todo lo que me quedaba de él estaba en el pasado o contenido en el cuerpo de un felino.

La primera vez que me había enamorado de Henry, había sido tan maravillosa como desastrosa y prácticamente había acabado con mi vida. Ahora, por segunda vez, todo estaba siendo mucho mucho peor, porque iba a tener que enfrentarme al hecho de que estaba enamorada de un fantasma que no se lo merecía y con el que jamás habría un «fueron felices y comieron perdices». ¿Qué había hecho en el pasado para que el karma me castigase de aquella forma?

CAPÍTULO 32

Cuando me desperté, Henry seguía tendido a mi lado, vigilándome con atención, como si temiera que perderme de vista fuera algo permanente. Por la penumbra en la habitación, me había perdido la tarde y encajado directamente en la noche. Me giré hacia la mesita a coger el móvil para comprobar la hora que era. ¡Madre de Dios! ¡Las once y media! Parecía que hoy me iba a tocar pasar la noche en vela, ni de casualidad iba a poder dormir después de la pedazo de siesta que me había echado.

Me bastó un vistazo a WhatsApp para comprobar que Hugo me había enviado una docena de mensajes, Nai cuatro y que en el grupo de las chicas debía de haber algún tipo de discusión en marcha, porque tenía doscientos treinta y siete mensajes sin leer. Sin mirarlos, volví a dejarme caer sobre la almohada y solté el móvil a mi lado.

—*Lo que no dicen en esa serie que me pusiste sobre mi vida es que, cuando nos casamos, eras perfecta. No podía ni creer la suerte que poseía por tenerte de esposa.*

Giré la cabeza hacia Henry.

—Cuéntame más sobre esa época.

Él se acomodó a mi lado, dándome el consuelo de su calor.

—*Te educaron para ser reina, pero, más que eso, creo que naciste para serlo. Te ganaste el amor del pueblo con tu bondad y el respeto de mis consejeros, incluso aquellos que te detestaban, como Thomas.*

—¿Thomas?

—*Thomas Cromwell.*

—¡Guau! —Ni siquiera yo era tan inculta como para que no me sonase ese nombre o saber que había sido el consejero del rey.

—*Tengo que admitir que, aunque me sentía orgulloso de ti, sobre todo al principio, con el tiempo los celos me ganaron.*

—¿Por qué? —Me giré de lado para ponerme más cómoda y me coloqué la palma debajo de la mejilla.

—*¿Por qué?* —Rio con sequedad—. *En los seis meses que estuve en Francia dejándote de regente, conseguiste ganar la batalla de Flodden Field contra los escoceses. No simplemente los ganaste: los derrotaste acabando con el rey Jacobo. Cuando las noticias llegaron a Francia, lo primero de lo que me informaron de forma oficial fue de nuestro éxito, pero luego la gente comenzó a hablar por los corredores y a cuchicheos en las fiestas. ¿Y sabes de qué hablaban?*

—¿De qué?

—*De la mujer encinta que había estado al frente de la batalla. Erguida orgullosamente en su caballo y sin miedo a dar la vida por su reino. Algunos incluso se atrevieron a afirmar que solo la mente ágil y maquinadora de una mujer podía estar detrás de las hábiles maniobras que nos dieron la victoria. Ni siquiera importaba que en realidad no fueras inglesa de nacimiento, en aquel momento te consideraban reina de Inglaterra, e incluso cuando intenté relegarte a un segundo plano, una gran parte del pueblo siguió considerándote la verdadera reina y criticándome por mis malas decisiones.*

—¿Qué hay de nuestro matrimonio? ¿Cómo fue?

—*Eras la esposa y anfitriona perfecta. Generalmente, como era costumbre de la época, vivíamos en estancias separadas, a veces incluso casas separadas, pero eso no te impedía cuidar de mí o demostrarle al mundo tus dotes como esposa.*

—Eso suena machista.

—*Es como funcionaban las cosas en aquella época.*

—¿Y qué había de especial en mis dotes como esposa? —pregunté para que siguiera hablando.

—*Que no importaba en qué situaciones te metía, siempre salías victoriosa.*

Mis cejas se alzaron.

—¿Me ponías a prueba?

Henry rio divertido y sus ojos chispearon animados.

—*¿La verdad?* —preguntó—. *Incluso hacía apuestas con mis amigos.*

—¡Ay, Dios! ¿Qué clase de apuestas? ¿Quiero saberlo siquiera?

—*Recuerdo aquella vez que te mandé un mensaje de última hora de que iba a traer invitados y que se me había antojado cordero para cenar. Sé que hoy en día con vuestros frigoríficos, tiendas y pedidos a domicilio no habría sido gran cosa, pero, en aquel entonces, todo era diferente. Era una tarea casi imposible, pero tú estabas encabezonada con ser la mejor esposa que un rey pudiera tener y, cuando llegamos, parecía que hubieras planificado aquel festín con semanas de antelación. De hecho, conociéndote, ni me habría extrañado que hubieras degollado al cordero tú misma si eso hubiese significado poder cumplir con tu misión.*

—Henry... —Me mordí los labios—. ¿Qué ocurrió realmente entre nosotros?

Esta vez, se tomó su tiempo en responder.

—*La corte, las tradiciones, las malas decisiones y la vida ahogó nuestro amor. Gran parte de la culpa, por supuesto, fue mía.* —Soltó un profundo suspiro—. *Me resultaba más fácil estar con otras mujeres que contigo.*

Intenté retener la sensación de amargura antes de que tuviera la oportunidad de extenderse y envenenarme.

—¿Otras mujeres o mis damas?

—*Ambas* —admitió, evitando mirarme a los ojos—. *Tus damas solo eran más convenientes por su cercanía y su predisposición, pero lo cierto es que no le hacía ascos a ninguna con tal de que me dieran el desahogo que buscaba.*

—¿Y por qué era más fácil estar con ellas que conmigo? —Incluso aunque estuviéramos hablando de un pasado tan lejano que ni lo recordaba, la idea dolía.

—*Porque con ellas podía satisfacer mis necesidades como y cuando quería, sin grandes trabas y sin la necesidad de que la corte al completo se enterase de que iba a acostarme con ellas. Cuando quería estar contigo, el ritual de tener que enviarte un mensaje avisándote de mi llegada, esperar a que mandasen a buscar mi camisón o bata como lo llamarías hoy, que me ayudasen a ponérmelo y que luego tuviese que acompañarme una escolta de pajes con antorchas a tu cámara, donde esperaban tus damas para abrirme la cortina de dosel para meterme en la cama contigo... digamos que perdió la gracia con el tiempo y acabó por ser más un trabajo que un verdadero placer.*

Fue imposible no darle la razón, no podía imaginarme que me excitase la idea de que media corte se enterase de que aquella noche iba a compartir mi cama antes que yo y que prácticamente tuviese que ocurrir de forma programada.

—*Dijiste que tú tenías la mayor parte de la culpa, ¿cuál fue la mía?*

—*Sé que esto no va a sonar bien, pero...*

—Suéltalo. Ya no soy esa mujer.

O, al menos, pensaba que ya no lo era. Henry alzó sus peludas orejas y me estudió.

—*No, ya no lo eres* —confirmó despacio.

—¿Qué hice?

—*Fue más bien la vida y lo que dejaste de hacer.*

—¿Qué fue? —insistí.

—*Con cada aborto, con cada hijo que perdías, la presión a nuestro alrededor aumentaba. Al dolor y los sentimientos se unió la responsabilidad y las exigencias de nuestro puesto. A ti, con tu perfeccionismo, te afectaban incluso más que a mí, en especial la angustia. Yo acabé refugiándome en las competiciones y las mujeres y tú, en la religión, el mecenazgo y las obras sociales. Apenas nos veíamos; cuando lo hacíamos, estábamos rodeados de gente. Y en cuanto a hacer el amor... se convirtió en una obligación. El placer pasó a un segundo plano, y lo único que importaba era el conseguir un heredero a cualquier precio.*

—Visto así, no fue fácil para ninguno de los dos —admití.

—*No lo fue.* —Henry apoyó la cabeza sobre mi antebrazo—. *La gente pensó que, porque me refugiaba en los placeres fáciles de la corte mientras tú te volvías más retraída y seria con los años, yo no sufría, pero lo cierto es que no hubo ni un solo día en que no tuviera que enfrentarme a la acusación de tu mirada, a las bromas de mis amigos y al recordatorio de mis consejeros de que Inglaterra necesitaba un heredero varón que garantizase la estabilidad del reino.*

Ambos permanecimos largo tiempo en silencio después de eso. Imagino que Henry metido en sus recuerdos y yo, tratando de asimilar la información. La verdad es que, aunque seguía sin poder excusar sus decisiones y traiciones, cada vez comenzaba a comprenderlo mejor y empezaba a plantearme si mi yo actual hubiese estado dispuesto a seguir siendo reina y esposa en aquella situación o si hubiese sido la primera en solicitar el divorcio y tratar de rehacer mi vida lejos de él y de su tóxica corte.

CAPÍTULO 33

Fue el calambre punzante en mi vientre lo que me despertó de un profundo sueño haciendo que me replegara con un gemido sobre mí misma y encogiera las piernas para formar una bola. Durante algunos latidos, lo único que llenaba mi mente eran las agónicas punzadas que me zarandeaba desde el interior, reduciendo mi mundo a la densa oscuridad que me rodeaba y la insoportable presión en mi abdomen.

La consciencia de lo que estaba ocurriendo emergió casi al mismo tiempo que la alarmante y caliente humedad que se extendía por entre mis muslos, calando la fina tela de mi camisón.

—¡Jane! —Mi angustioso grito retumbó como una desesperada plegaria en el silencio casi sepulcral de mis aposentos y al otro lado de la puerta se oyó el ruido de algo metálico al estamparse contra el suelo.

—¿Señora? —La voz somnolienta de mi dama de compañía sonó baja y grave al lado de mi cama.

—¡Las velas! ¡Enciende las velas! —ordené, ahogada, mientras finas gotas de sudor iban formándose sobre mi frente.

Me pareció una eternidad lo que tardó Jane en salir al pasillo a pedir ayuda, enredándose con sus propios pies en el proceso. Una eternidad en la que solo podía rezar porque mis peores temores no se convirtieran en realidad mientras me aferraba a mi vientre, como si con ello pudiera aliviar las punzadas de dolor o calmar mis fatídicas sospechas.

—¿Qué le aqueja, señora? —preguntó Jane a su regreso, con un candelabro y un adormilado paje siguiéndola, mientras se proyectaban tenebrosas sombras bailarinas en las paredes.

Tal vez fuese una bendición que en aquel instante el nudo en mi garganta no me permitiese hablar. Si tenía razón, aquel terrible giro del destino era exactamente lo que ansiaba la hambrienta corte de rumores e intrigas que me rodeaba. ¿Cuánto tiempo tardaría la noticia de un nuevo aborto en llegar a Ana Bolena para que pudiera usarlo en mi contra ante Henry? ¿Cuánto antes de que él decidiera que ya no quedaban esperanzas de tener un hijo conmigo? La sola idea me dio todo el valor que necesitaba para hacerme cargo de la situación.

—Una pesadilla —mentí con firmeza—. Solo ha sido una pesadilla. Deja el candelabro sobre la mesa y dejadme a solas —insistí, decidida, cuando Jane se rezagó.

Conté sus pasos hasta la puerta, llena de impaciencia, y detuve el aliento ante los chirridos de las bisagras al cerrarse tras ellos. En el mismo instante en el que el pesado clac de la cerradura me anunció que estaba a solas, retiré el edredón de un tirón y me tragué el sollozo que pugnó por salir al descubrir el rojo granate que tiñó mi camisón.

Había vuelto a ocurrir, la pesadilla se repetía y no había nada que yo pudiera hacer por evitarla.

Me incorporé en la cama con un grito, con la camisola de algodón pegada a mi sudorosa piel y sollozando. Mi mano temblaba de forma incontrolable sobre mi pecho, que se sacudía con forzadas inspiraciones. Demasiado tarde, comprendí que solo había sido un sueño y el recuerdo de una vida que ya no me concernía. No hubo forma de hacer que el agobio y el pánico me abandonaran sin más para regresar al tiempo al que pertenecían.

Con las lágrimas empañándome la visión, casi no podía ni distinguir la figura oscura que se encontraba posada en el alfeizar de la ventana, vigilándome desde el oscuro silencio con ojos dorados tan irreales e intensos que parecían ser capaces de ver a través de mí.

—Yo..., yo... perdí a nuestro hijo —expliqué entre ahogos—. Fue... una sensación horrible... tan horrible. Me sentí tan impotente, tan... —Los sollozos se sucedieron sin parar, enlazándose unos con otros, describiendo aquello que no podía explicar con palabras—. Pero... ¿sabes qué fue lo peor de todo?

—¿El qué? —La voz de Henry sonó hueca, como si se hubiera vaciado de toda emoción.

—Que lo más aterrador era la constancia de que tú me dejarías, que aquel iba a ser el motivo, la última excusa que necesitabas para divorciarte de mí e irte con Ana.

Henry saltó del alféizar para subirse a mi cama y se tendió a mi lado, colocando su cabeza al lado de mi hombro. Me regaló el silencio que sabía que necesitaba mientras trataba de controlar y expulsar el cúmulo de aquellas turbulentas emociones que me constreñían los pulmones y me hacían llorar a mares.

Esperó a que me calmara y a que solo resonase un ocasional sollozo con el que se me encogía el corazón antes de hablar. Cuando lo hizo, la inmensa pena en su tono se igualó a la que yo sentía.

—*No importa lo que pueda decirte, porque no hay excusas para lo que te hice pasar, pero lo sentí. Sentí todos y cada uno de los*

abortos que tuviste como si fueran los míos, como si los hubiese lle-
vado en mi propio vientre, y con cada uno de ellos me fui hundien-
do un poco más, porque aun cuando no me lo quería reconocer,
sabía que eran culpa mía, y me destrozaba por dentro que pudieras
morir o que tuvieras que sufrir por algo que no te merecías.

Si había pensado que al quedarme otra vez dormida conse-
guiría olvidar mi angustia y que el dolor se iría amortiguan-
do, me equivoqué.

La siguiente vez que mis párpados se abrieron y miré al
techo sin ver nada más que las imágenes que habían venido
a perseguirme de mi última pesadilla, la respiración me salía
a asfixiantes intervalos y el corazón me latía con la fuerza y
ritmo de una locomotora de vapor. Me toqué la garganta.
Era incapaz de pensar, demasiado sobrecogida por el cúmulo de emociones que me había provocado el sueño que
trataba de dejar atrás. Había sido tan real, tan jodidamente
aterrador, que apenas podía tragar saliva del pánico que aún
me dominaba.

Un movimiento a mi lado, sobre el colchón, me hizo girar la cabeza. Henry se acercó despacio, arrastrándose sobre
la barriga, centímetro a centímetro. Me rozó el brazo con
la cabeza, con cautela, con aprensión, la misma que seguía
galopando por mis venas. Todo el caudal de emociones acu-
muladas en mi interior estalló con furia y rompí a llorar en
sollozos con el corazón encogido.

—¡Dios! Estaba allí, me encerraron mientras se llevaron a
mi hija y ella… Ella chillaba llamándome y yo no podía hacer
nada. María me necesitaba y yo no podía hacer nada.

—*Lo siento.*

—¿Cómo pudiste hacerme eso, Henry? ¿Cómo pudiste quitarme lo único que aún me quedaba? Ya me lo arrebataste todo, me humillaste ante la corte y nuestros súbditos, me rompiste el corazón, me obligaste a presenciar tu felicidad y desdén y tiraste todo lo que te di de mí a la basura. ¿Qué te hice para que me odiaras tanto? ¿Qué hice que mereciera que me cortaras de cuajo la única parte de mi alma que aún quedaba intacta?

No hubo respuesta. Con una exclamación mitad resoplido, mitad sollozo salté de la cama y me refugié en el baño. Encendí la ducha y me metí debajo del agua fría. Mi vello se erizó con furia, pero era justo lo que necesitaba: sentir un dolor tan intenso que me nublase la mente y los sentidos y no me dejase percibir la agonía que estaba resquebrajándome el alma. Me sentía exactamente como me había sentido en aquella otra vida: como si alguien acabase de cortarme de cuajo la única parte de mi alma que seguía iluminada, la única que aún podía apreciar el calor del amor. Solo me quedaba una violenta y tormentosa quemazón, una que ardía con tal intensidad que devoraba lo poco que restaba de mí.

Henry me encontró largo rato después en la azotea, contemplando la ciudad en su momento más triste, aquel en el que la débil iluminación del sol aún no puede con la contaminación y las últimas luces artificiales se van apagando de forma monótona, otorgándole a todo un halo grisáceo y pálido.

—*Nada de lo que diga conseguirá hacerlo mejor. Lo que te hice no tiene perdón e incluso así, aun siendo egoísta por mi parte, quiero que sepas que lo siento.*

No le contesté. No se me ocurría el qué, ni tampoco tenía ganas. La intensidad de las emociones y el inmenso dolor del alma que me habían provocado los últimos sueños me habían dejado vacía y en un punto del que no sabía si alguna vez podría recuperarme.

No fue hasta que los rayos fueron transformándose en un brillo dorado que Henry volvió a hablar:

—*No pretendía que volvieras a revivir aquello* —murmuró con pesadez.

—Nuestros bebés... Eran tan pequeños e indefensos —musité sin apartar mi mirada del horizonte ni de hacer el intento por secarme las mejillas.

—*En aquellos tiempos era tan frecuente que los niños murieran antes de llegar a adultos como lo era el que las mujeres no sobrevivierais al parto. No fue hasta siglos más tarde, en mi vida maldita, cuando me enteré de que, en nuestro caso, los abortos y las muertes probablemente se debieran a que yo era portador de una enfermedad que podía causar el fallecimiento de los hijos varones.*

—Antes... mientras estábamos casados, pensabas que la culpa era mía, ¿verdad?

Henry permaneció unos minutos en silencio.

—*No puedo negar que hubo momentos en que llegué a pensarlo, aunque el tiempo me mostró que me equivocaba y me obligó a enfrentarme al hecho de que el responsable era enteramente yo. También quise echarle la culpa a Dios, cualquier cosa con tal de no tener que enfrentarme al hecho de que mis semillas eran enfermizas y débiles. No lo sé, aún ahora no sé hasta qué punto era consciente de que estaba tratando de engañarme a mí mismo.*

—Si nuestros hijos hubieran sobrevivido, ¿me habrías dejado?

—*No* —lo afirmó decidido—. *Te amaba. Incluso cuando eras la esposa de mi hermano, te amaba en contra de toda explicación racional y buen juicio.*

—En los libros de historia pone que te casaste conmigo por motivos políticos y por deseos de tu padre.

—*En una época en la que la Iglesia tenía más poder que los propios reyes, ¿qué mejor excusa podría haber dado que la de consolidar el tratado entre Inglaterra y España? Dije lo que la gente quería escuchar. Si hubiera confesado que te amaba y que iba a tomar a la esposa de mi difunto hermano como mía, me habrían considerado débil y voluble. Era demasiado joven en aquel entonces, la gente no se fiaba de mí y necesitaba demostrar mi madurez, no mi incapacidad de apartarme de la tentación.*

Aun cuando existía una cierta racionalidad en sus palabras, no pude evitar ponerle en tela de juicio.

—*¿Y cómo definirías entonces tus continuas infidelidades y tu obsesión por Ana?*

Henry me miró muy serio.

—*Fueron la más pura expresión de mi incapacidad de enfrentar tu dolor y tu fortaleza, y de mi impotencia por no poder tener el hijo varón que el reino necesitaba para garantizar la estabilidad de la línea de sucesión. Ver cómo sufrías me partía en dos y, aunque trataba de echarte la culpa, no podía apartar esa semilla de duda que me gritaba a voces que era yo el que estaba fallando, y que no era capaz de proteger a mis propios hijos. Añádele a eso tu fortaleza, tu capacidad de hacer frente a tus responsabilidades incluso en los peores momentos, siendo siempre la reina que el pueblo admiraba y adoraba. Eras un ejemplo, pero a la vez me hacías sentir débil y pequeño a tu lado.*

—No sé lo que pensar al respecto —le confesé con honestidad—. No solo me traicionaste a mí, sino también a las demás. Hasta hiciste que les cortaran el cuello a dos de ellas.

—*La infidelidad al rey equivale a alta traición. Ellas lo sabían cuando me fueron infieles.*

Enfurecida, me giré hacia él.

—*¡Tú también les fuiste infiel! Y lo de Ana... ¡Todos sabían que te sacaste las acusaciones de la manga para deshacerte de ella!*

Henry soltó un pesado suspiro.

—*No puedo cambiar la forma de pensar y actuar de una época. Nací en ella, al igual que tú has nacido en esta. Admito que en el caso de Ana debería haber tratado de salvarla o encontrar otras alternativas, pero sus intrigas políticas fueron mucho más allá de lo que los historiadores llegaron a averiguar, más de lo que podíamos divulgar en aquel momento. Su muerte fue una advertencia muda para aquellos que conspiraron a mis espaldas.*

Permanecimos largo rato en silencio.

—*¿Qué quieres de mí, Henry? ¿Qué esperas sacar de estar aquí conmigo?*

—Tu perdón. Sé que no me lo merezco y que nunca lo haré, pero eso es lo único que te pido. Quiero tu perdón para poder morir en paz y descansar si Dios me lo permite.

CAPÍTULO 34

Es curioso el poder que las rutinas tienen sobre nosotros. Desde que había descubierto que Hugo era otro de los capullos infieles de la larga lista que ya había desfilado por mi vida, había tenido claro que ya no quería tener nada que ver con él. Había ignorado sus mensajes y llamadas y hasta le cerré la puerta en las narices cuando vino a hablar conmigo. Pensar en él era una pérdida de pensamientos y energía demasiado grande como para perder el tiempo en ello. Aun así, sentarme por la tarde junto a la ventana de la cocina y verlo realizar su tabla de taichí seguía relajándome mientras tomaba el café. Puede que fuese porque le daba una cierta estabilidad a mi vida o porque era algo que me anclaba a la realidad cuando el resto de mi mundo parecía haberse ido a la mierda. No habría sido capaz de dar el motivo real por el que ocurría, simplemente era lo que pasaba.

Tomaba un sorbo de mi café sin apartar la vista de mi vecino, refugiándome en el anonimato que me otorgaban los visillos, cuando Henry se subió a la mesa y se sentó delante de mí.

—*Tenemos que hablar.*

—Ya nos hemos dicho todo lo que teníamos que decir. Te he perdonado. Me tomará un tiempo acostumbrarme y olvidarlo, pero todo pasará.

—*Quiero que me lleves al veterinario* —insistió, ignorando mi anterior explicación.

Bajé la taza de café despacio. Toda la tranquilidad de mi rutina, evaporándose en una milésima de segundo.

—¿De qué estás hablando?

—*Ya lo hablamos.* —Henry me mantuvo la mirada. Su voz era sosegada, paciente, incluso tierna—. *Quiero morir.*

—¿Te has vuelto loco? —Me levanté de un salto y llevé la taza al fregadero—. No tiene gracia.

Henry se subió de un salto sobre la encimera de la cocina y me siguió.

—*¿Te importaría escucharme y ponerte en mi lugar?*

—No si vas a hablar pamplinas.

—*¿Te parece una pamplina que no quiera ser un gato por el resto de mis días?*

—Hay personas parapléjicas que están peor que tú y, sin embargo, hacen su vida.

—*Tú lo has dicho, son* personas.

—¡Tú también!

—*¡Mírame! ¿Lo soy?* —preguntó sin perder su paciencia.

—Bueno, vale —admití, gesticulando con las manos en el aire—. Estás atrapado en el cuerpo de un gato, pero sigues siendo una persona de mente.

—*Sigo siendo un gato* —me corrigió.

—¿Y qué más da lo que seas? Eres tú.

—*¿No lo comprendes o no lo quieres comprender?*

—¿De qué hablas ahora? —exigí, apartando la mirada. Había cosas para las que no me encontraba preparada y aquella era una de ellas—. No me estoy enterando de nada.

—*Estoy hablando de la forma en que te has acostumbrado a hablar conmigo como si fuese un hombre de verdad, de cómo me* cuentas tus cosas, de cómo compartimos recuerdos, de la forma en la que te has habituado a que me tienda a tu lado por las noches y a que no duermes hasta que lo hago, a que lo primero que haces por las mañanas es darme el desayuno antes de sentarte, y a que me lo pones en la mesa.

—¿Qué tiene todo eso que ver ahora?

—Tiene que ver con lo que siento por ti, con la forma en la que te amo, que no tiene nada que ver con la de una mascota hacia su dueña, sino con la que un hombre siente por una mujer. Porque no concibo una vida sin ti, pero tampoco soy capaz de formar parte de la tuya siendo poco más que una monstruosidad, y que no quiero estar presente cuando estés con otros hombres, ni cuando cierres la puerta del dormitorio para que yo no sea testigo de lo que ocurre dentro.

—Henry, yo… —Bajé impotente las manos y me senté—. No sé qué decir al respecto.

—*No necesitas decir nada, esa es la cuestión.*

Titubeé.

—¿Y si renuncio a estar con otros hombres?

Henry soltó un pesado suspiro.

—*Sabes que eso no solucionará nada. Tienes tus necesidades. No puedes enterrarte en vida solo para protegerme.*

Ambos nos miramos: yo, con lágrimas en los ojos; él, con los suyos cargados de compasión.

—Yo… —Sacudí la cabeza—. Eres mucho más que un gato para mí.

—*Soy mucho más de lo que eres capaz de admitirte a ti misma y, aun así, no cambia nada. Soy un gato y seguiré siéndolo durante el resto de mi vida.*

—¿Y si buscamos a esa bruja que te entregó a mí? Podemos regresar a Portugal, estoy segura de que podré encontrar el lugar en el que nos topamos con ella. ¿O podríamos buscar a cualquier otra? Una de verdad. Una que pueda ayudarnos.

—*Cat, sé coherente. Los milagros existen, pero los que están basados en la realidad. No me convertí en un gato porque alguien chasqueó los dedos y mi cuerpo se transformó, eso solo ocurre en las películas. Morí, y fue mi alma el que tomó posesión de esta forma en la que estoy ahora, una que ya existía antes de mí. Fue algo extraordinario, pero basado en las leyes de la naturaleza. Ninguna bruja habida o por haber podría devolverme mi cuerpo humano, por la simple razón de que ya no existe. Aun suponiendo que hubiesen conservado mi cuerpo embalsamado, ¿en serio querrías estar con un hombre de cincuenta y seis años, de los de antaño, con sobrepeso y aquejado de gota?*

No contesté. No tenía nada que contestar. No me importaba su edad, pero tenía razón. Su mera existencia ya era un milagro, pero que alguien viniese a darle un cuerpo habría sido pura ciencia ficción. Mi corazón se congeló ante la idea de que por el resto de nuestras vidas él estaría atrapado en un animal. El problema era que la opción de que muriese y ya no estuviese conmigo era aún peor.

—*Lo siento, pero no puedo ayudarte a morir. Simplemente no puedo.* —Me incorporé para huir y alejarme de él como la cobarde que era.

Henry me encontró en mi dormitorio tendida en posición fetal. Saltó sobre la cama y se acercó a mí para frotar su aterciopelada cabeza contra mi mejilla.

—*Sabes que te amo, ¿verdad?*

Su confesión consiguió que se expandiera un luminoso y, a la vez, agónico calor por mi pecho.

—¿Y si te confesara que yo también te amo? —susurré, hundiendo mis dedos en el aterciopelado pelaje que le cubría el cuello.

Él me dio un toque cariñoso con la cabeza.

—*Eso me haría muy feliz.*

—Entonces, ¿por qué quieres que te ayude a morir?

—*Porque ambos nos merecemos ser libres.*

—¿Libres de qué?

—*Tú, libre para vivir la vida que te mereces y yo, de verme atrapado en un ser que no soy.*

—Eso no es amor —protesté con debilidad.

—*Es el amor más grande y puro que existe, permitir ser al otro lo que quiera y lo que necesita ser.*

—No sé si seré capaz de vivir sin ti —confesé con la voz quebrada y lágrimas en los ojos.

Henry apoyó su frente contra la mía.

—*Solo será hasta que nos reencontremos. Soy la prueba viviente de que las almas no mueren junto a su cuerpo. Acabaremos juntos por el resto de la eternidad, le pese a quien le pese.*

¿Sería aquello posible? ¿Podría ser algo más que un sueño que ambos tuviésemos una oportunidad juntos en otra vida?

—Henry, ¿te parecería una locura que te pidiera que ronronees para mí?

Se acostó a mi lado, con la cabeza contra mi cuello y pocos segundos después me llegaron las calmantes vibraciones de su ronco ronroneo.

—No creo que sea capaz de olvidarte jamás —confesé, no queriendo pensar en la posibilidad de perderlo y mucho menos, de verlo morir. Aun así, sabía que él tenía razón y que mantenerlo a mi lado sería lo más egoísta que podría hacer con él.

CAPÍTULO 35

Me despertó el agudo maullido de Henry de un sueño profundo y sin contenido. Con esfuerzo me froté los ojos hinchados y me senté contra el cabecero de la cama. El agotamiento emocional estaba pasándome factura a un nivel físico, dejándome adolorida y con la sensación de que mi esqueleto ya no tenía la suficiente consistencia como para mantenerme erguida.

—¿Qué ocurre? —Parpadeé varias veces para aclararme la visión. Henry se había quedado tan quieto sobre el pretil de la ventana que parecía uno de esos gatos de cerámica realista que se habían puesto tan de moda en las tiendas de decoración—. ¿Henry? ¿Henry, háblame?

—*Mírala, mira a esa mujer, ¿no la reconoces?* —La voz de Henry pareció ceder bajo la impresión.

—¿Mirar a quién? —Me levanté a regañadientes y me acerqué a la ventana.

—*A esa mujer frente a la cafetería, la morena que acaba de saludar a tu Romeo.*

Seguí sus indicaciones hasta descubrir a Hugo sentado en la terraza de la cafetería, con una taza de café y un plato de tostadas frente a él. Una mujer se inclinó sobre él como si estuviera hablándole. No era una belleza, pero su elegancia y la confianza en sí misma que emanaba la convertían sin duda en un imán para la atención de los que la rodeaban. Apreté los labios cuando, sin ningún tipo de pudor, Hugo bajó la mirada para echarle un vistazo al generoso escote de la desconocida. En ese instante la mujer giró el rostro y su mirada se cruzó con la mía.

Un escalofrío me recorrió desde la uña del dedo gordo del pie hasta la punta de los cabellos. No había visto aquella mujer en mi vida, no en esta al menos, y sin embargo la habría reconocido en cualquier época y lugar.

—Ana, es Ana Bolena —musité sin apenas voz, mientras mi cuerpo se paralizaba.

—*Tenemos que bajar antes de que se vaya, averiguar si está aquí por él o por mí. Preguntarle qué es lo que quiere para romper este encantamiento y que nos ayude a acabar con mi vida.*

—No creo que debamos acercarnos a ella —me negué en redondo—. Es demasiado arriesgado.

—*Tenemos que hacerlo. Es mi única oportunidad.*

—No.

—*¡¿Por qué no?!* —Su ansiedad se reflejaba en su tono—. No la he visto desde hace quinientos años. No sé cuándo la veré otra vez.

¿Por qué no? Aquella era la pregunta del millón. ¿Por qué no quería encontrarme de nuevo ante la mujer que me arruinó la vida y la de Henry? ¿Porque estaba celosa? ¿Porque me asustaba que fuese a dejarme otra vez por ella? ¿O por la posibilidad de que ella le concediese la petición de acabar con su vida?

—No necesito ningún motivo en concreto. No puede ser Ana, han pasado demasiados siglos. Como mucho, podría ser una reencarnación y, en ese caso, le pasará como a mí y no recordará nada.

—*No podemos saberlo. Puede estar aquí por mí, o puede ser otra pieza de lo que el destino espera de mí.*

—Lo dudo —mentí, crispando los puños.

—*Cat...*

—Si forma parte de tu destino, volverá a aparecer.

Ya lo había perdido una vez por culpa de esa mujer, no pensaba arriesgarme a una segunda.

—*Cat...*

El timbre sonó insistente, ofreciéndome la excusa que necesitaba para huir.

—Voy a abrir. Seguramente es Nai la que está en la puerta. —Antes de que pudiera decir nada más, salí escopetada hacia la entrada, alejándome de él y los punzantes remordimientos de conciencia.

—¡Madre del amor hermoso! ¿Qué te ha pasado? —Nai me miró horrorizada—. ¿Te peleaste con Henry y ha convertido tu cabeza en su nueva madriguera?

Me miré en el espejo de la entrada y solté un gemido al descubrir la maraña de pelos enredados, la cara enrojecida y los ojos tan saltones que podía competir con una rana. Había tenido días mejores, eso era seguro.

Nai estaba cerrando la puerta cuando pegó un grito asustado.

—¡Oye! ¿A dónde crees que vas? —chilló, abriendo de nuevo la puerta—. ¡Henry!

Apartándola de un empujón, golpeé la puerta contra la pared para lanzarme al pasillo, pero lo único que alcancé a ver fue la cola pelirroja que desaparecía por las escaleras.

—¡Maldita sea!

—¿A dónde vas? —gritó Nai detrás de mí.

—¡Tengo que coger a Henry!

—Estás descalza, sigues en pijama y tienes la cabeza de un espantapájaros asustado.

Titubeé. Sabía a dónde había ido Henry y sabía que sería inevitable un encuentro con Ana, suponiendo que fuera ella. ¿Importaba siquiera si lo era o no? Me bastaba recordar su odiosa personalidad para que no quisiera darle la munición de destruirme con sus comentarios sobre mi físico y mi apariencia. No obstante, Henry era más importante que cualquier humillación de aquella mujer.

Seguí corriendo. Que le dieran a Ana, a Hugo y al mundo entero. Lo único importante era Henry y su seguridad. *Mi* Henry. Bajé los escalones de dos en dos, aferrándome como podía a la barandilla para no caerme y no salirme de la curva en los cambios de tramo. Para cuando alcancé la planta baja, me había quedado sin respiración, los pulmones me dolían y el corazón latía con tanta fuerza que parecía estar taladrándome un agujero en el pecho.

La gente de la calle se quedó mirándome y se apartaba de mi trayectoria como si temieran que fuese una loca psicótica a punto de iniciar una masacre. Era la típica reacción humana. Les parecía normal que las fuerzas de seguridad estuvieran con rifles alrededor de los eventos multitudinarios o en un control de carretera, pero veían a una mujer despeinada, en pijama y descalza y automáticamente se cagaban las patas abajo pensando que iba a atacarlos y asesinarlos en la calle a plena luz del día. ¡Idiotas!

Me detuve en seco cuando descubrí a Hugo cruzando la calle en mi dirección, ignorando los bocinazos enfadados de los coches y con los ojos extrañamente vidriados, pero no fue aquello lo que realmente me heló la sangre en las venas, sino la mujer que se encontraba en el patinillo al otro lado de la calle. Era Ana y me miraba de frente con una sonrisa que podría haber competido con la de la Mona Lisa, una que no me gustaba para nada. Lo peor era que llevaba a Henry en los brazos, un Henry que me contemplaba lleno de tristeza y resignación.

—¿Henry? —Fui incapaz de moverme del sitio o de alzar siquiera un dedo—. Por favor, no lo hagas. No me dejes, no le permitas que te quite la vida… yo…

—*Lo siento, mi reina, mi vida.* —Su voz sonó en mi mente como tantas veces había hecho desde que reapareciera en mi vida, con tanta familiaridad que no sabía cómo iba a sobrevivir sin volver a escucharla, sin volver a sentirla en mi interior, y eso era justo lo que iba a pasar, porque sin necesidad de que me lo dijese, aquella era la última vez que iba a escucharlo. Estaba ahí, escrito en sus ojos en la despedida silenciosa y en su ruego por perdonarle una vez más.

Como si fuese a cámara lenta, observé cómo Ana alzaba a Henry con sus manos y lo lanzaba hacia el centro de la calle, en plena trayectoria de un camión. Los ruidos del tráfico fueron ahogados por los gritos alarmados, los bocinazos frenéticos y los frenazos. Todos ellos se convirtieron en sonidos amortiguados y lejanos, y lo único que resonó en mi oído fue el desgarrador grito que escapó de mi garganta mientras el amor de mi vida impactaba contra el parachoques de aquella bestia metálica al mismo tiempo que el cuerpo de Hugo salía volando, impulsado por el impacto de un turismo oscuro que venía en dirección contraria.

Como si no acabase de matar a dos seres y provocado un accidente de tráfico fatal, Ana me dedicó una última sonrisa antes de girarse y marcharse tranquilamente con un pequeño asentimiento de su cabeza.

CAPÍTULO 36

El caos y los gritos aterrados a mi alrededor se desvanecieron en un zumbido lejano mientras mi universo al completo se redujo a un solo punto en el espacio y el tiempo: al lugar en el que yacía inerte y laxo el cuerpo de Henry.

Mis pies descalzos se movieron por voluntad propia sobre el áspero y caliente asfalto, impulsándome a través de la multitud que iba agolpándose en la calle alrededor de los coches, atraída por la curiosidad y el horror. Me abría paso entre ellos como un fantasma cuya presencia apenas notaban, enfocada únicamente en el pequeño cuerpo inmóvil con el pelaje anaranjado manchado de rojo. Se encontraba tan quieto y apacible que, por un instante, tuve la absurda esperanza de que solo se hubiera desmayado.

Cuando más gente se interpuso en mi camino, me abrí paso a empujones, ignorando las quejas y las miradas de reproche. Caí de rodillas junto a Henry, mis manos temblando incontrolables mientras acariciaba su suave pelaje en busca de una señal de vida. Se me escapó un sollozo ante su tibieza y la forma en que sus ojos, siempre tan llenos de inteligencia y sarcasmo, ahora se encontraban fijos y sin vida, como si su mirada estuviera puesta más allá de este mundo.

—No... Por favor, no... —supliqué en vano, aferrándolo contra mi pecho—. Te dije que no podía hacerlo, te dije que no podía no tenerte en mi vida.

Gruesas lágrimas nublaron mi visión y ruegos silenciosos iban escapando de entre mis labios mientras lo acunaba contra mi pecho. Aquello no podía estar pasando. Tenía que ser otra de mis pesadillas, otra de esas malditas ensoñaciones que me hacían despertarme cubierta de sudor y lágrimas, solo que por primera vez en días iba a despertarme feliz de descubrir que solo había sido eso, un mal sueño. Henry iba a estar allí, a mi lado, dedicándome una mirada burlona y llamándome «mi reina» con ese tono seco que nunca me dejaba saber con certeza si lo decía para meterse conmigo o como apelativo cariñoso.

El creciente frío y la falta de vida en los flácidos músculos de la criatura en mis brazos desmentían mis falsas esperanzas. Mis dedos se enredaron en su pelaje, buscando con desesperación alguna señal de que de un momento a otro fuese a despertarse y de que todo volvería a la normalidad, pero no ocurrió. No hubo señales, ni pulso, ni un solo gemido de dolor.

La realidad fue penetrando poco a poco en la densa neblina que me impedía pensar. Nada de aquello era un sueño. Jamás volvería a escuchar su voz en mi mente y nunca tendría la oportunidad de descubrir si de verdad era la mitad que completaba mi alma y si podíamos desafiar al destino y al karma y encontrar una forma de ser felices juntos.

Nunca había entendido eso que decían de que la muerte se siente como si te hubieran arrancado el corazón del pecho. Hasta ahora. Porque justo así era como me sentía en aquel instante. Vacía y con un enorme desgarre en el lugar en el que debería haber sentido la compañía de su amor.

Los sollozos desgarradores que me sacudían se entremezclaban con los sonidos inarticulados que se escapaban de mi garganta mientras me balanceaba adelante y atrás, acunando el cuerpo sin vida de Henry, mi Henry. Ni siquiera me importaba que la gente pudiera vernos o lo que pensaran de la loca que lloraba desconsolada por un gato muerto. En ese momento, lo único que importaba éramos Henry y yo, al igual que había sido cuando tuve mi primer aborto, o cuando nuestro pequeño Enrique murió en nuestros brazos. A eso era a lo único a lo que se terminaba reduciendo siempre la peor de las agonías: a Henry y a mí.

—Adiós, mi amor..., mi rey... —murmuré junto a su peluda oreja—. Recuerda lo que me prometiste, recuerda que me dijiste que volveríamos a encontrarnos y que esta vez, la próxima, sería para siempre.

Me habría gustado gritarlo al universo, sacarlo de mi interior al igual que el dolor y la angustia que me envolvían, pero no por gritarlo más alto Henry iba a enterarse mejor. Estuviera donde estuviese ahora, sabía al menos eso, que él me oía y que, si podía, cumpliría la promesa que me había hecho y que me esperaría hasta que pudiéramos volver a encontrarnos.

—¿Alguien conoce al hombre herido? —gritó alguien a un par de metros de nosotros—. ¿Alguien puede avisar a sus familiares?

—La ambulancia ya está por venir y la policía también.

—¿Sigue vivo?

—Sigue respirando.

Las voces desconocidas fueron entremezclándose en mi consciencia de una forma confusa y lejana. Con el cuerpo de Henry aún apretado contra mi pecho, alcé la cabeza para mirar a mi derecha, donde la gente se encontraba inclinada sobre un cuerpo tirado inmóvil sobre el suelo. Mi corazón se detuvo por varios latidos al fijarme en la palidez de Hugo y la sangre en su sien, pero entonces mi lógica se impuso. Si seguía respirando como habían dicho, significaba que seguía vivo.

Mi primer impulso fue correr hacia él, pero no podía soltar a Henry. No así. No abandonándolo sin más en medio de la calle, sin saber lo que harían con él si lo veían tirado a solas. Pero ¿podía dejar a solas a Hugo? Cuando llegara la ambulancia, alguien debía de ir con él. Alguien que él conociera y a quien pudiera reconocer cuando despertara, alguien que pudiera asegurarle que todo estaba bien. Era lo humano por hacer, lo correcto. Lo que me habría gustado que hicieran por mí si me hubiese encontrado en su situación.

Dividida, miré la carita sin vida de Henry. Lágrimas cayeron sobre su pelaje anaranjado, volviéndolo más oscuro, y el abismo en mi pecho pareció hacerse más grande aún. Sin éxito, escruté los alrededores en busca de una cara conocida. Debía de haber al menos tres docenas de personas por los alrededores y a cada momento parecían detenerse más. Sin embargo, nadie nos prestaba atención, no cuando había un hombre herido cuya vida se encontraba en peligro.

—Lo siento, cielo. No puedo hacerle eso —susurré—. Llamaré a Nai para que venga a por ti para ponerte a salvo y te garantizo que te daré el entierro que te mereces.

Con un beso en la cabeza, indiferente a su sangre, dejé a Henry en el suelo con extremo cuidado, como si cualquier gesto abrupto pudiera despertarlo de su dulce sueño. Me quebró el corazón tener que dejarlo allí a solas, pero me puse de pie con piernas temblorosas y me tambaleé como pude hasta donde yacía Hugo.

—Lo conozco —murmuré con debilidad cuando me echaron una mala mirada al tratar de irrumpir en el círculo de gente que se había formado a su alrededor—. Es… mi vecino.

—Dejadla que pase. Dice que lo conoce.

—¿Hay alguien a quien podamos avisar?

Mordiéndome los labios, negué. ¿Cómo de penoso era que me hubiese acostado con él durante más de una semana y no tuviera ni la más mínima idea sobre su vida, más allá del nombre que constaba en su buzón y su profesión?

Una mujer se apartó para dejarme sitio y me arrodillé junto a él. Tenía una brecha en la cabeza, que alguien le estaba taponando con un pañuelo, pero tenían razón, su pecho se elevaba de un modo rítmico y, al tocarle, el pulso de su corazón latía con fuerza.

—Aguanta, Hugo. No te rindas —supliqué, apartando con cuidado el cabello de su frente y acunando su rostro entre mis manos—. Acabo de perder al hombre más importante de mi vida. No puedo dejar que tú me dejes también. Por favor, quédate conmigo.

Alguien posó una mano sobre mi hombro y me ofreció un pañuelo, puede que incluso me dijeran algo, pero lo único que seguía importando era el pulso que podía sentir bajo mis dedos y el tacto de la suave piel masculina mientras trazaba círculos metódicos con mi pulgar sobre su mano.

Cuando sus párpados se agitaron, me sequé apresurada las lágrimas con el reverso de la mano.

—¿Hugo? ¿Hugo, puedes oírme?

Sus pestañas aletearon una, dos veces, antes de que sus ojos se abrieran para encontrarse con los míos.

—¿Cat?

—¿Hugo? ¿Estás bien? ¡Dios! ¿Qué digo? Ya sé que no estás bien, pero… ¡Dios! No sabes cuánto me alegra que estés consciente. La ambulancia ya está al venir y ya verás que todo se va a quedar solo en un susto —farfullé, precipitada.

Hugo parpadeó confundido y alzó la mano que tenía entrelazada con la suya en dirección a mi mejilla como si quisiera secarme las lágrimas. Justo antes de que llegara a tocarme, se detuvo en seco y estudió nuestras manos con el ceño fruncido.

—¿Cat?

CAPÍTULO 37

Me forcé a sonreír.

—Shhh… Está todo bien —repetí, no queriendo que Hugo se preocupara por nada que no fuera el ponerse bien.

—¿Qué ha pasado? —indagó con voz inestable.

—Hubo un accidente y te atropellaron… mientras ibas cruzando la calle. —A pesar del nudo que se me formó en la garganta, me obligué a seguir hablando—. Has estado inconsciente durante un buen rato.

Frunció el ceño como si tratara de hacer memoria y recordar lo que había pasado. Luego, sus ojos se ensancharon con una expresión que no supe identificar. ¿Pánico? ¿Miedo? ¿O tal vez incredulidad?

—El gato… Tu gato, Henry, ¿dónde está? —raspó con una extraña urgencia.

Se me escapó un sollozo y la expresión de Hugo se tornó alarmada.

—Él… A él también lo atropellaron y… no lo consiguió —musité sin fuerza—. Murió en el acto.

Hugo se mantuvo quieto durante varios segundos, como si necesitase asimilar la noticia.

—¿Estás segura? —preguntó despacio.

Asentí.

—¿Te encuentras bien? —Suspiré aliviada cuando se escuchó la sirena de la ambulancia a un par de calles de allí—. Te has dado un buen golpe en la cabeza. Es lógico que estés algo mareado y desorientado... ¿Crees que vas a desmayarte otra vez?

Hugo sacudió con cautela la cabeza y se tocó la brecha, señalándole al hombre que él podía presionarse la herida él solo.

—Me siento como si me hubiera pasado por encima un ejército de escoceses, pero... —Sus ojos se suavizaron al recorrerme el rostro—. Pero, mientras te quedes conmigo, estaré bien.

—Claro que me voy a quedar contigo. Estoy aquí para lo que necesites.

Hugo cerró los ojos y sus hombros se relajaron como si acabaran de quitarle un peso de encima.

—Por favor, apártense para que podamos echarle un vistazo al herido —pidió un médico con un llamativo peto de color naranja, que iba seguido de cerca de lo que imaginaba que era un ATS.

Fui a apartarme para dejarles sitio, pero Hugo mantuvo la sujeción firme sobre mi mano y, cuando fui a protestar, consiguió acallarme con una mirada determinada. Nuestros dedos permanecieron entrelazados mientras el médico le inspeccionó las pupilas y le hizo varias preguntas para valorar cómo se encontraba. Era extraño, pero aquel simple gesto, el de su mano cogiendo la mía con firmeza, como si tuviera miedo de perderse sin mí, consiguió que me sintiera mejor. De hecho, sentí aquel leve contacto físico más íntimo y cercano que cualquier otro que hubiera mantenido con él antes y, cuando sus ojos se encontraron con los míos, la conexión entre nosotros pareció hacer un «clic» casi audible, borrando el pasado de golpe y dejándonos anclados en el momento, como si el destino nos hubiese llevado hasta ese punto para unirnos y aquello fuese lo único que importara.

De repente, un maullido aterrado rompió el hechizo. Levanté la cabeza alarmada para buscar el cuerpo de Henry con la mirada. En el lugar en el que lo había dejado, lo único que quedaba era una enorme mancha de sangre que se había infiltrado en el asfalto.

En la periferia de mi visión se movió una bola anaranjada como una flecha y, casi al mismo tiempo en que lo reconocí, vi hacia dónde se dirigía —o, más bien, hacia quién— y se me detuvo el corazón.

—¡Henry! ¡Henry, no! —grité con todas mis fuerzas al ver a la mujer hacia la que se lanzaba en línea recta como si su vida dependiera de ello—. ¡Es Ana! ¡No te acerques a ella! ¡Henry!

Fui a levantarme de un salto, pero la firme sujeción de Hugo sobre mi muñeca me retuvo.

—Caty, no.

—No lo entiendes. —Zarandeé para librarme de su agarre, pero Hugo solo reforzó su sujeción—. Tengo que salvarlo. Esa mujer... Esa mujer es una bruja y le hará daño. No puedo dejar que se lleve a Henry. No puedo dejar que vuelva a matarlo.

—No lo hará —replicó Hugo con una confianza fuera de lugar.

—Claro que lo hará. Si no se lo lleva, lo matará, y no puedo dejar que lo haga. Es... Es mi gato.

—Cat... ¡Cat! ¡Mírame, *mi reina*!

Mi cuerpo entero se puso rígido cuando miré a Hugo.

—¿Qué? ¿Qué has dicho?

—*Mi reina* —repitió—. Seis esposas —siguió—, pero tú fuiste la primera y, a partir de ahora, la única, te lo juro.

El médico carraspeó.

—No debería moverse con brusquedad, no hasta que le hayamos hecho pruebas y descartemos un traumatismo craneal o sangrados internos.

—Estoy bien —replicó Hugo con firmeza y sin apartar la vista de mí.

—Por si acaso, traeremos la camilla y le llevaremos al hospital.

Hugo y yo lo ignoramos.

—Tú… Hugo… —Sacudí la cabeza despacio—. ¿Henry? ¿Eres mi Henry? —musité, incrédula, estudiando su rostro en busca de alguna señal que me demostrara que no estaba volviéndome loca.

Acunándome la mejilla con ternura, me sonrió.

—Siempre, mi reina.

—Pero entonces… —Mi mirada se dirigió hacia la mujer morena que se encontraba recogiendo al gato asustado del suelo y lo metió en una caja sin que él pusiera demasiada resistencia, casi como si estuviera hipnotizado—. ¿Quién es ese gato que ha cogido Ana?

—Si yo estoy… soy Hugo… —se corrigió con una mirada significativa a la gente que nos rodeaba y nos consideraba con morbosa curiosidad—. Entonces él…—dejó la frase inacabada.

«Si yo estoy…». ¡El cuerpo de Hugo! Se refería a que él estaba en el cuerpo de Hugo y que eso implicaba…

—¡Oh, Dios! —Mis ojos se abrieron horrorizados—. No podemos dejar que se lleve a Hugo. Solo Dios sabrá lo que es capaz de hacerle.

—Cielo… —Henry me cogió de ambos brazos y me obligó a mirarle—. No podemos rescatarlo de su destino. Ella sabrá qué es lo mejor para él.

—Pero no sabemos qué es lo que va a hacerle.

—Creo que se lo llevará a la persona a la que él realmente le pertenece —opinó Henry convencido.

—Pero…

—Es su oportunidad de redimirse por lo que sea que haya hecho. Piénsalo. ¿Qué habría pasado conmigo si aquella vieja no me hubiera llevado hasta ti?

Esperó con paciencia a que abriera y cerrara un par de veces la boca.

—No lo sé —admití por fin.

—Yo sí. Habría perdido la oportunidad de reencontrar el amor de mi vida, de conseguir su perdón y habría seguido perdido por el mundo, sin rumbo, desesperado e infeliz.

—No digas esas cosas.

—Es la verdad, aunque ahora ya no es mi caso, ¿cierto? —preguntó, acariciándome con devoción la mejilla—. Ahora estoy contigo y soy… —Miró al médico de urgencias que estaba colocándole una férula en el cuello—. Soy yo de nuevo.

—Señora. Vamos a montarlo en la camilla para llevarlo en la ambulancia al Virgen del Rocío. —El médico me miró escéptico los pies descalzos—. ¿Usted vendrá?

Me bastó ver la chispa de pánico en los ojos de Henry para farfullar un apresurado:

—Sí, sí, iré con él.

Con un último vistazo a Ana, vi cómo ella asintió y se llevaba a Henr… Hugo. Y entonces fue cuando me di cuenta de la enormidad de lo que había pasado y de qué era lo que implicaba.

CAPÍTULO 38

Entré con sigilo en la silenciosa habitación del hospital. Las paredes blancas y estériles contrastaban con el ramo de flores que había traído para animar un poco el lugar, después de que Nai viniera con mi ropa. En la cama, Henry dormitaba, conectado a varios monitores que registraban sus constantes vitales. Otro hombre habría parecido ridículo o frágil con el camisón verde y blanco que le habían puesto, pero Hugo... Mis pensamientos se detuvieron en seco y tomé una profunda inspiración. ¿Cuánto tiempo iba a tomarme el acostumbrarme a que Hugo ya no existía y que era Henry el que se encontraba ahora en su cuerpo?

A pesar del sigilo con el que me acerqué a la cama, Henry abrió los ojos al sentir mi presencia y pasó la mano a tientas por la mesita metálica que tenía al lado hasta que encontró las gafas para colocárselas.

—Hola —murmuró, adormilado, lanzándome una débil sonrisa—. ¿Todo bien?

Acercando el sillón a la cama, me senté y acepté su mano cuando la estiró en mi dirección.

—Sí. He estado en la cafetería para comer algo. Nai me acompañó, aunque ya se ha ido.

Henry me estudió.

—¿Le has contado lo que ha ocurrido?

—Sí. —Solté un profundo suspiro—. Era más fácil contarle la verdad que encontrar una explicación de por qué habría vuelto con Hugo después de lo que pasó con él.

—¿Y?

—Primero, pensó que le estaba tomando el pelo y, luego, me dejó claro que considera que estoy loca —espeté con sequedad.

Henry asintió despacio.

—Yo probablemente habría pensado lo mismo si no fuese a mí a quien le ha pasado. Es una historia de lo más increíble.

Sacudí la cabeza y me pasé una mano por los ojos.

—*Nop*. Eso de Enrique VIII, lo del gato y luego lo de Hugo se lo tomó relativamente bien —admití—. Se lo creyó tan a pies juntillas que hasta a mí me sorprendió.

—¿Qué? —Henry frunció el ceño—. Entonces, ¿por qué te ha acusado de estar loca?

—Porque podrá no conocer todos los detalles de lo que ocurrió entre nosotros, pero le gusta Netflix casi tanto como leer y ha visto las suficientes series y películas sobre ti como para estar del lado de Ana Bolena antes que del tuyo.

Henry tragó saliva, pero aquel fue el único indicio de que había comprendido lo que había dicho.

—Te considera loca por estar aquí conmigo después de todo lo que te hice pasar —constató con un tono tan carente de expresión como lo estaba su semblante.

Con un profundo suspiro, me eché atrás en el sillón y contemplé el anodino techo.

—Me considera loca por siquiera contemplar la posibilidad de llevarte a casa conmigo y darte una oportunidad.

—¿Y piensas seguir dándomela después de haber hablado con ella? —indagó despacio.

Mi mirada se encontró con la suya.

—Durante el accidente me di cuenta de que había algo raro en tus ojos —dije, distraída—. Ahora, ya sé por qué. Ya no son azules, sino de un castaño que me recuerda al ron añejo, el mismo tono que tenías en tu vida pasada.

—Cat —dijo Henry, tenso—. No cambies de tema.

Parpadeé antes de volver a mirarlo con fijeza.

—Pensé que te habías muerto. Te tuve entre mis brazos creyendo que te había perdido para siempre y me sentí morir contigo. Si en ese instante Ana o Dios o el diablo me hubieran propuesto firmar un contrato y perder la vida a cambio de poder estar contigo, lo habría aceptado sin dudarlo.

—Cat... —Henry tiró de mí y me colocó sobre su pecho, indiferente a la vía que llevaba en el brazo o los diodos que tenía sobre el pecho.

Dejé que me abrazara y froté mi cara contra su cuello antes de levantar la cabeza y mirarlo a los ojos.

—Te necesito, Henry. Te quiero junto a mí y en mi vida, pero necesito que entiendas algo muy, pero que muy bien.

—Dime, mi reina —murmuró, apartándome un mechón de la cara para colocármelo detrás de la oreja.

—No puedo volver a pasar por lo mismo de nuevo. Tienes que comprenderlo.

—Lo entiendo y prefiero morir a volver a hacerte daño —replicó sin dudarlo.

—Y no puedo garantizar que, si haces algo, aunque solo sea mirarle a otra mujer el escote o ligar con ella, no acabe siguiendo el consejo de Nai y termine castrándote.

Henry se puso rígido, pero asintió.

—Recuerdo que tienes una amiga sexóloga y otra ATS. No sé lo que significa eso con exactitud, pero, por lo que escuché, me quedó muy claro que pueden castrarme y que seguramente será doloroso y una carnicería porque no tienen experiencia real de cómo hacerlo.

Reprimí una sonrisa y arqueé una ceja.

—Créeme, no las necesito para cortarte los cataplines con una tijera.

Henry usó su mano libre para cubrirse sus partes y puso una mueca dolorida.

—Eso no ha sonado demasiado romántico.

—No, imagino que no, pero…

—Shhh… —Henry me puso un dedo sobre los labios para acallarme—. Creo que he cogido la idea, y es una suerte que no tenga ni la más mínima intención de poner a prueba ni tu paciencia ni tus habilidades con la tijera.

—¿Estás seguro?

Sus ojos se tornaron serios al acunarme el rostro.

—Segurísimo, me ha tomado siete vidas conseguir tu perdón, no pienso desaprovechar ese regalo.

—Ocho vidas —murmuré, relajándome en su abrazo.

—¿Perdón?

—Ocho vidas.

Henry me besó la frente.

—¿Por qué ocho?

—No lo sé, de algún modo parece lo correcto. Tus siete vidas como gato y la de tu vida pasada o, tal vez, el de tus seis esposas, la tuya y la de Hugo. O puede que simplemente se trate de que me gusta cómo el ocho parece un símbolo del infinito y que eso es justo lo que quiero contigo: la eternidad.

Después de un largo silencio, de repente el pecho de Henry vibró con una risa baja.

—¿Sabes una cosa? Creo que esa arpía de Nai tiene razón: estás loca.

Resoplé contra su pecho, pero no hice ni el intento por levantarme.

—Eso es el karma. Te ha dado justo lo que te mereces.

Su brazo me rodeó con más firmeza.

—Me ha dado mucho más, porque no solo me encanta tu locura, sino esta nueva versión de ti.

Alcé la cabeza para comprobar si decía la verdad.

—¿Estás seguro?

Trazó con pereza el contorno de mi rostro y sonrió con ternura.

—Ocho vidas, el karma y tu perdón... A mí me suena perfecto.

Antes de que pudiera decir nada más, me acunó el rostro y acercó sus labios con lentitud a los míos, silenciándome con un beso suave y reverente. Recorrió mi boca en una caricia delicada y sin prisas, como si quisiera saborear el momento y volver a descubrirme. Fue un beso lleno de arrepentimiento y anhelo, también de esperanza y entrega, pero sobre todo fue una promesa silenciosa y una declaración de amor.

Cuando Henry se separó de mí y me miró a los ojos, cualquier rastro de duda que aún me quedaba se había desvanecido. Henry tenía razón.

—Sí —murmuré—. A mí también me suena perfecto.

EPÍLOGO

TRES MESES MÁS TARDE

Uno de los mayores inconvenientes de tener a las chicas en mi casa para tomar café era que luego no había forma de echarlas. No es que no me gustara pasar tiempo con ellas, pero tres horas era mi tope y ya íbamos camino a las cuatro. Tragándome un suspiro de desesperación, le eché un disimulado vistazo a la hora. ¡Casi las nueve y media de la noche!

—¡Ay, qué pena que ya no esté ese gatito tan mono que tenías! —exclamó Sara, mirando con añoranza la estantería donde Henry había estado posado con su cara de mala leche la última vez que las chicas vinieron a tomar café a mi casa.

—¿Gatito? —bufó Gema, alucinada—. ¿Cuándo estuviste por última vez en el oculista?

—¿No has pensado en adoptar a otro? —indagó Sara, sin echarle cuenta a Gema.

—¡No! —exclamé sin pensármelo, encogiéndome ante la repentina ojeada de acusación de ambas. Incluso Marta, que había estado jugando con su móvil, alzó la cabeza a inspeccionarme por encima de sus gafas—. Yo… Sigo en la fase de luto.

Nai soltó un resoplido, pero alzó las manos con inocencia cuando la fulminé con la mirada.

—Si cambias de opinión, conozco una asociación donde puedes adoptar uno —ofreció Marta—. Tienen una página de Facebook con las fotos y las historias de los mininos y perros que tienen, y puedes ir a conocerlos sin ningún tipo de compromiso.

—Lo que es un chiste, porque a ver quién se marcha de allí con esos ojos enormes llenos de pena puestos sobre ti —masculló Gema por lo bajo—. Tengo cuatro gatos, otros dos murieron de viejos y uno desapareció un día para no volver. Créeme, sé de lo que hablo.

Por un momento, recordé el mal estado en el que Henry llegó a mi casa y estuve tentada de echarle un vistazo a la página de la asociación, pero entonces se me vino la visión de Hugo metiéndose aterrado en la jaula de Ana. Lo último que quería era tener a otra alma reencarnada contándome que formaba parte de su pasado. Con la suerte que tenía, seguro que descubría que era María Antonieta, Juana de Arco o Marilyn Monroe. Aunque esa última no habría estado tan mal, la verdad, y podría forrarme desentrañando el misterio de su muerte y sus relaciones secretas.

El sonido de unas llaves en la cerradura me libró de tener que dar una respuesta, más que nada porque ya nadie me estaba echando cuenta, con la atención de mis invitadas enfocada sobre la puerta.

Henry entró, dejó su raquetero y sus llaves en el vestíbulo y vino directo a mí con el pelo revuelto y una amplia sonrisa. Mi pulso se aceleró. Si hace unos meses alguien me hubiese dicho que bastaba el brillo intencionado en los ojos de un hombre para que mis bragas se deshicieran por combustión espontánea, me habría reído. Ya no.

—Hola, mi reina. —Con una mano firme, me sujetó por la nuca y reclamó mi boca con una promesa de lo que habría de venir en cuanto nos quedáramos a solas. Por la habitación resonaron varios suspiros—. Señoritas y señoras —dijo, cuando al fin alzó la cabeza y lanzó un corto vistazo por encima de mi hombro.

—Hola, Hache —repliqué sin aliento, ignorando al igual que él los saludos de las demás—. ¿Qué tal el partido de tenis?

Su sonrisa se ensanchó.

—¿Tú qué crees?

—Que sigues siendo un idiota presumido —murmuré por lo bajo para que solo él me oyera.

Henry rio sin sentirse ni mínimamente insultado.

—Voy a darme una ducha. El agua caliente en los vestuarios del club estaba averiada.

—Recuerdo una época en la que no te importaba bañarte con agua helada —musité.

La comisura de sus labios se elevó cuando se inclinó a mordisquearme el lóbulo de la oreja antes de hablarme al oído:

—Si te duchas conmigo, no me haría falta agua caliente. Con verte desnuda, la temperatura me sube sola.

A duras penas conseguí reprimir un gemido. Ese y justo ese era el motivo por el que mis amigas del alma deberían haberse marchado hacía ya media hora. Con un último beso, Henry se dirigió al baño, y no fui la única que se quedó contemplando la forma en la que se movían sus glúteos bajo el fino pantalón corto. Juraría que a Sara hasta se le escapó un jadeo y que Gema le propinó un codazo, pero estaba demasiado entretenida con el espectáculo como para echarles demasiada cuenta a ninguna de ellas.

—Ah, y Nai —Henry se detuvo en la puerta del baño y miró por encima del hombro—, te tengo un regalo que estoy convencido de que *te encantará* y que a Borja le vendrá genial.

—¿De verdad? —gritó Nai, excitada—. ¿Dónde? ¿Dónde?

—En mi ropero, la caja roja. Pero no te confundas con la que hay al lado, esa es para mi mujer.

Con un guiño, Henry cerró la puerta tras él, dejando que me enfrentase sola a cinco pares de ojos femeninos dispuestos a desmontar mi cerebro para desvelar mis secretos más íntimos.

—¿Acaba de llamarte «mi mujer»? —vocalizó May con los labios—. Esto tiene pinta de estar poniéndose serio.

—¿Vas tú o voy yo? —exigió Nai (bendita fuera), pasando olímpicamente de las demás.

—¿Qué? —pregunté, confundida.

—¡Mi regalo! ¿Qué si no? Vas tú a recogerlo o voy yo.

Viéndoles las caras llenas de morbosa curiosidad a las demás, no hubo mucho que decidir.

—No te preocupes, yo lo busco.

—¿Sabes qué es lo que me ha comprado? —preguntó Nai, prácticamente pegada a mi espalda mientras me seguía al dormitorio.

—No tengo ni idea. Ni siquiera sabía que quisiera tener un detalle contigo. —Mordiéndome los labios, comprobé que las demás no podían vernos y me giré hacia ella—. Tú no me pondrías los cuernos con él, ¿verdad?

Nai se quedó mirándome, parpadeó y acabó por rodar los ojos.

—¿Estás ciega? Ese hombre a la única mujer a la que ve es a ti. Además, no es por darte envidia ni nada, pero ningún inglés puede compararse con un escocés. Si me dan a elegir, me quedo con mi Borja.

Fue mi turno de rodar los ojos.

—Borja es de Triana, Nai. Y Hen... Hache —me corregí, usando el nombre que decidimos que usara Henry para no revelarse al mundo ni robarle a Hugo el suyo— nació en Toledo. Ni a propósito podrían ser más españoles de lo que son.

—¿Alguna vez te han dicho que eres una aguafiestas y que no tienes ni una pizca de imaginación? Aparta. —Nai me empujó fuera de su camino y abrió el ropero—. ¡Aquí estás, precioso mío! Ven con mami. —De repente, se detuvo con una caja roja en las manos, me miró, volvió a mirar dentro del armario y de nuevo, a mí—. Hay otro regalo. ¿Quieres que lo coja? —Me estiré para verlo, pero ella me cerró la puerta en las narices—. Mejor no. Vamos a abrir el mío. No quiero que me estropees mi sorpresa haciéndome ver el tuyo primero.

—¡Nai!

En vez de escucharme me cogió del brazo y me arrastró tras ella hasta el salón, donde las demás nos rodearon expectantes mientras Nai se sentaba en el sillón y se frotó las manos antes de ponerse a tirar del bonito lazo negro.

Creo que todas detuvimos el aliento por un motivo u otro cuando al fin abrió la tapadera de la caja roja... Hasta que alguien soltó un bufido y todas, excepto Nai, rompimos a reír a carcajadas limpias. May hasta tenía lágrimas en los ojos, mientras que Marta se sujetaba la barriga.

—¡Ay, Dios!

—No tiene gracia —farfulló Nai, irritada, sacando con la nariz fruncida el arnés negro que sujetaba una bola rosa fucsia.

—Yo diría que sí que la tiene —se burló May.

—Pues no sé de dónde ha sacado que este cacharro iba a encantarme —se quejó Nai, estudiando el *gagball* desde diferentes ángulos.

—Bueno, creo recordar lo que disfrutabas tirándole a Henry bolitas de papel —le recordé, divertida—. Supongo que Hache te vio jugando con las pelotitas. ¿O crees que tendrá algo que ver con esas cosas que le dijiste y que no podías callarte? —pregunté con inocencia.

—Y yo creo que tenía razón, a Borja le va a encantar que te la pongas y que estés un rato con el pico cerrado —intervino también Gema, golpeando un cojín mientras seguía riendo sin parar.

—¡Gema! —la riñó Marta, aunque no pudo ocultar el temblor de sus labios.

—Bueno, míralo desde el punto de vista positivo —propuso May, tratando de ponerse seria—. Siempre puedes usarlo para experimentar un poco con Borja, igual descubres que sí que te encanta esa mordaza y que tiene sus ventajas.

Creo que fue la mirada dubitativa que Nai le lanzó a May lo que provocó que Gema no pudiera retenerse:

—O igual puedes probar si te sirve para dejar de roncar.

—¡Gema! —la reñimos todas al unísono, justo antes de que Nai se lanzara a por ella para ponerle la pelota en la boca y sujetarle el arnés, o al menos fue lo que intentó hasta que una profunda voz resonó tras nosotras.

—¿Ves?, sabía que iba a encantarte. —Una chispa de picardía brilló en los ojos de Henry mientras yo gemía por dentro y sujetaba a Nai antes de que pudiera abalanzarse sobre él—. Señoras y señoritas —continuó Henry—, voy a encargarme de la cena. ¿Alguna se va a quedar aquí a acompañarnos?

—¡No! —intervine antes de que nadie pudiera responder—. Ya se iban.

—A mí no me import...

—Tú tenías una cita con un asesino en serie en tu casa —le solté a Gema con una mirada de advertencia antes de que pudiera autoinvitarse.

Sara puso morritos y ojitos de cachalote moribundo, pero May se la llevó a ella y a Gema hasta la puerta.

—Gracias por la invitación, Hache, pero Caty tiene razón, ya es hora de que nos vayamos.

—¡Dios, cómo te envidio! —murmuró Marta—. ¡Tienes un hombre dispuesto a cocinar por ti! ¿Sabes lo que vale eso?

Sus palabras me dieron pausa. Había información de la que ella definitivamente no disponía y que yo no le podía facilitar.

—Si eres una buena amiga de verdad, harás que hoy se acueste en el sofá y que pague por insultar a tu mejor amiga —siseó Nai al pasar junto a mí.

—Por supuesto, lo que tú digas. ¿Quieres que también le eche un poco de laxante en el vino?

—¡Sí! —Sus ojos se entrecerraron de repente, como si acabase de caer en la cuenta de que estaba siendo sarcástica y que no tenía ni la más mínima intención de envenenar a Henry—. ¡Mala pécora!

—Yo también te quiero, Nai. Hasta mañana —canturreé a las demás, antes de cerrar la puerta tras ella y soltar un suspiro aliviado ante la repentina tranquilidad a mi alrededor.

—¿Italiano o chino? —preguntó Henry, abrazándome desde atrás y mordisqueándome el cuello.

—¿Chino?

—Vale. Ve a ducharte y a ponerte cómoda. Yo me encargo de todo.

No tenía muy claro que eso fuera una buena idea. Sonaba demasiado bien como para que fuera verdad, y probablemente lo era, pero seguí sus instrucciones de todas formas.

Cuarenta y cinco minutos después, mientras iba saliendo del cuarto de baño con un turbante en la cabeza, sonó el timbre de la puerta.

—Ya voy yo —avisé, yendo descalza a abrir.

—Entrega para el señor Hache —anunció un repartidor, entregándome varias bolsas de comida.

—Nosotros no... —Me detuve en seco. ¡Hombres!

—La cuenta ya está pagada, señora. Que tengan buen provecho —se despidió el chico, largándose apresurado.

Cerrando la puerta, llevé la comida a la cocina, donde Hugo se encontraba abriendo una botella de vino.

—Conque ibas a encargarte tú de la cena, ¿no?, *chef Henry.* —Enarqué una ceja retándolo.

Sin inmutarse, él me imitó.

—¿Y no es justo lo que he hecho? La mesa está puesta y tienes tus platos preferidos del mejor restaurante chino de la zona. ¿O habrías preferido unos huevos revueltos resecos y una tostada quemada?

Sacudí la cabeza, horrorizada.

—Nop, para nada.

Henry podría haberse quedado con el cuerpazo de Hugo, pero sus dotes culinarias desde luego que no estaban incluidas en la herencia que le legó.

—¿Ves? —dijo con una expresión triunfal, habiéndose salido con la suya una vez más.

—Anda, vamos a cenar. Espero que hayas incluido el postre.

Sujetándome desde atrás, Henry me ofreció una copa de vino.

—Dije que me encargaría de la comida, pero el postre es cosa tuya —dijo con un tono profundo y aterciopelado, que se metió bajo mi piel con un leve cosquilleo y que dejaba muy claro qué era lo que esperaba que le ofreciese de postre.

Tomando un sorbo del vino afrutado, dejé la copa sobre la encimera de la cocina y me giré en su abrazo. Sus labios eran cálidos y tiernos cuando los abrió para mí y entrelazó su lengua con la mía en un lento baile de seducción.

—¿Y si empezamos la cena por los postres y acabamos de comer luego? —lo tenté, mordisqueándole con suavidad.

Me respondió devolviéndome el beso, antes de alzar la cabeza con una pequeña sonrisa ladeada.

—¿Eso significa que no quieres descubrir en qué consiste tu regalo? —Me giró por los hombros en dirección a la mesa, donde sobre uno de los platos se encontraba una pequeña caja cuadrada de un tono verde pastel que, sin lugar a dudas, provenía de una joyería.

Me congelé. Así, sin más. Se me encogieron los pulmones y por un momento pensé que iba a asfixiarme.

—Henry… Yo… Yo no sé si estoy preparada para… para…

Sus brazos me rodearon con firmeza y apoyó su barbilla sobre mi hombro mientras ambos estudiábamos lo que bien podría haber sido una pequeña bomba de relojería por la manera en la que me hizo sudar.

—¿Para casarte conmigo? —preguntó con tranquilidad, como si mi exagerada reacción no le hubiera afectado.

—No es que no te quiera y… y…, pero… eh…

—Shhh... No es un anillo.

—Ah, ¿no? —Un peso pareció levantarse de sopetón de mi pecho.

—No. —Henry me giró de nuevo hacia él y me obligó a mirarlo a los ojos—. Ya eres mi mujer. No necesito un anillo o una ceremonia para hacerlo más real. Si alguna vez quieres dar el paso y repetir los votos, estoy más que dispuesto a hacerlo, pero si no, seguiré amándote igual.

Acurrucándome contra su pecho, metí las manos bajo su camiseta para sentir el calor de su piel. Era una sensación divina, y que sus músculos fueran firmes y definidos era un definitivo plus.

—Te amo, pero la última vez... Quiero que estés conmigo por tu propia voluntad, porque desees estar a mi lado y porque te hace feliz, no porque estés vinculado a mí por un contrato.

Estrechándome contra él, me besó la coronilla.

—Dalo por hecho.

—Henry...

—¿Mmm?

—Te amo.

Alzándome en brazos, me obligó a rodearle la cintura con las piernas para no caerme.

—Y yo a ti, mi reina. Y yo a ti.

Sus labios se fundieron con los míos en un beso lento y tierno, uno que me hizo aferrarme a él al tiempo que me hizo anhelar que no acabase nunca. Por desgracia, mi estómago no estuvo de acuerdo por la larga, retorcida y vergonzosa protesta con la que me traicionó.

Con una risita baja, Henry me llevó a la mesa.

—Vamos, mi reina, ¿qué clase de vasallo sería si te dejase perecer de hambre?

Dudaba mucho que a día de hoy alguien considerase un vasallo a un profesor universitario, experto en historia medieval, pero ¿quién era yo para quejarme?

—¿Vas a decirme qué me has regalado? —pregunté cuando me sentó en mi silla y me encontré frente a la caja.

—Se supone que debes abrirlo, no preguntar qué hay dentro. Prometo que no morderá y que no está embrujado —afirmó, burlón, ganándose un manotazo en el brazo.

—Ja, ja, ja. Muy gracioso. —A pesar de mi sarcasmo, mis dedos temblaron cuando abrí la caja para descubrir qué se escondía en su interior.

El aire dejó mis pulmones de golpe.

—¿Henry?

—¿Te gusta?

Con cuidado, saqué la pulsera de plata y estudié los pequeños *charms*.

—Es nuestra historia —susurré, repasando con reverencia el diminuto gato, la corona, el trono, una estrella por cada uno de los bebés que perdimos o no tuvimos y un símbolo del infinito.

—Sé que debería pedirte que empecemos de cero, que borremos el pasado y que mantengamos la vista en el horizonte, pero lo cierto es que no quiero olvidarme de ellos, y... tampoco de nuestros inicios. Ninguno de los dos somos las personas que fuimos entonces y tampoco querría volver atrás. Sin embargo, creo que nos merecemos recordar nuestra propia historia, aunque no la recuerde nadie más. —Henry encogió un hombro y apartó nervioso la mirada—. No lo sé, supongo que es una tontería, pero...

Acunándole la mejilla, le giré la cara para poder mirarlo de frente. Sabía lo duro que le estaba resultando el tener que fingir una amnesia selectiva para hacerse con la vida y el cuerpo de un hombre al que ni siquiera había conocido de cerca. Solo era lógico que quisiera conservar un resquicio de su propia identidad.

—No es ninguna tontería. Es nuestra historia, con todo lo bueno y lo malo, con lo que hemos aprendido y lo que aún nos queda por aprender. —Acaricié el símbolo del infinito—. Pero sobre todo con lo que aún nos queda por vivir.

Henry posó su mano en mi nuca y apoyó su frente contra la mía.

—Gracias por ser mi reina, Cat, y por devolverme la posibilidad de un futuro.

Debería haberle aclarado que yo ya no era ninguna reina, pero, por una vez en mi vida, tenía a alguien que me adoraba y me consideraba el centro de su universo. ¿Por qué iba a estropearlo por un detalle tan insignificante como un título?

—Henry...

—¿Mmm?

—Me gusta cuando me llamas Cat.

Henry alzó la cabeza y me repasó los labios con el pulgar.

—Mhm... A mí me gusta que me llames «¡Oh, Dios!».

—¡Dios! ¡Eres increíble! —salté, abochornada, dándole un manotazo en el pecho.

Riéndose, me dio un beso.

—¿Ves?, con piropos así, es difícil que a uno no le suba la autoestima —declaró con una chispa de humor en los ojos.

—Idiota.

—Solo si soy tu idiota.

—¡Henry!

—¿Qué? —preguntó con una inocencia que poco hacía por disimular la forma en la que trataba de no reírse.

—Anda, cállate y bésame.

—Me encanta estar a tus órdenes, mi reina.

FIN

AGRADECIMIENTOS

Me encanta escribir pero, seamos sinceras, ser autora no siempre es un camino de rosas. Hay días que se hacen cuesta arriba y otros en los que la cuesta se gira y vas rodando hacia abajo (muy abajo). Es por eso por lo que agradezco de corazón haberme cruzado (aunque solo sea de forma virtual) con lectoras que me apoyan, que me empujan cuando hace falta y que me acompañan en este larguísimo trayecto.

Sois tantísimas que sería imposible incluiros a todas aquí, por lo que solo he escogido algunos nombres al azar. No obstante, tened la certeza de que soy consciente de vuestra presencia a mi lado.

Aura Díaz, Ro Alma, Isabel Guineton, J. Mary Jurado, Tina Stuebgen, Evelyn Pinto Aida BSuakh, Rocío Saavedra, Laura Duque, Claudia Angélica Pérez, Adrinati, Blue, Ely Yadira, Victoria Amez, Carolina P. Casas…

Gracias de todo corazón.

Noa